生 命 本 就 纯 真

周国平亲选精品散文

周国平 —— 著

生命本就纯真

湖南文艺出版社
HUNAN LITERATURE AND ART PUBLISHING HOUSE

博集天卷
CS-BOOKY

目 录 Contents

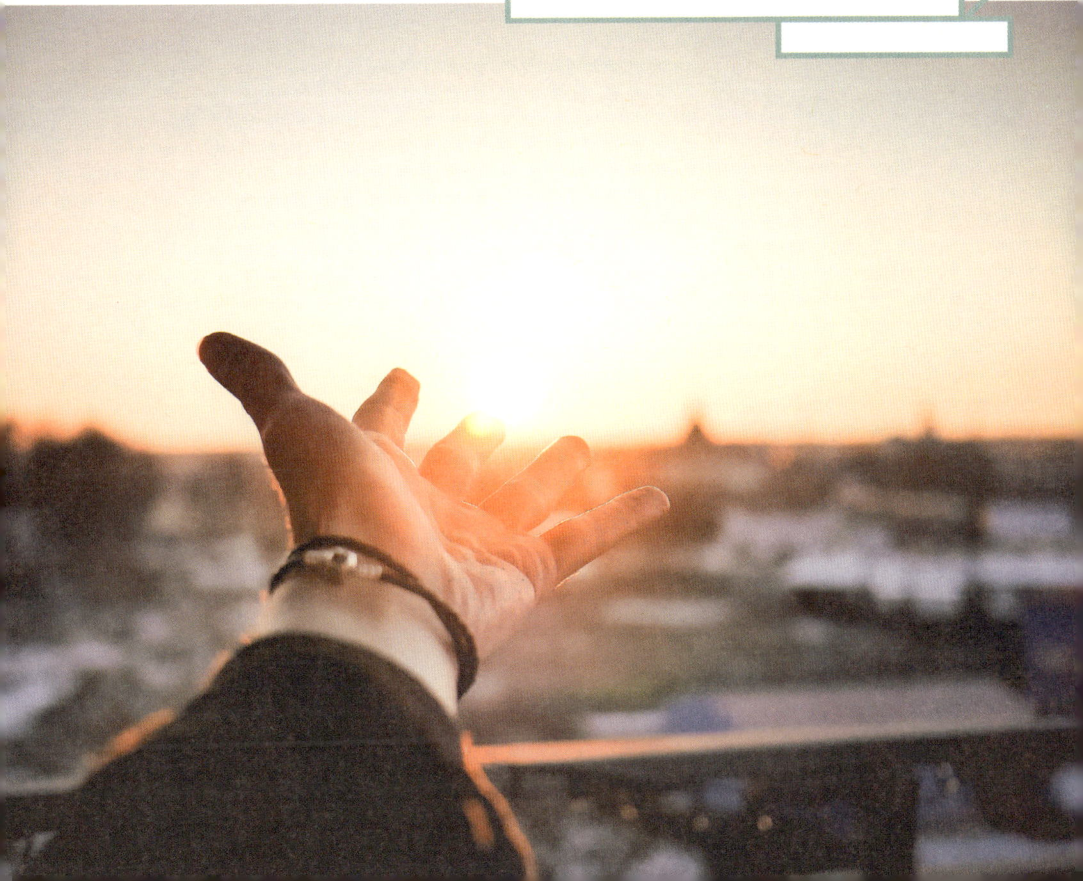

世上本无奇迹

自由的灵魂

02

活着写作是多么美好

03

私人写作

艺术家的看及其他

宽待人性

06

人与书之间

07

读永恒的书

08

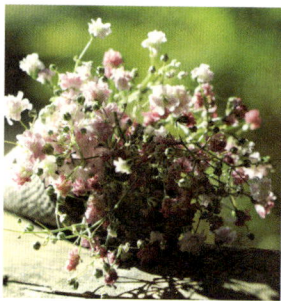

天上的财宝
09

不见而信
10

01

世上本无奇迹

生 命 本 就 纯 真

唱出了我们的沉默的歌者

| | | | | | | | | | | |

　　二十世纪上半叶，有两位东方诗人以美而富有哲理的散文诗（多用英文创作）征服了西方读者的心，继而通过冰心的汉译征服了中国读者的心，一位是泰戈尔，另一位就是纪伯伦。多年来，这两位诗人的作品一直陪伴着我，它们如同我的生活中的清泉，我常常回到它们之中，用它们洗净我在人世间跋涉的尘土和疲劳。

　　纪伯伦说："语言的波涛始终在我们的上面喧哗，而我们的深处永远是沉默的。"又说："伟大的歌者是能唱出我们的沉默的人。"纪伯伦自己正是这样一位唱出了我们的沉默的歌者。

　　那在我们的上面喧哗着的是什么？是我们生命表面的喧闹，得和失的计较，利益征逐中的哭和笑，我们的肉身自我的呻吟和号叫。那在我们的深处沉默着的是什么？是我们生命的核心，内在的精神生活，每一个人的不可替代的心灵自我。

　　在纪伯伦看来，内在的心灵自我是每一个人的本质之所在。外在的一切，包括财富、荣誉、情色，都不能满足它，甚至不能真正触及它，因此它必然是孤独的。它如同一座看不见的房舍，远离人们以你的名字称呼的一切表象和外观的道路。"如果这房舍是黑暗的，你无法用邻人的灯把它照亮。如果这房舍是空的，你无法用邻人的财产把它装满。"但是，正因为你有这个内在的自我，你才成为你。倘若只有那个外在的自我，不管你在名利场上混得如何，你和别人都没有本质的区别，你的存在都不拥有自身的实质。

然而，人们似乎都害怕自己内在的自我，不敢面对它的孤独，倾听它的沉默，宁愿逃避它，躲到外部世界的喧嚣之中。有谁倾听自己灵魂的呼唤，人们便说："这是一个疯子，让我们躲开他！"其实事情正相反，如同纪伯伦所说："谁不做自己心灵的朋友，便成为人们的敌人。"人间一切美好的情谊，都只能在忠实于自己灵魂的人之间发生。同样，如果灵魂是黑暗的，人与人只以肉身的欲望相对待，彼此之间就只有隔膜、争夺和战争了。

内在的孤独无法用任何尘世的快乐消除，这个事实恰恰是富有启示意义的，促使我们走向信仰。我们仿佛听到了一个声音："你们是灵魂，虽然活动于躯体之中。"作为灵魂，我们必定有更高的来源，更高的快乐才能使我们满足。纪伯伦是一个泛神论者，他相信宇宙是一个精神性的整体，每一个人的灵魂都是整体的显现，是流转于血肉之躯中的"最高之主的呼吸"。当我们感悟到自己与整体的联系之时，我们的灵魂便觉醒了。灵魂的觉醒是人生最宝贵的收获，是人的生存目的之所在。这时候，我们的内在自我便超越了孤独，也超越了生死。《先知》中的阿穆斯塔发在告别时如是说："只一会儿工夫，在风中休息片刻，另一个女人又将怀上我。"

不过，信仰不是空洞的，它见之于工作。"工作是看得见的爱。"带着爱工作，你就与自己、与人类、与上帝联结成了一体。怎样才是带着爱工作呢？就是把你灵魂的气息贯注于你制造的一切。你盖房，就仿佛你爱的人要来住一样。有了这种态度，你的一切产品就都是精神的产品。同时，你也就使自己在精神上完满了起来，把自己变成了一颗上面住着灵性生物的星球。

一个灵魂已经觉醒的人，他的生命核心与一切生命之间的道路打通了，所以他是不会狂妄的。他懂得万物同源、众生平等的道理，"每一个人都是以往的每一个君王和每一个奴隶的后裔"。"当你达到生命的中心时，你将发现你既不比罪人高，也不比先知低。"大觉悟导致大慈悲和大宽容。你不会再说："我要施舍，但只给那配得到者。"因为你知道，凡配在生命的海洋里啜饮的，都配在你的小溪里舀满他的杯子。你也不会再嘲笑和伤害别人，因为你知道，其实别人只是附在另一躯体上的最敏感的你。

在纪伯伦的作品中，随手可拾到语言的珍珠，我只是把很少一些串联起来，形成了一根思想的线索。当年罗斯福总统曾如此赞颂他："你是从东方吹来的第一阵风暴，横扫了西方，但它带给我们海岸的全是鲜花。"现在我们翻开他的书，仍可感到这风暴的新鲜有力，受这风暴的洗礼，我们的心中仍会绽开智慧的花朵。

生　命　本　就　纯　真

也重读安徒生

| | | | | | | | | | | | |

　　之所以在"重读安徒生"前加上一个"也"字，是因为在《济南日报》上看到一篇文章：《重读安徒生》。那篇文章是叶君健先生写的，众所周知，中国读者是因了叶先生的译文而认识安徒生的。

　　在看到叶先生的这篇文章前不久，我恰好重读了安徒生，当然读的是叶先生翻译过来的安徒生。我已经在一篇文章中谈了安徒生童话对我的精神启示，现在我想说说我对安徒生的语言艺术的钦佩。

　　万事开头难，文章亦然。可是你看看安徒生那些童话的开头，好像一点不难，开得非常自然、朴实，往往直截了当，貌似平淡，其实极别致，极耐人寻味，一丝不落俗套。"公路上有一个兵在开步走——一，二！一，二！"（《打火匣》）这个兵的奇遇就从这最平常的开步走开始了。名篇《丑小鸭》的开头是一个朴素得不能再朴素的短句："乡下真是非常美丽。"《老头子做事总不会错》讲了一对老年夫妇相亲相爱的故事，故事是安徒生在小时候听到的，每当他想起就倍觉可爱，于是在开头议论说："故事也跟许多人一样，年纪越大，就越显得可爱。

这真是有趣极了！"这看似随意的议论有一种魔力，伴随着整个阅读过程，使你觉得不但故事本身，而且讲故事的人、故事里的人，都那么可爱而有趣。

安徒生的确可爱。所以，他能发现和欣赏孩子的可爱。那个穿了新衣服的小女孩"朝上面望了望自己的帽子，朝下面望了望自己的衣服"（多么传神！），幸福地对妈妈说："当那些小狗看见我穿得这样漂亮的时候，它们心里会想些什么呢？"另一个四岁的小女孩念《主祷文》时，总要在"您赐给我们每天的面包"后面加上别人听不清的一点什么，在妈妈的责问下，她不好意思地说："我只是祈求在面包上多放点黄油！"读到这里，谁能不为小女孩和安徒生的可爱而微笑呢？

安徒生的童话往往构思巧妙，想象奇特，多在意料之外，而叙述起来却又非常自然，似全在情理之中。《皇帝的新装》里的皇帝不是一上来就愚蠢得连自己穿没穿衣服也不知道的，他对正在制作中的新衣充满好奇，可是当他想到织工曾说愚蠢的人看不见这布的时候，"他心里的确感到有些不大自然"（多么准确！）。尽管他很自负，他内心还是怕万一被证实自己是个愚蠢的人，于是决定先派别人去看制作的进展情况。这心理多么正常，而正是这似乎很可理解的虚荣心理导致他一步步展现了他的不可思议的愚蠢。世上不会有一个公主，竟然因为二十床垫子和二十床鸭绒被下面的一粒豌豆而失眠。可是，在《豌豆上的公主》中，安徒生在讲完这个故事后从容地告诉我们："现在大家就看出来了，她是一位真正的公主，因为……除了真正的公主以外，任何人都不会有这么嫩的皮肤的。"其叙述的口吻之平静，反使故事的夸张有了一种真实的效果。

重读安徒生，我折服于安徒生的语言技巧。他的表达异常质朴准确，文字异常简洁干净，不愧是语言艺术的大师。可是，我读的不是叶君健先生的译本吗？那么，我同时也是折服于叶先生的语言技巧。叶先生在文章中批评了国内的翻译现状，我很有同感。从前的译家之翻译某个作家的作品，多是因为真正酷爱那个作家，不但领会其神韵，而且浸染其语言风格，所以能最大限度地提供汉语的对应物。叶先生于四十年前翻译的安徒生童话就是如此。这样的译著成功地把世界名著转换成了我们民族的精神财富，必将世代流传下去。相反，为了占领市场而组织一批并无心得和研究的人抢译外国作品，哪怕译的是世界名著，如此制作出来的即使不是垃圾，也只是迟早要被废弃的代用品罢了。

生　命　本　就　纯　真

走进一座圣殿

| | | | | | | | | | | | |

一

那个用头脑思考的人是智者，那个用心灵思考的人是诗人，那个用行动思考的人是圣徒。倘若一个人同时用头脑、心灵、行动思考，他很可能是一位先知。

在我的心目中，圣埃克苏佩里就是这样一位先知式的作家。

圣埃克苏佩里一生只做了两件事——飞行和写作。飞行是他的行动，也是他进行思考的方式。在那个世界航空业起步不久的年代，他一次次飞行在数千米的高空，体味着危险和死亡、宇宙的美丽和大地的牵挂、生命的渺小和人的伟大。高空中的思考具有奇特的张力，既是性命攸关的投入，又是空灵的超脱。他把他的思考写进了他的作品，但生前发表的数量不多。他好像有点吝啬，要把最饱满的果实留给自己，留给身后出版的一本书，照他的说法，他的其他著作与它相比只是习作而已。然而他未能完成这本书，在他最后一次驾机神秘地消失在海洋上空以后，人们在他留下的一只皮包里发现了这本书的草稿，书名叫《要塞》。

经由马振骋先生从全本中摘取和翻译，这本书的轮廓第一次呈现在了我们面前。我是怀着虔敬之心读完它的，仿佛在读一个特殊版本的《圣经》。在圣埃克苏佩里生前，他的亲密女友B夫人读了部分手稿后告诉他："你的口气有点像基督。"这也是我的感觉，但我觉得我能理解为何如此。圣埃克苏佩里写这本书的时候，他心中已经有了真理，这真理是他用一生的行动和思考换来的，他的生命已经转变成这真理。一个人用一生一世的时间见证和践行了某个基本真理，当他在无人处向一切人说出它时，他的口气就会像基督。他说出的话有着异乎寻常的重量，不管我们是否理解它或喜欢它，都不能不感觉到这重量。这正是箴言与隽语的区别，前者使我们感到沉重，逼迫我们停留和面对，而在读到后者时，我们往往带着轻松的心情会心一笑，然后继续前行。

如果把《圣经》看作唯一的最高真理的象征，那么，《圣经》的确是有许多不同的版本的，在每一个思考最高真理的人那里就有一个属于他的特殊版本。在此意义上，《要塞》就是圣埃克苏佩里版的《圣经》。圣埃克苏佩里自己说："上帝首先是你的语言的意义，你的语言若有了意义，向你显示上帝。"我完全相信，在写这本书时，他看到了上帝。在读这本书时，他的上帝又会向每一个虔诚的读者显示，因为也正如他所说："一个人在寻找上帝，也是为人人在寻找上帝。"圣埃克苏佩里喜欢用石头和神殿作譬：石头是材料，神殿才是意义。我们能够感到，这本书中的语词真有石头一样沉甸甸的分量，而他用这些石头建筑的神殿确实闪放着意义的光辉。现在让我们走进这一座神殿，去认识一下他的上帝，亦即他见证的基本真理。

二

沙漠中有一个柏柏尔部落，已经去世的酋长曾经给予王子许多英明的教诲，全书就借托这位王子之口宣说人生的真理。当然，那宣说者其实是圣埃克苏佩里自己，但是，站在现代的文明人面前，他一定感到自己就是那支游牧部落的最后的后裔，在宣说一种古老的即将失传的真理。

全部真理围绕着一个中心问题：生命的意义是什么？因为，人必须区别重要和紧急，生存是紧急的事，但领悟神意是更重要的事。因为，人应该得到幸福，但更重要的是这得到了幸福的是什么样的人。

沙漠和要塞是书中的两个主要意象。沙漠是无边的荒凉，游牧部落在沙漠上建筑要塞，在要塞的围墙之内展开了自己的生活。在宇宙的沙漠中，我们人类不正是这样一个游牧部落？为了生活，我们必须建筑要塞。没有要塞，就没有生活，只有沙漠。不要去追究要塞之外那无尽的黑暗。"我禁止有人提出问题，深知不存在可能解渴的回答。那个提问题的人，只是在寻找深渊。"明白这一真理的人不再刨根问底，把心也放在围墙之内，爱那嫩芽萌生的清香、母羊剪毛时的气息、怀孕或喂奶的女人、传种的牲畜、周而复始的季节，把这一切看作自己的真理。

换一个比喻来说，生活像汪洋大海里的一只船，人是船上的居民，把船当成了自己的家。人以为有家居住是天经地义的，再也看不见海，或者虽然看见，却仅把海看作船的装饰。对人来说，盲目凶险的大海仿佛只是用于航船的。这不对吗？当然对，否则人如何能生活下去。

那个远离家乡的旅人，占据他心头的不是眼前的景物，而是他看不见的远方的妻子儿女。那个在黑夜里乱跑的女人，"我在她身边放上炉子、水壶、金黄铜盘，就像一道道边境线"，于是她安静下来了。那个犯了罪的少妇，她被脱光衣服，拴在沙漠中的一根木桩上，在烈日下奋奄待毙。她举起双臂在呼叫什么？不，她不是在诉说痛苦和害怕，"那些是厩棚里普通牲畜得的病。她发现的是真理"。在无疆的黑夜里，她呼唤的是家里的夜灯、安身的房间、关上的门。"她暴露在无垠中无物可以依傍，哀求大家还给她那些生活的支柱：那团要梳理的羊毛，那只要洗涤的盆儿，这一个，而不是别个，要哄着入睡的孩子。她向着家的永恒呼叫，全村都掠过同样的晚间祈祷。"

我们在大地上扎根，靠的是日常生活中的牵挂、责任和爱。在平时，这一切使我们忘记死亡。在死亡来临时，对这一切的眷恋又把我们的注意力从死亡上移开，从而使我们超越死亡的恐惧。

人跟要塞很相像，必须限制自己，才能找到生活的意义。"人打破围墙要自由自在，他也就只剩下了一堆暴露在星光下的断垣残壁。这时开始无处存身的忧患。""没有立足点的自由不是自由。"那些没有立足点的人，他们哪儿都不在，竟因此自以为是自由的。在今天，这样的人岂不仍然太多了？没有自己的信念，他们称这为思想自由。没有自己的立场，他们称这为行动自由。没有自己的女人，他们称这为爱情自由。可是，真正的自由始终是以选择和限制为前提的，爱上这朵花，也就是拒绝别的花。一个人即使爱一切存在，仍必须为他的爱找到确定的目标，然后他的博爱之心才可能得到满足。

三

生命的意义在最平凡的日常生活之中，但这不等于说，凡是过着这种生活的人都找到了生命的意义。圣埃克苏佩里用譬喻向我们讲述这个道理。定居在绿洲中的那些人习惯了安居乐业的日子，他们的感觉已经麻痹，不知道这就是幸福。他们的女人蹲在溪流里圆而白的小石子上洗衣服，以为是在完成一桩家家如此的苦活。王子命令他的部落去攻打绿洲，把女人们娶为己有。他告诉部下：必须千辛万苦在沙漠中追风逐日，心中怀着绿洲的宗教，才会懂得看着自己的女人在河边洗衣其实是在庆祝一个节日。

我相信这是圣埃克苏佩里最切身的感触，当他在高空出生入死时，地面上的平凡生活就会成为他心中的宗教，而身在其中的人的麻木不仁在他眼中就会成为一种亵渎。人不该向要塞外无边的沙漠追究意义，但是，"受威胁是事物品质的一个条件"，要领悟要塞内生活的意义，人就必须经历过沙漠。

日常生活到处大同小异，区别在于人的灵魂。人拥有了财产，并不等于就拥有了家园。家园不是这些绵羊、田野、房屋、山岭，而是把这一切联结起来的那个东西。那个东西除了是在寻找和感受着意义的人的灵魂，还能是什么呢？"对人唯一重要的是事物的意义。"不过，意义不在事物之中，而在人与事物的关系之中，这种关系把单个的事物组织成了一个对人有意义的整体。意义把人融入一个神奇的网络，使他比他自己更宽阔。于是，麦田、房屋、羊群不再仅仅是可以折算成金钱的东西，在它们之中凝结着人的岁月、希望和信心。

"精神只住在一个祖国，那就是万物的意义。"这是一个无形的祖国，肉眼只能看见万物，领会意义必须靠心灵。上帝隐身不见，为的是让人睁开心灵的眼睛，睁开心灵眼睛的人会看见他无处不在。母亲哺乳时在婴儿的吮吸中，丈夫归家时在妻子的笑容中，水手航行时在日出的霞光中，看到的都是上帝。

那个心中已不存在帝国的人说："我从前的热忱是愚蠢的。"他说的是真话，因为现在他没有了热忱，于是只看到零星的羊、房屋和山岭。心中的形象死去了，意义也随之消散。不过人在这时候并不觉得难受，与平庸妥协往往是在不知不觉中完成的。心爱的人离你而去，你一定会痛苦。爱的激情离你而去，你却丝毫不感到痛苦，因为你的死去的心已经没有了感觉痛苦的能力。

有一个人因为爱泉水的歌声，就把泉水灌进瓦罐，藏在柜子里。我们常常和这个人一样傻。我们把女人关在屋子里，便以为占有了她的美。我们把事物据为己有，便以为占有了它的意义。可是，意义是不可占有的，一旦你试图占有，它就不在了。那个凯旋的战士守着他的战利品——一个正裸身熟睡的女俘，面对她的美丽只能徒唤奈何。他捕获了这个女人，却无法把她的美捕捉到手中。无论我们和一个女人多么亲近，她的美始终在我们之外。不是在占有中，而是在男人的欣赏和倾倒中，女人的美便有了意义。我想起了海涅，他终生没有娶到一个美女，但他把许多女人的美变成了他的诗，因而也变成了他和人类的财富。

四

所以，意义本不是事物中现成的东西，而是人的投入。要获得意义，也就不能靠对事物的占有，而要靠爱和创造。农民从麦子中取走滋养他们身体的营养，他们向麦子奉献的东西丰了他们的心灵。

"那个走向井边的人，口渴了，自己拉动吱吱咯咯的铁链，把沉重的桶提到井栏上，这样听到水的歌声以及一切尖厉的乐曲。他口渴了，使他的行走、他的双臂、他的眼睛也都充满了意义，口渴的人朝井走去，就像一首诗。"而那些从杯子里喝现成的水的人却听不到水的歌声。坐滑竿——今天是坐缆车——上山的人，再美丽的山对于他也只是一个概念，并不具备实质。"当我说到山，意思是指让你被荆棘刺伤过，从悬崖跌下过，搬动石头流过汗，采过上面的花，最后在山顶迎着狂风呼吸过的山。"如果不用上自己的身心，一切都没有意义。贪图舒适的人，实际上是在放弃意义。

你心疼你的女人，让她摆脱日常家务，请保姆代劳一切，结果家对她就渐渐失去了意义。"要使女人成为一首赞歌，就要给她创造黎明时需要重建的家。"为了使家成为家，需要投入时间。现在人们舍不得把时间花在家中琐事上，早出晚归，在外面奋斗和享受，家就成了一个旅舍。

爱是耐心，是等待意义在时间中慢慢生成。母爱是从一天天的喂奶中来的。感叹孩子长得快的都是外人，父母很少会这样感觉。你每天观察院子里的那棵树，它就渐渐在你的心中扎根。有一个人猎到一头小沙狐，便精心喂养它，可是后来它逃回了沙漠。那人为此伤心，别人劝他再捉一头，他回答："捕捉不难，难的是爱，太需要耐心了。"

是啊，人们说爱，总是提出种种条件，埋怨遇不到符合这些条件的值得爱的对象。也许有一天遇到了，但爱仍未出现。那一个城市非常美，我在那里旅游时曾心旷神怡，但离开后并没有梦魂牵绕。那一个女人非常美，我邂逅她时几乎一见钟情，但错过了并没有日思夜想。人们举着条件去找爱，但爱并不存在于各种条件的哪怕最完美的组合之中。爱不是对象，爱是关系，是你在对象身上付出的时间和心血。你培育的园林没有皇家花园美，但你爱的是你的园林而不是皇家花园。你相濡以沫的女人没有女明星美，但你爱的是你的女人而不是女明星。也许你愿意用你的园林换皇家花园，用你的女人换女明星，但那时候支配你的不是爱，而是欲望。

爱的投入必须全心全意，如同自愿履行一项不可推卸的职责。"职责是连接事物的神圣纽结，在你看来是绝对的需要，而不是游戏，你才能建成你的帝国、神庙或家园。"就像掷骰子，如果不牵涉你的财产，你就不会动心。你玩的不是那几颗小小的骰子，而是你的羊群和金银财宝。在玩沙堆的孩子眼里，沙堆也不是沙堆，而是要塞、山岭或船只。

只有你愿意为之而死的东西，你才能够借之而生。

五

当你把爱投注到一个对象上面，你就是在创造。创造是"用生命去交换比生命更长久的东西"。这样诞生了画家、雕塑家、手工艺人等等，他们工作一生是为了创造自己用不上的财富。没有人在乎自己用得上用不上，生命的意义反倒是寄托在那用不上的财富上。那个瞎眼、独腿、口齿不清的老人，一说到他用生命交换的东西，就立刻思路清晰。突然发生了地震，人们害怕的不是死亡，而是自己的作品的毁灭，那也许是一只亲手制造的银壶、一条亲手编结的毛毯，或一篇亲口传唱的史诗。生命的终结诚然可哀，但最令人绝望的是那本应比生命更长久的东西竟然也同归于尽。

文化与工作是不可分的。那种只会把别人的创造放在自己货架上的人是未开化人，哪怕这些东西精美绝伦，他们又是鉴赏的行家。文化不是一件在谁的身上都能披的斗篷。对一切创造者来说，文化只是完成自己的工作以及工作中的艰辛和欢乐。每个人生活中最重要的部分是自己所热爱的那项工作，他借此而进入世界，在世上立足。有了这项他能够全身心投入的工作，他的生活就有了一个核心，他的全部生活围绕这个核心组织成了一个整体。没有这个核心的人，他的生活是碎片，譬如说，会分裂成两个都令人不快的部分，一部分是折磨人的劳作，另一部分是无所用心的休闲。

顺便说一说所谓"休闲文化"。一个醉心于自己的工作的人，他不会向休闲要求文化。对他来说，休闲仅是工作之后的休整。"休闲文化"大约只对两种人有意义，一种是辛苦劳作但从中体会不到快乐的人，另一种是没有工作要做的人，他们都需要用某种特别的或时髦的休闲方式来证明自己也有文化。我不反对一个人兴趣的多样性，但前提是有自己热爱的主要工作，唯有如此，当他进入别的领域时，才可能添入自己的一份意趣，而不只是凑热闹。

创造会有成败，这不重要，重要的是保持创造的热忱。有了这样的热忱，无论成败，都是在为创造做贡献。还是让圣埃克苏佩里自己来说，他说得太精彩："创造，也可以指舞蹈中跳错的那一步、石头上凿坏的那一凿子。动作的成功与否不是主要的。这种努力在你看来是徒劳无益，这是因为你的鼻子凑得太近的缘故，你不妨往后退一步。站在远处看这个城区的活动，看到的是意气风发的劳动热忱，你再也不会注意有缺陷的动作。"一个人有创造的热忱，他未必就能成为大艺术家。一大群人有创造的热忱，其中一定会产生大艺术家。大家都爱跳舞，即使跳得不好的人也跳，美的舞蹈便应运而生。说到底，产生不产生大艺术家也不重要，在这片生机勃勃的土地上，生活本身就是意义。

人在创造的时候是既不在乎报酬，也不考虑结果的。陶工专心致志地伏身在他的手艺上，在这个时刻，他既不是为商人，也不是为自己工作，而是"为这只陶罐以及柄子的弯度工作"。艺术家废寝忘食只是为了一个意象，一个还说不出来的形式。他当然感到了幸福，但幸福是额外的奖励，而不是预定的目的。美也如此，你几曾听到过一个雕塑家说他要在石头上凿出美？

从沙漠征战归来的人，勋章不能报偿他，亏待也不会使他失落。"当一个人升华、存在、圆满死去，还谈什么获得与占有？"一切从工作中感到生命意义的人都是如此，内在的富有找不到，也不需要世俗的对应物。像托尔斯泰、卡夫卡、爱因斯坦这样的人，没有得诺贝尔奖于他何损，得了又能增加什么？只有那些内心中没有欢乐源泉的人，才会斤斤计较外在的得失，孜孜追求教授的职称、部长的头衔和各种可笑的奖状。他们这样做很可理解，因为倘若没有这些，他们便一无所有。

六

如果我把圣埃克苏佩里的思想概括成一句话，譬如说"生命的意义在于爱和创造，在于奉献"，我就等于什么也没有说，只是在重复一句陈词滥调。是否用自己独特的语言说出一个真理，这不只是表达的问题，而是决定了说出的是不是真理。世上也许有共同的真理，但它不在公共会堂的标语上和人云亦云的口号中，只存在于一个个具体的人用心灵感受到的特殊的真理之中。那些不拥有自己的特殊真理的人，无论他们怎样重复所谓共同的真理，说出的始终是空洞的言辞而不是真理。圣埃克苏佩里说："我瞧不起意志受论据支配的人。词语应该表达你的意思，而不是左右你的意志。"真理不是现成的出发点，而是千辛万苦要接近的目标。凡是把真理当作起点的人，他们的意志正是受了词语的支配。

这本书中还有许多珍宝，但我不可能一一指给你们看。我在这座圣殿里走了一圈，把我的所见所思告诉了你们。现在，请你们自己走进去，你们也许会有不同的所见所思。然而，我相信，有一种感觉会是相同的。"把石块砌在一起，创造的是静默。"当你们站在这座用语言之石垒建的殿堂里时，你们一定也会听见那迫人不得不深思的静默。

生　命　本　就　纯　真

生命中不能错过什么

|　|　|　|　|　|　|　|　|　|　|　|

安妮是一个十一岁的孤儿，一头红发，满脸雀斑，整天耽于幻想，不断闯些小祸。假如允许你收养一个孩子，你会选择她吗？大概不会。马修和玛莉拉是一对上了年纪的独身兄妹，他们也不想收养安妮，只是因为误会，收养成了令人遗憾的既成事实。故事就从这里开始，安妮住进了美丽僻静村庄中这个叫作绿山墙的农舍，她的一言一行都将经受老处女玛莉拉的刻板挑剔眼光——以及村民们的保守务实眼光——的检验，形势对她十分不利。然而，随着故事进展，我们看到，安妮的生命热情融化了一切敌意的坚冰，给绿山墙和整个村庄带来了欢快的春意。作为读者，我们也和小说中所有人一样不由自主地喜欢上了她。正如当年马克·吐温所评论的，加拿大女作家露西·莫德·蒙哥马利塑造的这个人物不愧是"继不朽的艾丽丝之后最令人感动和喜爱的儿童形象"。

在安妮身上，最令人喜爱的是那种富有灵气的生命活力。她的生命力如此健康蓬勃，到处绽开爱和梦想的花朵，几乎到了奢侈的地步。安妮拥有两种极其宝贵的财富：一是对生活的惊奇感，二是充满乐观精神的想象力。对她来说，每一天都有新的盼望、新的惊喜。她不怕盼望落空，因为她已经从盼望中享受了一半的喜悦。她生活在用想象力创造的美丽世界中，看见五月花，她觉得自己身在天堂，看见了去年枯萎的花朵的灵魂。请不要说安妮虚无缥缈，她的梦想之花确确实实结出了果实，使她周围的人在和从前一样的现实生活中品尝到了从前未曾发现的甜美滋味。

我们不但喜爱安妮，而且被她深深感动，因为她那样善良。不过，她的善良不是来自某种道德命令，而是源自天性的纯净。她的生命是一条虽然激荡却依然澄澈的溪流，仿佛直接从源头涌出，既积蓄了很大的能量，又尚未受到任何污染。安妮的善良实际上是一种感恩，是因拥有生命、享受生命而产生的对生命的感激之情。怀着这种感激之情，她就善待一切帮助过她乃至伤害过她的人，也善待大自然中的一草一木。和怜悯、仁慈、修养相比，这种善良是一种更为本真的善良，而且也是更加令自己和别人愉快的。

所以，我认为，《绿山墙的安妮》这本书虽然是近一百年前问世的，今天仍然很值得我们一读。作为儿童文学的一部经典之作，今天的孩子们一定还能够领会它的魅力，与可爱的主人公发生共鸣，孩子们比我聪明，无须我多言。我想特别说一下的是，今天的成人们也应当能够从中获得教益。在我看来，教益有二。一是促使我们反省对孩子的教育。我们该知道，就天性的健康和纯净而言，每个孩子身上都藏着一个安妮，我们千万不要再用种种功利的算计去毁坏他们的健康，污染他们的纯净心灵，扼杀他们身上的安妮了。二是促使我们反省自己的人生。在今日这个崇拜财富的时代，我们该自问，我们是否丢失了那些最重要的财富，例如对生活的惊奇感、使生活焕发诗意的想象力、源自感激生命的善良等等。安妮曾经向从来不想象和现实不同的事情的人惊呼："你错过了多少东西！"我们也该自问：我们错过了多少比金钱、豪宅、地位、名声更宝贵的东西？

世上本无奇迹

||||||||||||||

　　《鲁滨孙漂流记》出版二百周年之际，弗吉尼亚·伍尔夫发表感想说，她觉得这本书像是一部万古常新的无名氏作品，而不像是若干年前某个人的精心之作，因此，要庆祝它的生日，就像庆祝史前巨石柱的生日一样令人感到奇怪。这话道出了我们读某些经典名著时的共同感觉。当然，即使在经典名著中，这样的作品也是不多的，而《鲁滨孙漂流记》也许是最有代表性的一部。

　　故事本身是尽人皆知的，它涉及一桩奇遇：鲁滨孙在荒无人烟的孤岛上生活了二十八年，终于活着回到了人群中。可是，知道这个故事与读这本书完全是两回事。如果你仅仅知道故事梗概而不去读这本书，你将错过最重要的东西。一部伟大的小说，其之所以伟大之处不在故事本身，而在对故事的叙述。在笛福笔下，鲁滨孙的孤岛奇遇是由许许多多丝毫不是奇遇的具体事件和平凡细节组成的，他只是从容道来，丝毫不加渲染，一切都好像是事情自己在那里发生着。他的叙事语言朴实、准确，宛若自然天成，因此极有力量，使我们几乎不可能怀疑他所叙述的事情的真实性。我们仿佛身临其境地看到，只身落在荒岛上的鲁滨孙怎样由惊恐到渐渐适应，在习惯了孤独以后，又怎样因为在沙滩上发现人的脚印而感到新的惊恐。我们看到他为了排遣寂寞，怎样辛勤地营建自己的小窝，例如花费四十二天工夫把一棵大树做成一块简陋的搁板。我们会觉得，这一切都是十分真实的，倘若我们落入那个境遇里，我们也会那样反应和那样做。鲁滨孙能够在孤岛上活下来，靠的不是超自然的奇迹，而是生存本能和一点好运气罢了。

在过去的评论中，人们常常强调笛福是资产阶级的代言人，小说的主旨是鼓吹勤劳求生和致富。在我看来，即使这部小说含有道德训诫的意思，也绝非如此肤浅。在现实生活中，笛福是一个很入世的人，曾经经商、从政、办刊物，在每一个领域都折腾得很厉害，大起大落，最后失败得也很惨，是一个喜欢折腾又历尽坎坷的人。他自己总结说："谁也没有经受过这么多命运的播弄，我曾经十三回穷了又富，富了又穷。"到了晚年，他才开始写小说。使我感到有趣的是，就是这样一个人，却借了鲁滨孙的眼光，表达了对俗世的一种超脱和批评的立场。在远离世界并且毫无返回希望的情形下，鲁滨孙发现自己看世界的眼光完全变了。他的眼光的变化，我认为最有价值的是两点。一是对财富的看法。由于他碰巧落在一个物产丰富的岛上，加上他的勤勉，他称得上很富有了。可是他发现，财富再多，他所能享受的也只是自己能够使用的部分，而这个部分是非常有限的，其余多出的部分对于他没有任何实际价值。由此他意识到，世人的贪婪乃是出于虚荣，而非出于真实的需要。另一点是对宗教的看法。如果说他还是一个基督徒的话，他的宗教信仰也变得极其单纯了，仅限于从上帝的仁慈中寻求活下去的勇气和安宁的心境。由此他回想人世间宗教上的一切烦琐的争执，看破了它们的毫无意义。我相信在这两点认识中包含着某种基本的真理。世上种种纷争，或是为了财富，或是为了教义，不外乎利益之争和观念之争。当我们身在其中时，我们不免很看重。但是，我们每一个人都迟早要离开这个世界，并且绝对没有返回的希望。在这个意义上，我们不妨也用鲁滨孙的眼光来看一看世界，这会帮助我们分清本末。我们将发现，我们真正需要的物质产品和真正值得我们坚持的精神原则都是十分有限的，在单纯的生活中包含着人生的真谛。

孤岛遐想是现代人喜欢做的一个游戏。只身一人漂流到了一座孤岛上，这种情景对于想象力是一个刺激。不过，我们的想象力往往底气不足，如果没有某种浪漫的奇迹来救助，便难以为继。最后，也就只好满足于带什么书去读、什么音乐去听之类的小情调而已。在鲁滨孙的孤岛上也没有奇迹。那里不是桃花源，没有乌托邦式的社会实验。那里不是伊甸园，没有女人和艳遇。鲁滨孙在他的孤岛上所做的事情在人类历史上其实是经常发生的，这就是凭借从一个文明社会中抢救出的少许东西，重新开始建立这个文明社会。世上本无奇迹，但世界并不因此失去魅力。我甚至相信，人最接近上帝的时刻不是在上帝向人显示奇迹的时候，而是在人认识到世上并无奇迹却仍然对世界的美丽感到惊奇的时候。

麻木比瘟疫更可怕

| | | | | | | | | | | | |

瘟疫曾经是一个离我们多么遥远的词，无人能够预想到，它竟落在了二十一世纪的我们头上。在经历了SARS的灾难后，现在来读《鼠疫》，我们会有异乎寻常的感受。

加缪的这部名作描写了一场鼠疫的全过程，时间是二十世纪四十年代，地点是阿尔及利亚的奥兰市。事实上，那个时间那个地点并没有发生鼠疫，所以加缪描写的是一场虚构的鼠疫。一般认为，这是一部寓言性小说，鼠疫控制下的奥兰是喻指法西斯占领下的法国。然而，加缪对瘟疫的描写具有如此惊人的准确性，以至于我们禁不住要把它当作一种纪实来读。一开始是鼠疫的先兆，屋子里和街上不断发现死老鼠，第一个人死于怪病，接着是第二个、第三个，逐日增多。某一位医生终于鼓起勇气说出"鼠疫"这个词，其他人亦心存疑虑，但不敢承认。疫情迅速蔓延，成为无可否认的事实，市府怕惊动舆论，封锁消息。终于到了封锁不住的地步，于是公布疫情，采取措施，消毒，监控，隔离，直至封城。因为害怕传染，人人口含据说能防病的薄荷药糖，乘公交车时背靠背，怀着戒心疏远自己的邻居，对身体的微小不适疑神疑鬼。人们的心态由侥幸转为恐慌，又由恐慌转为渐渐适应，鼠疫本身终于成了一种生活方式。全市如同放长假一样，日常工作停止，人们唯一可做的事情是收听和谈论政府公布的统计数字，祈求自己平安渡过难关，等待瘟疫出现平息的迹象。商人乘机牟利，咖啡馆贴出"酒能杀菌"的广告招徕顾客，投机商高价出售短缺的物品，出版商大量印售占星术史料中的或临时杜撰的有关瘟疫的各种预言……凡此种种现象，我们现在读到都不觉得陌生了，至少可以凭自身的经验加以想象了。

然而，如果认为《鼠疫》所提供的仅是这些令我们感到半是亲切半是尴尬的疫期生活细节，就未免太停留在了它的表面。我们不该忘记，对加缪来说，鼠疫的确只是一个象征。在最广泛的意义上，鼠疫象征的是任何一种大规模的祸害，其受害者是所及地区、民族、国家的所有人乃至全人类，瘟疫、灾荒、战争、专制主义、恐怖主义等都可算在内。问题是当这类祸害降临的时候，我们怎么办？加缪通过他笔下主人公们的行为向我们说明，唯一的选择是站在受害者一边与祸害做斗争。一边是鼠疫，另一边是受害者，阵线截然分明，没有人可以做一个旁观者。医生逃离岗位，病患拒绝隔离，都意味着站到了鼠疫一边。这个道理就像二加二等于四一样简单。在这个时候，需要的只是一种最单纯的责任感，因而也是一种最基本的正义感。灾难是没有戏剧性可言的，所以加缪唾弃面对灾难的一切浪漫主义姿态。本书主角里厄医生之所以奋不顾身地救治病人，置个人安危于度外，与任何宗教信念、神圣使命、英雄壮举都无关，而只是因为他作为一个医生不能容忍疾病和死亡。在法西斯占领期间，从来对政治不感兴趣的加缪成了抵抗运动的干将。战后，记者问他为什么要参加抵抗运动，他的回答同样简单："因为我不能站在集中营一边。"

面对共同祸害时做选择的理由是简单的，但人性经受的考验却并不简单。这是一个令加缪烦恼的问题，它构成了《鼠疫》更深一层的内涵。从封城那一天起，奥兰的市民们实际上就开始过一种流放生活了，不过这是流放在自己的家中。在那些封城前有亲人外出的人身上，这种流放感更为强烈，他们失去了与亲人团聚的自由。在瘟神笼罩下，所有留在城里的人只有集体的遭遇，个人的命运不复存在。共同的厄运如此强大，以至于个人的爱情、思念、痛苦都已经显得微不足道，人们被迫像没有个人情感那样行事。久而久之，一切个性的东西都失去了语言，人们不复有属于自己的记忆和希望，只活在当前的现实之中。譬如说，那些与亲人别离的人开始用对待疫情统计数字的态度来对待自己的境况了，别离的痛苦已经消解在公共的不幸之中。这就是说，人们习惯了瘟疫的境况。加缪认为，这才是最可怕的事情，习惯于绝望的处境是比绝望的处境本身更大的不幸。不过，只要身处祸害之中，我们也许找不到办法来摆脱这种不幸。与任何共同祸害所做的斗争都具有战争的性质，牺牲个性是其不得不付出的代价。

在小说的结尾，鼠疫如同它来临时一样突然结束了。当然，幸存者们为此欢欣鼓舞，他们庆幸噩梦终于消逝，被鼠疫中断了的生活又可以继续下去了。也就是说，他们又可以每天辛勤工作，然后把业余时间浪费在赌牌、泡咖啡馆和闲聊上了。这是现代人的标准生活方式。可是，生活应该是这样的吗？人们经历了鼠疫却没有任何变化吗？加缪借小说中一个人物之口向我们提出了这个问题，并且说了一句发人深省的话："但鼠疫是怎么一回事呢？也不过就是生活罢了。"如果我们不把鼠疫仅仅看作一场噩梦和一个例外，而是看作反映了生活的本质的一种经历，也许就会获得某些重要的启示。我们也许会认识到，在人类生活中，祸害始终以各种形式存在着，为了不让它们蔓延开来，我们必须改变我们的生活方式。在一定意义上，这不也正是SARS之灾给予我们的教训吗？

真正可怕的不是瘟疫，而是麻木。在瘟疫流行之时，我们对瘟疫渐渐习以为常，这是麻木。在瘟疫过去之后，我们的生活一切照旧，这是更严重的麻木。仔细想想，麻木是怎样普遍，怎样比瘟疫更难抵御啊。

02

自由的灵魂

生 命 本 就 纯 真

孔子的洒脱

| | | | | | | | | | | |

我喜欢读闲书，即使是正经书，也不妨当闲书读。譬如说《论语》，林语堂把它当作孔子的闲谈读，读出了许多幽默，这种读法就很对我的胃口。近来我也闲翻这部圣人之言，发现孔子乃是一个相当洒脱的人。

在我的印象中，儒家文化一重事功，二重人伦，是一种很入世的文化。然而，作为儒家始祖的孔子，其实对于功利的态度颇为淡泊，对于伦理的态度又颇为灵活。这两个方面，可以用两句话来代表，便是"君子不器"和"君子不仁"。

孔子是一个读书人。一般读书人寒窗苦读，心中都悬着一个目标，就是有朝一日成器，即成为某方面的专门家，好在社会上混一个稳定的职业。说一个人不成器，就等于说他没出息，这是很忌讳的。孔子却坦然说，一个真正的人本来就是不成器的。也确实有人讥他博学而无所专长，他听了自嘲说，那么我就以赶马车为专长吧。

其实，孔子对于读书有他自己的看法。他主张读书要从兴趣出发，不赞成为求知而求知的纯学术态度（"知之者不如好之者，好之者不如乐之者"）。他还主张读书是为了完善自己，鄙夷那种沽名钓誉的庸俗文人（"古之学者为己，今之学者为人"）。他一再强调，一个人重要的是要有真才实学，而无须在乎外在的名声和遭遇，类似于"不患莫己知，求为可知也"，这样的话，《论语》中至少重复了四次。

"君子不器"这句话不仅说出了孔子的治学观，也说出了他的人生观。有一回，孔子和他的四个学生聊天，让他们谈谈自己的志向。其中三人分别表示想做军事家、经济家和外交家。唯有曾点说，他的理想是暮春三月，轻装出发，约若干大小朋友，到河里游泳，在林下乘凉，一路唱歌回来。孔子听罢，喟然叹曰："我和曾点想的一样。"圣人的这一叹，叹出了他的未染的性灵，使得两千年后一位最重性灵的文论家大受感动，竟改名"圣叹"，以志纪念。人生在世，何必成个什么器做个什么家呢，只要活得悠闲自在，岂非胜过一切？

学界大抵认为"仁"是孔子思想的核心，至于什么是"仁"，众说不一，但都不出伦理道德的范围。孔子重人伦是一个事实，不过他到底是一个聪明人，而一个人只要足够聪明，就绝不会看不透一切伦理规范的相对性质。所以，"君子而不仁者有矣夫"这句话竟出自孔子之口，他不把"仁"看作理想人格的必备条件，也就不足怪了。有人把仁归结为"忠恕"二字，其实孔子决不主张愚忠和滥恕。他总是区别对待"邦有道"和"邦无道"两种情况，"邦无道"之时，能逃就逃（"乘桴浮于海"），逃不了则少说话为好（"言孙"），会装傻更妙（"愚不可及"这个成语出自《论语》，其本义不是形容愚蠢透顶，而是孔子夸奖某人装傻装得高明极顶的话，相当于郑板桥说的"难得糊涂"）。他也不像基督那样，当你的左脸挨打时，要你把右脸也送上去。有人问他该不该"以德报怨"，他反问：那么用什么来报德呢？然后说，应该是用公正回报怨仇，用恩德回报恩德。

孔子实在是一个非常通情达理的人，他有常识，知分寸，丝毫没有偏执狂。"信"是他亲自规定的"仁"的内涵之一，然而他明明说，"言必信，行必果"乃是僵化小人的行径（"径径然小人哉"）。要害是那两个"必"字，毫无变通的余地，把这位老先生惹火了。他还反对遇事过分谨慎。我们常说"三思而后行"，这句话也出自《论语》，只是孔子并不赞成，他说再思就可以了。

　　也许孔子还有不洒脱的地方，我举的只是一面。有这一面毕竟是令人高兴的，它使我可以放心承认孔子是一位够格的哲学家了，因为哲学家就是有智慧的人，而有智慧的人怎么会一点不洒脱呢？

另一个韩愈

| | | | | | | | | | | | |

去年某月，到孟县参加一个笔会。孟县是韩愈的故乡，于是随身携带了一本他的集子，作为旅途消遣的读物。小时候就读过韩文，也知道他是"文起八代之衰"的大文豪，但是印象里他是儒家道统的卫道士，又耳濡目染"五四"以来文人学者对他的贬斥，便一直没有多读的兴趣。未曾想到，这次在旅途中随手翻翻，竟放不下了，仿佛发现了另一个韩愈，一个深通人情、明察世态的韩愈。

譬如说那篇《原毁》，最早是上中学时在语文课本里读到的，当时还背了下来。可是，这次重读，才真正感觉到，他把毁谤的根源归结为懒惰和嫉妒，因为懒惰而自己不能优秀，因为嫉妒而怕别人优秀，这是多么准确。最有趣的是他谈到自己常常做一种实验，方式有二。其一是当众夸不在场的某人，结果发现，表示赞同的只有那人的朋党、与那人没有利害竞争的人以及惧怕那人的人，其余的一概不高兴。其二是当众贬不在场的某人，结果发现，不表赞同的也不外上述三种人，其余的一概兴高采烈。韩愈有这种恶作剧的心思和举动，我真觉得他是一个聪明可爱的人。我相信，一定会有一些人联想起自己的类似经历，发出会心的一笑。

安史之乱时，张巡、许远分兵坚守睢阳，一年后兵尽粮绝，城破殉难。由于城是先从许远所守的位置被攻破的，许远便多遭诟骂，几被目为罪人。韩愈在谈及这段史实时替许远抱不平，讲了一个很简单的道理：人之将死，其器官必有先得病的，因此而责怪这先得病的器官，也未免太不明事理了。接着叹道："小人之好议论，不乐成人之美如是哉！"这个小例子表明韩愈的心态何其正常平和，与那些好唱高调整人的假道学不可同日而语。

在《与崔群书》中，韩愈有一段话论人生知己之难得，也是说得坦率而又沉痛。他说他平生交往的朋友不算少，浅者不去说，深者也无非是因为同事、老相识、某方面兴趣相同之类表层的原因，还有的是因为一开始不了解而来往已经密切，后来不管喜欢不喜欢也只好保持下去了。我很佩服韩愈的勇气，居然这么清醒地解剖自己的朋友关系。扪心自问，我们恐怕都不能否认，世上真正心心相印的朋友是少而又少的。

至于那篇为自己的童年手足、与自己年龄相近却早逝的侄儿十二郎写的祭文，我难以描述读它时的感觉。诚如苏东坡所言，"其惨痛悲切，皆出于至情之中"，读了不掉泪是不可能的。最崇拜他的欧阳修则好像不太喜欢他的这类文字，批评他"其心欢戚，无异庸人"。可是，在我看来，常人的真情达于极致正是伟大的征兆之一。这样一个内心有至情又能冷眼看世相人心的韩愈，虽然一生挣扎于宦海，却同时向往着"与其有誉于前，孰若无毁于后，与其有乐于身，孰若无忧于心"的隐逸生活，我对此是丝毫不感到奇怪的。可惜的是，实际上，他忧患了一生，死后仍摆脱不了无尽的毁誉。在孟县时，我曾到韩愈墓凭吊，墓前有两棵枝叶苍翠的古柏，我站在树下默想：韩愈的在天之灵一定像这些古柏一样，淡然观望着他身后的一切毁誉吧。

诗人的执着和超脱

| | | | | | | | | | | | |

一

除夕之夜，陪伴我的只有苏东坡的作品。

读苏东坡豪迈奔放的诗词文章，你简直想不到他有如此坎坷艰难的一生。

有一天饭后，苏东坡捧着肚子踱步，问道："我肚子里藏些什么？"

侍儿们分别说，满腹都是文章，都是识见。唯独他那个聪明美丽的侍妾朝云说：

"学士一肚子不合时宜。"

苏东坡捧腹大笑，连声称是。在苏东坡的私生活中，最幸运的事就是有这么一个既有魅力又有理解力的女人。

以苏东坡之才，治国经邦都会有独特的建树，他任杭州太守期间的政绩就是明证。可是，他毕竟太有诗人气质了，禁不住有感便发，不平则鸣，结果总是得罪人。他的诗名冠绝一时，流芳百世，但他的五尺之躯却见容不了当权派。无论政敌当道，还是同党秉政，他都照例不受欢迎。自从身不由己地被推上政治舞台，他两度遭到贬谪，从三十五岁开始颠沛流离，在一地居住从来不满三年。你仿佛可以看见，在那交通不便的时代，他携家带眷，风尘仆仆，跋涉在中国的荒野古道上，无休无止地向新的谪居地进发。最后，他孤身一人流放到海南岛，这个一天都离不了朋友的豪放诗人，被迫像野人一样住在蛇蝎衍生的椰树林里，在语言不通的蛮族中了却残生。

二

具有诗人气质的人，往往在智慧上和情感上都早熟，在政治上却一辈子也成熟不了。他始终保持一颗纯朴的童心。他用孩子般天真单纯的眼光来感受世界和人生，不受习惯和成见之囿，于是常常有新鲜的体验和独到的发现。他用孩子般天真单纯的眼光来衡量世俗的事务，却又不免显得不通世故，不合时宜。

苏东坡曾把写作喻作"行云流水""常行于所当行，常止于不可不止"，完全出于自然。这正是他的人格的写照。个性的这种不可遏止的自然的奔泻，在旁人看来，是一种执着。

真的，诗人的性格各异，可都是一些非常执着的人。他们的心灵好像固结在童稚时代那种色彩丰富的印象上了，但这种固结不是停滞和封闭，反而是发展和开放。在印象的更迭和跳跃这一点上，谁能比得上孩子呢？那么，终生保持孩子般速率的人，他所获得的新鲜印象不是就丰富得惊人了吗？具有诗人气质的人似乎在孩童时期一旦尝到了这种快乐，就终生不能放弃了。他一生所执着的就是对世界、对人生的独特的新鲜的感受——美感。对他来说，这种美感是生命的基本需要。富比王公，没有这种美感，生活就索然乏味。贫如乞儿，不断有新鲜的美感，照样可以过得快乐充实。

美感在本质上的确是一种孩子的感觉。孩子的感觉，其特点一是纯朴而不雕琢，二是新鲜而不因袭。这两个特点不正是美感的基本素质吗？然而，除了孩子的感觉，我不知道还有什么别的感觉。雕琢是感觉的伪造，因袭是感觉的麻痹，所以，美感的丧失就是感觉机能的丧失。

可是，这个世界毕竟是成人统治的世界啊，他们心满意足，自以为是，像惩戒不听话的孩子一样惩戒童心不灭的诗人。不必说残酷的政治，就是世俗的爱情，也常常无情地挫伤诗人的美感。多少诗人以身殉他们的美感，就这样毁灭了。一个执着于美感的人，必须有超脱之道，才能维持心理上的平衡。愈是执着，就必须愈是超脱。这就是诗与哲学的结合。凡是得以安享天年的诗人，哪一个不是兼有一种哲学式的人生态度呢？歌德，托尔斯泰，泰戈尔，苏东坡……他们在某种程度上同时又都是哲学家。

三

美感作为感觉，是在对象化的过程中实现自己的。不能超脱的诗人，总是执着于某一些特殊的对象。他们的心灵固结在美感上，他们的美感又固结在这些特殊的对象上，一旦丧失这些对象，美感就失去寄托，心灵就遭受致命的打击。他们不能成为美感的主人，反而让美感受对象的役使。对一个诗人来说，最大的祸害莫过于执着于某些特殊的对象了。这是审美上的异化。自由的心灵本来是美感的源泉，现在反而受自己的产物——对象化的美感即美的对象——的支配，从而丧失了自由，丧失了美感的原动力。

苏东坡深知这种执着于个别对象的审美方式的危害。在他看来，美感无往而不可对象化。"凡物皆有可观，苟有可观，皆有可乐，非必怪奇伟丽者也。"如果执着于一物，"游于物之内"，自其内而观之，物就显得又高又大。物挟其高大以临我，我怎么能不眩惑迷乱呢？他说，他之所以能无往而不乐，就是因为"游于物之外"。"游于物之外"，就是不要把对象化局限于具体的某物，更不要把对象化的要求变成对某物的占有欲。结果，反而为美感的对象化打开了无限广阔的天地。"江上之清风，与山间之明月，耳得之而为声，目遇之而成色，取之无禁，用之无竭，是造物者之无尽藏也"，你再执着于美感，又有何妨？只要你的美感不执着于一物，不异化为占有，就不愁得不到满足。

诗人的执着，在于始终保持一种审美的人生态度。诗人的超脱，在于没有狭隘的占有欲望。

所以，苏东坡能够"谈笑生死之际"，尽管感觉敏锐，依然胸襟旷达。

苏东坡在惠州谪居时，有一天，在山间行走，已经十分疲劳，而离家还很远。他突然悟到：人本是大自然之子，在大自然的怀抱里，何处不能歇息？于是"心若挂钩之鱼，忽得解脱"。

"人生到处知何似？应似飞鸿踏雪泥，泥上偶然留指爪，鸿飞那复计东西。"诗人的灵魂就像飞鸿，它不会眷恋自己留在泥上的指爪，它的唯一使命是飞，自由自在地飞翔在美的国度里。

我相信，哲学是诗的守护神。只有在哲学的广阔天空里，诗的精灵才能自由地、耐久地飞翔。

生 命 本 就 纯 真

智慧和信仰

| | | | | | | | | | | | | | |

三年前，在轮椅上坐了三十个年头的史铁生的生活中没有出现奇迹，反而又有新的灾难降临。由于双肾功能衰竭，从此以后，他必须靠血液透析维持生命了。当时，一个问题立刻使我——我相信还有其他许多喜欢他的读者——满心忧虑：他还能写作吗？在瘫痪之后，写作是他终于找到的活下去的理由和方式，如果不能了，他怎么办呀？现在，仿佛是作为一个回答，他的新作摆在了我的面前。

史铁生把他的新作题作《病隙碎笔》，我知道有多么确切。他每三天透析一回。透析那一天，除了耗在医院里的工夫外，坐在轮椅上的他往返医院还要经受常人想象不到的折腾，是不可能有余力的了。第二天是身体和精神状况最好（能好到哪里啊！）的时候，唯有那一天的某一时刻他才能动一会儿笔。到了第三天，血液里的毒素重趋饱和，体况恶化，写作又成奢望。大部分时间在受病折磨和与病搏斗，不折不扣是病隙碎笔，而且缝隙小得那样可怜！

然而，读这本书时，我在上面没有发现一丝病的愁苦和阴影，看到的仍是一个沐浴在思想的光辉中的开朗的史铁生。这些断断续续记录下来的思绪也毫不给人以细碎之感，倒是有着内在的连贯性。这部新作证明，在自己的"写作之夜"，史铁生不是一个残疾人和重病患者，他的自由的心魂漫游在世界和人生的无疆之域，思考着生与死、苦难与信仰、残缺与爱情、神命与法律、写作与艺术等重大问题，他的思考既执着又开阔，既深刻又平易近人，他的"写作之夜"依然充实而完整。对此我只能这样来解释：在史铁生身上业已形成一种坚固的东西，足以使他的精神历尽苦难而依然健康，备受打击而不会崩溃。这是什么东西呢？是哲人的智慧，还是圣徒的信念，抑或两者都是？

常常听人说，史铁生之所以善于思考，是因为残疾，是因为他被困在轮椅上，除了思考便无事可做。假如他不是一个残疾人呢，人们信心十足地推断，他就肯定不会成为现在这个史铁生——他们的意思是说，不会成为这么一个优秀的作家或者这么一个智慧的人。在我看来，没有比这更加肤浅的对史铁生的解读了。当然，如果不是残疾，他也许不会走上写作这条路，但也可能走上，这不是问题的关键。关键在于，他的那种无师自通的哲学智慧绝不是残疾解释得了的。一个明显的证据是，我们在别的残疾人身上很少发现这一显著特点。当然，在非残疾人身上也很少发现。这至少说明，这种智慧是和残疾不残疾无关的。

关于残疾，史铁生自己有一个清晰的认识："人所不能者，即是限制，即是残疾。"在此意义上，残疾是与生俱来的，对所有的人来说都是这样。看到人所必有的不能和限制，这是智慧的起点。两千多年前，苏格拉底就是因为知道人之必然的无知，而被阿波罗神赞为最智慧的人的。众所周知，苏格拉底就不是一个残疾人。我相信，史铁生不过碰巧是一个残疾人罢了，如果他不是，他也一定能够由生命中必有的别的困境而觉悟到人的根本限制。

人要能够看到限制，前提是和这限制拉开一个距离。坐井观天，就永远不会知道天之大和井之小。人的根本限制就在于不得不有一个肉身凡胎，它被欲望支配，受有限的智力指引和蒙蔽，为生存而受苦。可是，如果我们总是坐在肉身凡胎这口井里，我们也就不可能看明白它是一个根本限制。所以，智慧就好像某种分身术，要把一个精神性的自我从这个肉身的自我中分离出来，让它站在高处和远处，以便看清楚这个在尘世挣扎的自己所处的位置和可能的出路。

从一定意义上说，哲学家是一种分身有术的人，他的精神性自我已经能够十分自由地离开肉身，静观和俯视尘世的一切。在史铁生身上，我也看到了这种能力。他在作品中经常把史铁生其人当作一个旁人来观察和谈论，这不是偶然的。站在史铁生之外来看史铁生，这几乎成了他的第二本能。这另一个史铁生时而居高临下俯瞰自己的尘世命运，时而冷眼旁观自己的执迷和嘲笑自己的妄念，当然，时常也关切地走近那个困顿中的自己，对他劝说和开导。有时候我不禁觉得，如同罗马已经不在罗马一样，史铁生也已经不在那个困在轮椅上的史铁生的躯体里了。也许正因为如此，肉身所遭遇的接二连三的灾难就伤害不了已经不在肉身中的这个史铁生了。

看到并且接受人所必有的限制，这是智慧的起点，但智慧并不止于此。如果只是忍受，没有拯救，或者只是超脱，没有超越，智慧就会沦为冷漠的犬儒主义。可是，一旦寻求拯救和超越，智慧又不会仅止于智慧，它不可避免地要走向信仰了。

其实，当一个人认识到人的限制、缺陷、不完美是绝对的，困境是永恒的，他已经是在用某种绝对的完美之境做参照系了。如果只是把自己和别人做比较，看到的就只能是限制的某种具体形态，譬如说肉体的残疾。俗话说，人比人，气死人，以自己的残缺比别人的肢体齐全，以自己的坎坷比别人的一帆风顺，所产生的只会是怨恨。反过来也一样，以别人的不能比自己的能够，以别人的不幸比自己的幸运，只会陷入浅薄的沾沾自喜。唯有在把人与神做比较时，才能看到人的限制之普遍，因而不论这种限制在自己或别人身上以何种形态出现，都应不馁不骄，心平气和。对人的限制的这样一种宽容，换一个角度来看，便是面对神的谦卑。所以，真正的智慧中必蕴含着信仰的倾向。这也是哲学之所以必须是形而上学的道理之所在，一种哲学如果不是或明或暗地包含着绝对价值的预设，它作为哲学的资格就颇值得怀疑。

进一步说，真正的信仰也必是从智慧中孕育出来的。如果不是太看清了人的限制，佛陀就不会寻求解脱，基督就无须传播福音。任何一种信仰倘若不是以人的根本困境为出发点，它作为信仰的资格就是值得怀疑的。因此，譬如说，有一个人去庙里烧香磕头，祈求佛为他消弭某一个具体的灾难，赐予某一项具体的福乐，我们就有理由说他没有信仰，只有迷信。或者，用史铁生的话说，他是在向佛行贿。又譬如说，有一种教义宣称能够在人间消灭一切困境，实现完美，我们也就可以有把握地断定它不是真信仰，在最好的情形下也只是乌托邦。史铁生说得好：人的限制是"神的给定"，人休想篡改这个给定，必须接受它。"就连耶稣，就连佛祖，也不能篡改它。不能篡改它，而是在它之中来行那宏博的爱愿。"一切乌托邦的错误就在于企图篡改神的给定，其结果不是使人摆脱了限制而成为神，而一定是以神的名义施强制于人，把人的权利也剥夺了。

《病隙碎笔》中有许多对于信仰的思考，皆发人深省。一句点睛的话是："所谓天堂即是人的仰望。"人的精神性自我有两种姿态。当它登高俯视尘世时，它看到限制的必然，产生达观的认识和超脱的心情，这是智慧。当它站在尘世仰望天空时，它因永恒的缺陷而向往完满，因肉身的限制而寻求超越，这便是信仰了。完满不可一日达到，超越永无止境，彼岸永远存在，如此信仰才得以延续。所以，史铁生说："皈依并不在一个处所，皈依是在路上。"这条路没有一个终于能够到达的目的地，但并非没有目标，走在路上本身即目标存在的证明，而且是唯一可能和唯一有效的证明。物质理想（譬如产品的极大丰富）和社会理想（譬如消灭阶级）的实现要用外在的可见的事实来证明，精神理想的实现方式只能是内在的心灵境界。所以，凡是坚持走在路上的人，行走的坚定就已经是信仰的成立。

最后，我要承认，我一边写着上面这些想法，一边却感到不安：我是不是站着说话不腰疼？一个无情的事实是，不管史铁生的那个精神性自我多么坚不可摧，他仍有一个血肉之躯，而这个血肉之躯正在被疾病毁坏。在生理的意义上，精神是会被肉体拖垮的，我怎么能假装不懂这个常识？上帝啊，我祈求你给肉身的史铁生多一点健康，这个祈求好像近似史铁生和我都反对的行贿，但你知道不是的，因为你一定知道他的"写作之夜"对于你也是多么宝贵。

自由的灵魂

| | | | | | | | | | | | | | |

在中国文坛上，一个声音突然响起，令人耳目一新，仅仅三年，又猝然终止了。不管人们是否喜欢这个声音，都不难听出它的独特，以至于会觉得它好像并不属于中国文坛。事实上，王小波之于中国文坛，也恰似一位游侠，独往独来，无派无门，尽管身手不凡，却难寻其师承渊源。

我与王小波并不相识，甚至读他的作品也不多。直到他去世后，我才知道他其实是一个很勤奋很多产的作家。然而，即使他的作品我读过的不多，也足以使我对这位风格与我迥异的作家怀有一种特别的敬意了。他的文章写得恣肆随意，非常自由，还常常满口谐谑，通篇调侃，一副顽皮相。如今调侃文字并不罕见，难得的是调侃中有一种内在的严肃，鄙俗中有一种纯正的教养，这正是我读他的作品的印象。

在读者中，王小波有"怪才""歪才"之称。我倒觉得，他的"怪"正是因为他太健康，他的"歪"正是因为他太诚实。因为健康，他对生活有一种正常的感觉，因为诚实，他又要把自己的感觉说出来。

他很像《皇帝的新衣》里的那个小孩，别人也看见皇帝光着身子，但宁愿相信皇帝的伟大，不愿相信自己的眼睛，他却不但相信自己的眼睛，而且把自己所看到的如实说了出来。在皇帝巡游的庄严场合，这种举止是有些"怪"而且"歪"的。譬如他的一部小说写性，我认为至少在中国当代小说中是写得最好的，对性有一种非常健康和诚实的态度，并且使读者也感到性是一件健康的、可以诚实地对待的事情。他没有像某些作者那样把性展示为一种抒情造型或一种色情表演，这两者都会让我们感到肉麻。不过我想，如果他肉麻一些，就不会有人说他"怪"而且"歪"了。

乍看起来，王小波好像有些玩世不恭，他喜欢挖苦各种事、各种现象。但是，他肯定不是一个虚无主义者，骨子里也许是很老派的，在捍卫一些相当传统的价值。他不遗余力抨击的是愚昧和专制，可见他是站在启蒙的立场上，怀抱的仍是"五四"先辈的科学和民主的信念。不过，这仍然是表面现象。他也不是一个科学主义者和民主主义者，他之捍卫科学和民主，并不是因为科学和民主有自足的价值。在他心目中，世上只有一样东西具有自足的价值，那就是智慧。他所说的智慧，实际上是指一种从事自由思考并且享受其乐趣的能力。这就透露了他的理性立场背后蕴含着的人文关切，他真正捍卫的是个人的精神自由。所以，倘若科学成为功利，民主成为教条，他同样会感到智慧受辱，并起而反对。我相信这种对智慧的热爱源于一种健康的精神本能，由此本能导引而能强烈地感受灵魂自由的快乐和此种自由被剥夺的痛苦。"文化革命"中后一种经验烙印之深，使他至今对一切可能侵害个人精神自由的倾向极为警惕。正因为此，他相当无情地嘲笑了"人文精神"和"新儒学"鼓吹者们的救世奢望。

王小波在表达自己的观点时常常是旗帜鲜明的，有时似乎是相当极端的。我不能说他没有偏见，他自己大约也不这样认为，他的基本主张不是反对一切偏见，而是反对任何一种哪怕是真理的意见自命唯一，企图一统天下。他真正不肯宽容的是那种定天下于一尊的不宽容立场。他也很厌恶诸如虚伪、做作、奴气之类的现象，我想这在一个崇尚精神自由的人是很自然的，因为在这样的人看来，凡此种种都是和自己过不去，自己剥夺自己的精神自由。一个精神上真正自由的人当然是没有必要用这些手段掩饰自己或讨好别人的。我在王小波的文章中未尝发现过狂妄自大，而这正是一般好走极端的人最易犯的毛病，这证实了我的一个直觉：他实际上不是一个走极端的人，相反是一个对己对人都懂得把握住分寸的人。他不乏激情，但一种平常心的智慧和一种罗素式的文明教养在有效地调节着他的激情。

正值创作鼎盛时期的王小波突然撒手人寰，人们为他的早逝悲哀，更为文坛的损失惋惜。最令我难过的却是世上智慧的人本来不多，现在又少了一个，这是比文坛可能遭受的损失更使我感到可惜的。是的，王小波是智慧的，他拥有他最看重的这种品质。在悼念他的时候，我能献上的赞美不过如此，但愿顽皮的他肯笑纳，而不把这归入他一向反感的浪漫夸张。

古驿道上的失散

| | | | | | | | | | | | |

　　杨绛先生出新书,书名叫《我们仨》。书出之前,已听说她在写回忆录并起好了这个书名,当时心中一震。这个书名实在太好,自听说后,我仿佛不停地听见杨先生说这三个字的声音,像在拉家常,但满含自豪的意味。这个书名立刻使我感到,这位老人在给自己漫长的一生做总结时,人世的种种沉浮荣辱都已淡去,她一生一世最重要的成就只是这个三口之家。可是,这个令她如此自豪的家,如今只有她一人存留世上了。在短短两年间,女儿钱瑗和丈夫钱锺书先后病逝。我们都知道这个令人唏嘘的事实,却不敢想象那时已年近九旬的杨先生是如何渡过可怕的劫难的,现在她又将如何回首凄怆的往事。

　　回忆录分作三部。第一部仅几百字,记一个真实的梦,引出第二部的"万里长梦"。第二部是全书的浓墨,正是写那一段不堪回首的日子的。第三部篇幅最长,回忆与钱先生结婚以来及有了女儿后的充满情趣的岁月。前者只写梦,后者只写实,唯有第二部的"万里长梦",是梦非梦,亦实亦虚,似真似幻。作者采用这样的写法,也许是要给可怕的经历裹上一层梦的外衣，也许是真正感到可怕的经历像梦一样不真实，也许是要借梦说出比可怕的经历更重要的真理。

长梦始于钱先生被一辆来路不明的汽车接走，"我"和阿瑗去寻找，自此一家人走上了一条古驿道，在古驿道上相聚，直至最后失散。这显然是喻指从钱先生住院到去世——其间包括钱瑗的住院和去世——的四年半历程。古驿道上的氛围扑朔迷离乃至荒诞，很像是梦境。然而，"我"在这条道上奔波的疲惫和焦虑是千真万确的，正是作者数年中奔波于家和两所医院之间境况的写照。一家三口在这条道上的失散也是千真万确的，"梦"醒之后，三里河寓所里分明只剩她孑然一身了。为什么是古驿道呢？因为这是一条自古以来人人要走上的驿道，在这条道上，人们为亲人送行，后亡人把先亡人送上不归路。这条道上从来是一路号哭和泪雨，但在作者笔下没有这些。她也不去描绘催人泪下的细节或裂人肝肠的场面，她的用笔一如既往地节制，却传达了欲哭无泪的大悲恸。

杨先生的确以"我们仨"自豪："我们仨是不寻常的遇合""我们仨都没有虚度此生，因为是我们仨"。这样的话绝不是寻常家庭关系的人能够说出。这样的话也绝不是寻常生命态度的人能够说出。给她的人生打了满分的不是钱先生和她自己的卓著文名，而是"我们仨"的遇合，可见分量之重，从而使最后的失散更显得不可思议。第二部的标题是《我们仨失散了》，第三部的首尾也一再出现此语，这是从心底发出的叹息，多么单纯，又多么凄惶。读整本书时，我听到的始终是这一声仿佛轻声自语的叹息："我们仨失散了，失散了，就这么轻易地失散了……"

失散在古驿道上，这是人世间最寻常的遭遇，但也是最哀痛的经验。《浮生六记》中的沈复和陈芸，一样的书香人家、恩爱夫妻，到头来也是昨欢今悲，生死隔绝。中道相离也罢，白头到老也罢，结果都是一样的。夫妇之间，亲子之间，情太深了，怕的不是死，而是永不再聚的失散，以至于真希望有来世或者天国。佛教说诸法因缘生，教导我们看破无常，不要执着。可是，千世万世只能成就一次的佳缘，不管是遇合的，还是修来的，叫人怎么看得破？更可是，看不破也得看破，这是唯一的解脱之道。我觉得钱先生一定看破了，女儿病危，他并不知情，却忽然在病床上说了这样神秘的话："叫阿圆回去……回到她自己家里去。"杨先生看破了没有？大约正在看破。《我们仨》结尾的一句话是："我清醒地看到以前当作'我们家'的寓所，只是旅途上的客栈而已。家在哪里，我不知道。我还在寻觅归途。"很可能所有仍正常活着的人都不知道家究竟在哪里，但是，其中有一些人已经看明白，它肯定不在我们暂栖的这个世界上。

时光村落里的往事

| | | | | | | | | | | | | | |

一

人分两种，一种人有往事，另一种人没有往事。

有往事的人爱生命，对时光流逝无比痛惜，因而怀着一种特别的爱意，把自己所经历的一切珍藏在心灵的谷仓里。

世上什么不是往事呢？此刻我所看到、听到、经历到的一切，无不转瞬即逝，成为往事。所以，珍惜往事的人便满怀爱怜地注视一切，注视即将被收割的麦田、正在落叶的树、最后开放的花朵、大路上边走边衰老的行人。这种对万物的依依惜别之情是爱的至深源泉。由于这爱，一个人才会真正用心在看、在听、在生活。

是的，只有珍惜往事的人才真正在生活。

没有往事的人对时光流逝毫不在乎，这种麻木使他轻慢万物，凡经历的一切都如过眼烟云，随风飘散，什么也留不下。他根本没有想到要留下。他只是貌似在看、在听、在生活罢了，实际上早已是一具没有灵魂的空壳。

二

珍惜往事的人也一定有一颗温柔爱人的心。

当我们的亲人远行或故世之后，我们会不由自主地百般追念他们的好处，悔恨自己的疏忽和过错。然而，事实上，即使尚未生离死别，我们所爱的人何尝不是在时时刻刻离我们而去呢？

浩渺宇宙间，任何一个生灵的降生都是偶然的，离去却是必然的；一个生灵与另一个生灵的相遇总是千载一瞬，分别却是万劫不复。说到底，谁和谁不同是这空空世界里的天涯沦落人？

在平凡的日常生活中，你已经习惯了和你所爱的人相处，仿佛日子会这样无限延续下去。忽然有一天，你心头一惊，想起时光在飞快流逝，正无可挽回地把你、你所爱的人以及你们共同拥有的一切带走。于是，你心中升起一股柔情，想要保护你的爱人免遭时光劫掠。你还深切感到，平凡生活中这些最简单的幸福是多么宝贵，有着稍纵即逝的惊人的美……

三

人是怎样获得一个灵魂的？

通过往事。

正是被亲切爱抚着的无数往事使灵魂有了深度和广度，造就了一个丰满的灵魂。在这样一个灵魂中，一切往事都继续活着：从前的露珠在继续闪光，某个黑夜里飘来的歌声在继续回荡，曾经醉过的酒在继续芳香，早已死去的亲人在继续对你说话……你透过活着的往事看世界，世界别具魅力。活着的往事——这是灵魂之所以具有孕育力和创造力的秘密所在。

在一切往事中，童年占据着最重要的篇章。童年是灵魂生长的源头。我甚至要说，灵魂无非就是一颗成熟了的童心，因为成熟而不会再失去。圣埃克苏佩里创作的童话中的小王子说得好："使沙漠显得美丽的，是它在什么地方藏着一口水井……"我相信童年就是人生沙漠中的这样一口水井。始终携带着童年走人生之路的人是幸福的，由于心中藏着永不枯竭的爱的源泉，最荒凉的沙漠也化作了美丽的风景。

四

"上帝创造了乡村，人类创造了城市。"这是英国诗人库柏的诗句。我要补充说：在乡村中，时间保持着上帝创造时的形态，它是岁月和光阴；在城市里，时间却被抽象成了日历和数字。

在城市里，光阴是停滞的。城市没有季节，它的春天没有融雪和归来的候鸟，秋天没有落叶和收割的庄稼。只有敏锐感到时光流逝的人才有往事，可是，城里人整年被各种建筑物包围着，他对季节变化和岁月交替会有什么敏锐的感觉呢？

何况在现代商业社会中，人们活得愈来愈匆忙，哪里有工夫去注意草木发芽、树叶飘落这种小事！哪里有闲心用眼睛看，用耳朵听，用心灵感受！时间就是金钱，生活被简化为尽快地赚钱和花钱。沉思未免奢侈，回味往事简直是浪费。一个古怪的矛盾：生活节奏加快了，然而没有生活。天天争分夺秒，岁岁年华虚度，到头来发现一辈子真短。怎么会不短呢？没有值得回忆的往事，一眼就望到了头。

五

就在这样一个愈来愈没有往事的世界上，一个珍惜往事的人悄悄写下了她对往事的怀念。这是一些太细小的往事，就像她念念不忘的小花、甲虫、田野上的炊烟、井台上的绿苔一样细小。可是，在她心目中，被时光带来又带走的一切都是造物主写给人间的情书，她用情人的目光从其中读出了无穷的意味，并把它们珍藏在忠贞的心中。

这就是《人间情书》。你们将会发现，我这篇文章中的许多话都是蓝蓝说过的，我只是稍做概括罢了。

蓝蓝上过大学，出过诗集，但我觉得她始终只是个乡下孩子。她的这本散文集也好像是乡村田埂边的一朵小小的野花，在温室鲜花成为时髦礼品的今天也许是很不起眼的。但是，我相信，一定会有读者喜欢它，并且想起泰戈尔的著名诗句——

"你的世纪，一个接着一个，来完成一朵小小的野花。"

纯真的心性

| | | | | | | | | | | | |

不久前收到两本书，是江苏作家周国忠寄来的他的散文集《笨拙境界》和《闲思杂集》。令我吃惊的是，作者首先是一位镇长。我知道作为农村基层长官的镇长该有多么忙碌，居然还有写作的雅兴，这是一件稀罕事。于是，我怀着好奇心翻开了它们。一篇篇读下来，我的好奇心消退了，代之而起的是由衷的钦佩之情。因为我发现，这位一镇之长之所以笔耕不辍，绝无附庸风雅之嫌，而是出于一种内在的生命激情，并由这种激情导引，对人生种种问题进行着严肃的思考。这样一颗真实的灵魂，其探索和吟唱必定与世俗的职务无关，不管当不当镇长，他都不可遏止地要寻找自己的精神家园。

可是我又想，当不当镇长仍是不一样的。读完这两本书，我确信作者是一个有真性情的人。他懂得"人哭号着来，流着泪去，出于尘土，归于尘土，乃一出悲剧耳"，因此他"在书写这出悲剧的过程中最崇尚纯真"，"就算是一种软弱的纯真也无妨"。他追求不惑的境界而终于认识到人生原是"一个惑了清清了惑的轮回"，于是在涉入不惑之年时坚定地喊出了"告别不惑"。他珍惜人生中那些"忙以外、形而上的东西",向往"不刻意也不失意"的淡泊宁静境界,酷爱独处书房"与古今中外的书家和哲人全身心地对话"。他相信兴趣比权力和利益重要,快乐取决于一个人"对自己所从事的事情有无兴趣"。他赞颂"耐得寂寞的人必有质量和力度",看透那些"耐不得寂寞的人"、那些"在公众场合喜欢自己成为中心的人和乐于围绕中心人物转的人"是肤浅之辈。凡此种种感悟,若是出现在一个远离尘嚣的书生身上,满可以自己玩味,不会引起大的麻烦。然而,一个镇长,每天要应付各种复杂的人际关系,处理无数琐碎的事务,却有这样一种高洁脱俗的心性,其间的反差就大得惊人了。我能想象到这种巨大反差所必然会导致的外部冲突和内心痛苦,并且为此感到一种同情和担忧。

换一个角度想,我却又感到欣慰和振奋。一个领导者而有哲学的智慧和胸怀,这是难能可贵的。我从来相信,智慧是美德之源,胸怀磊落者人品必佳,因为智慧是灵魂中的光,而美德只是它向外的照射。那班贪赃枉法之徒,多半是一些浑浑噩噩之辈。相反,不管社会风气如何堕落,官场如何腐败,一个人只要看重和彻悟生命的真正意义之所在,就绝不会随波逐流。所以,像周国忠这样勤于思考人生、看重精神生活的品位的人,尽管处在一个很容易以权谋私的地方官员的位子上,却把正直奉为自己"安身立命之根本","平生最厌憎的是势利",清醒地看到坚持正义必须有"孤军奋战的气概",这一切实出于他的性情之必然。

我实在孤陋寡闻,后来我才知道,周国忠所供职的前洲镇是闻名全国的富镇。这里乡镇企业发达,公路畅通,许多农民拥有豪华的别墅和现代交通工具。可是,我在他的书中读到,他在带领农民繁荣致富的同时,却对现代化的种种弊病满怀忧虑。当他漫步在日益缩小的田野上的时候,他悲愤地预感到养育人类的田野有朝一日被人类无情吞噬的危险。在四通八达的公路取代了从前的水路交通之后，他深情地怀念家乡的老河。现在村民们都在各自的单门独户深院里相当奢侈地过年，但是想起过去虽穷却热闹地过年，他总觉得现在的过年缺少些什么。在他的笔下，童年记忆中的一棵大柏树、一口古钟，都有无穷的意味，远比眼下这些别墅和汽车更有价值。这位镇长是否有些多愁善感？也许吧，然而我相信，倘若让这样一个人来规划市政，在创建新都市的同时，他是决不会把历史悠久的旧城墙拆毁的。

周国忠只上过小学，后来便务农、当兵、复员回乡、做基层干部，他的体悟完全来自心性的纯真和实践中的思考。不能说他的散文在艺术上十分圆熟，如果假以更多的闲暇，他当有更出色的创作。可是，我不希望他改行做专业作家。当今中国更需要智慧而正直的从政者，这样的人多了，中国的前途会光明得多。我的确为中国有一个这样的镇长而感到自豪。

生 命 本 就 纯 真

不寻常的《遗弃》

| | | | | | | | | | | | | |

    《遗弃》是九年前由湖南文艺出版社出版的一本小说。按照作者忆汐的估计,迄今为止,它的读者不会超过十七人。那么,我是这十七人之一。我相信我不仅属于它的最早的读者之列,而且很可能是唯一又把它重读了一遍的人。最近的重读印证了我的最初印象,我确信,在中国当代文学中,它是一部不寻常的作品。

    小说的主人公是一个耽于哲学思索的青年,即作者所说的"业余哲学家"。业余哲学家既不同于写哲学史的人,也不同于哲学史所写的人。也就是说,哲学既非他的职业,亦非他的事业,而成了他的一种几乎摆脱不掉的本能。哲学的本能驱策他追思那些永远解决不了的深邃的问题,结果使他在现实世界中成了一个迷茫的游荡者。整部小说便是这样一个业余哲学家的手记。我们从这些手记中诚然可以读到若干精彩的哲学片段,然而,我觉得,小说的真正精彩之处却在于,作者把这样一个主人公放到了充满着日常琐事的最普通的生活环境里,这种生活的真实是我们每一个人都可以用自己的经验来证明的,但在某种哲学眼光的审视下暴露了令人震惊的无意义性。正因为这个原因，读这本小说时，我常常不由自主地想起了卡夫卡和加缪。读者不难发现，作者笔下的主人公是一个受西方现代哲学和艺术浸染甚深的人，相当熟悉诸如布拉德雷、罗素、维特根斯坦等人的思想和艾略特、塞林格等人的作品。不过，我想指出，他的基本生活经验又完全是中国本土的。因此，我们看到的不是对西方思想的模仿，而是一种深刻的个人体验。在此意义上，我认为作者所自称的"一部具有欧洲传统的中国小说"的定位是颇准确的。

这部小说的故事十分简单，或者不妨说几乎没有故事，有的只是一些很平常的场景和细节，例如以聊天和读报为主要内容的办公室生活，家庭中的日常对话，外公的病重和死去，某个邻居的失踪和自杀，等等。作者用细致却又冷漠的笔调叙述着这一切，这种笔调形成了一种催眠般的节奏，使读者仿佛也陷入了生活的令人厌倦的重复之中，但同时又保持着一种清醒，始终意识到这种生活的平庸无聊。顺便说一下，我很欣赏这部小说的叙事风格，它干净而不铺张，节制而不张扬，从容而不动声色，作者对语言具有准确的感觉和控制能力。因为不愿意混日子，主人公辞去了公职，成了一名自愿失业者。可是，正如他的母亲所指责的："你这样不也是混吗？"我们确实看到，在辞职之后，主人公并未逃脱无聊，在世界上仍然找不到自己的合适位置。不过，这是另一种无聊，与那种集体性的心满意足的无聊不可同日而语。在主人公身上，这种无聊表现为一种聚精会神的心不在焉，一种有所寻求的无所事事，如同一个幽灵游荡在一个不属于他的世界上。最后的结局是他选择了所谓的"消失"，以这种方式遗弃了世界。这个结局是十分含糊的，只能证明作者未能找到出路。

在谈到自己对他人和世界的冷漠时，主人公提供了一种解释，即因为他对自己的心灵充满了感情，感到它是世上任何别的东西不能代替的。他所说的心灵，其实是指内心深处的那些哲学性追问。譬如说，主人公对于病重的外公及其死亡始终是冷漠的。别人要他去医院探望垂危的外公，他不明白这有何必要。他逃避参加外公的葬礼，事后外婆一再试图跟他谈论安葬的情况，都被他打断。同样，对于那个邻居的自杀，人们充满好奇，热心地围观尸体被解下和运走的过程，兴致勃勃地猜测自杀的原因，而他却显得无动于衷。之所以如此，正是因为他比别人更加直接地面对死亡的本质，不断思考着"最根本的事实就是我们被迫的生存以及我们无法逃脱的死亡"。在这样的一个人看来，打扰垂死者，葬礼，对尸体的好奇和恐惧，生者对死者的记忆和议论，凡此种种当然都是对死的歪曲。

现在我们可以理解作者未能为主人公找到出路的原因了。事实上，主人公始终在寻求某种终极的东西，只要尚未得到这种东西，他就不会有出路。可是，终极的东西是不可能得到的。作者记录了主人公的一个梦以及对梦的诠释："沙漠中央，一个女人赤着脚跳舞，她一层一层地撩起自己的裙子，速度快得惊人。多么富有魅力的动作呵，我充满了渴望，但我相信我什么也没有看到，因为我不能最终看到。女人肯定不能在有限的时间内撩到最后一层，这是一条无限的裙子。她就是布拉德雷吗？我想象得到裙子里面藏着什么，那是一个概念，是世界上最完整的概念。但我是有限的，我不可能最完整地去把握那个概念。"这段富有哲学意味的文字把一切终极性思考的绝望变成了一幅美丽的图画。在这个没有终极的世界上，一个渴求终极的人能够做什么呢？于是我们看到，主人公所做的最有意义的事不过是坐在屋里望着墙壁出神，墙上有一道他自己画的铅笔印，他反复打量那印迹，如果觉得它太长了，便用抹布把多出的一截擦掉。

九年前，《遗弃》刚出版，忆汐便把书寄给了我。他还附了一封短信，开头第一句就认定我有责任给这本书写评论。当时我还不认识他，觉得这个小伙子未免太气盛，便在写回信时不客气地回敬了一句，说我没有责任给任何人的任何书写评论。但是，出于对这本书本身的喜欢，我心中其实是很想为它写点东西的。九年过去了，迄今为止，这本独特的书的存在仍然基本上不为人所知，我一直觉得自己欠着一笔债。不过，后来我也了解到，这本书的寂寞遭遇是有具体操作上的原因的。和自己的主人公一样，忆沩是一个游离于现实生活的"业余哲学家"，他不知道怎样让自己的这本非同寻常的处女作走向读者。据我所知，书的实际印数极少，而且差不多全是作者自己买下的。既然它几乎在任何一家书店都不曾出现过，你让读者如何能够知道它呢？我很想向读书界推荐这本小说，并且相信一定会有像我一样喜欢它的读者，但前提是要让读者能够读到它。那么，我的一个最朴实的祝愿便是希望它能够在今日重新出版。

03

活着写作是多么美好

生 命 本 就 纯 真

活着写作是多么美好

| | | | | | | | | | | | | |

一

　　我爱读作家、艺术家写的文论甚于理论家、批评家写的文论。当然，这里说的作家和理论家都是指够格的。我不去说那些写不出作品的低能作者写给读不懂作品的低能读者看的作文原理之类，这些作者的身份是理论家还是作家，真是无所谓的。好的作家文论能唤起创作欲，这种效果，再高明的理论家往往也无能达到。在作家文论中，帕乌斯托夫斯基的《金玫瑰》（亦译《金蔷薇》）又属别具一格之作，它诚如作者所说，是一本论作家劳动的札记，但同时也是一部优美的散文集。书中云："某些书仿佛能迸溅出琼浆玉液，使我们陶醉，使我们受到感染，敦促我们拿起笔来。"此话正可以用来说它自己。这本谈艺术创作的书本身就是一件精美的艺术作品，它用富有魅力的语言娓娓谈论着语言艺术的魅力。传递给我们的不只是关于写作的知识或经验，而首先是对美、艺术、写作的热爱。它使人真切感到：活着写作是多么美好！

69

二

回首往事，谁不缅怀童年的幸福？童年之所以幸福，是因为那时候我们有最纯净的感官。在孩子眼里，世界每一天都是新的，样样事物都罩着神奇的色彩。正如作者所说，童年时代的太阳要炽热得多，草要茂盛得多，雨要大得多，天空的颜色要深得多，周围的人要有趣得多。孩子好奇的目光把世界照耀得无往不美。孩子是天生的艺术家，他们的感觉尚未受功利污染，也尚未被岁月钝化。也许，对世界的这种新鲜敏锐的感觉已经是日后创作欲的萌芽了。

然后是少年时代，情心初萌，醉意荡漾，沉浸于一种微妙的心态，觉得每个萍水相逢的少女都那么美丽。羞怯而又专注的眼波，淡淡的发香，微启的双唇中牙齿的闪光，无意间碰到的冰凉的手指，这一切都令人憧憬爱情，感到一阵甜蜜的惆怅。那是一个几乎人人都曾写诗的年龄。

但是，再往后情形就不同了。"诗意地理解生活，理解我们周围的一切——是我们从童年时代得到的最可贵的礼物。要是一个人在成年之后的漫长的冷静岁月中，没有丢失这件礼物，那么他就是个诗人或者作家。"可惜的是，多数人丢失了这件礼物。也许是不可避免的，匆忙的实际生活迫使我们把事物简化、图式化，无暇感受种种细微差别。概念取代了感觉，我们很少看、听和体验。当伦敦居民为了谋生而匆匆走过街头时，哪儿有闲心去仔细观察街上雾的颜色？谁不知道雾是灰色的！直到莫奈到伦敦把雾画成了紫红色的，伦敦人才始而愤怒，继而吃惊地发现莫奈是对的，于是称他为"伦敦雾的创造者"。

一个艺术家无论在阅历和技巧方面如何成熟，在心灵上却永是孩子，不会失去童年的清新直觉和少年的微妙心态。他也许为此要付出一些代价，例如在功利事务上显得幼稚笨拙。然而，有什么快乐比得上永远新鲜的美感的快乐呢？即使那些追名逐利之辈，偶尔回忆起早年曾有过的"诗意地理解生活"的情趣，不也会顿生怅然若失之感吗？蒲宁坐在车窗旁眺望窗外渐渐消融的烟影，赞叹道："活在世上是多么愉快呀！哪怕只能看到这烟和光也心满意足了。我即使缺胳膊断腿，只要能坐在长凳上望太阳落山，我也会因而感到幸福的。我所需要的只是看和呼吸，仅此而已。"的确，蒲宁是幸福的，一切对世界永葆新鲜美感的人是幸福的。

<h2 style="text-align:center">三</h2>

　　自席勒以来，好几位近现代哲人主张艺术具有改善人性和社会的救世作用。对此当然不应做浮表的理解，简单地把艺术当作宣传和批判的工具。但我确实相信，一个人，一个民族，只要爱美之心犹存，就总有希望。相反，"哀莫大于心死"，倘若对美不再动心，那就真正不可救药了。

　　据我观察，对美敏感的人往往比较有人情味，在这方面迟钝的人则不但性格枯燥，而且心肠多半容易走向冷酷。民族也是如此，爱美的民族天然倾向自由和民主，厌恶教条和专制。土地和生活的深沉美感是压不灭的潜在的生机，使得一个民族不会长期忍受僵化的政治体制和意识形态，迟早要走上革新之路。

　　帕乌斯托夫斯基擅长用信手拈来的故事，尤其是大师生活中的小故事，来说明这一类艺术的真理。有一天，安徒生在林中散步，看到那里长着许多蘑菇，便设法在每一只蘑菇下边藏了一件小食品或小玩意儿。次日早晨，他带守林人的七岁的女儿走进那片树林。当孩子在蘑菇下发现这些意想不到的小礼物时，眼睛里燃起了难以形容的惊喜。安徒生告诉她，这些东西是地精藏在那里的。

"您欺骗了天真的孩子！"一个耳闻此事的神父愤怒地指责。

安徒生答道："不，这不是欺骗，她会终生记住这件事的。我可以向您担保，她的心绝不会像那些没有经历过这则童话的人那样容易变得冷酷无情。"

在某种意义上，美、艺术都是梦。但是，梦并不虚幻，它对人心的作用和它在人生中的价值完全是真实的。弗洛伊德早已阐明，倘没有梦的疗慰，人人都非患神经官能症不可。帕氏也指出，对想象的信任是一种巨大的力量，渊源于生活的想象有时候会反过来主宰生活。不妨设想一下，倘若彻底排除掉梦、想象、幻觉的因素，世界不再有色彩和音响，人心不再有憧憬和战栗，生命还有什么意义？帕氏谈到，人人都有存在于愿望和想象之中的、未在现实生活中得到实现的"第二种生活"。应当承认，这"第二种生活"并非无足轻重。说到底，在这世界上，谁的经历不是平凡而又平凡？内心经历的不同才在人与人之间铺设了巨大的鸿沟。《金玫瑰》中那个老清扫工夏米的故事是动人的，他怀着异乎寻常的温情，从银匠作坊的尘土里收集金粉，日积月累，终于替他一度抚育过的苏珊娜打了一朵精致的金玫瑰。小苏珊娜曾经盼望有人送她这样一朵金玫瑰，可这时早已成年，远走高飞，不知去向。夏米悄悄地死去了，人们在他的枕头下发现了用天蓝色缎带包好的金玫瑰，缎带皱皱巴巴，发出一股耗子的臊味。不管夏米的温情如何没有结果，这温情本身已经足够伟大。一个有过这番内心经历的夏米，当然不同于一个无此经历的普通清扫工。在人生画面上，梦幻也是真实的一笔。

四

作为一个作家，帕氏对于写作的甘苦有真切的体会。我很喜欢他谈论创作过程的那些篇章。

创作过程离不开灵感。所谓灵感，其实包括两种不同状态。一是指稍纵即逝的感受、思绪、意象等的闪现，或如帕氏所说，"不落窠臼的新的思想或新的画面像闪电似的从意识深处迸发出来"。这时必须立即把它们写下来，不能有分秒的耽搁，否则它们会永远消逝。这种状态可以发生在平时，便是积累素材的良机，也可以发生在写作中，便是文思泉涌的时刻。另一是指预感到创造力高涨而产生的喜悦，屠格涅夫称之为"神的君临"，阿·托尔斯泰称之为"涨潮"。这时候会有一种欲罢不能的写作冲动，尽管具体写些什么还不清楚。帕氏形容它如同初恋，心由于预感到即将有奇妙的约会，即将见到美丽的明眸和微笑，即将做欲言又止的交谈而怦怦跳动。也可以说好像踏上一趟新的旅程，为即将有意想不到的幸福邂逅，即将结识陌生可爱的人和地方而欢欣鼓舞。

灵感不是作家的专利，一般人在一生中多少都有过新鲜的感受或创作的冲动，但要把灵感变成作品绝非易事，而作家的甘苦正在其中。老托尔斯泰说得很实在："灵感就是突然显现出你所能做到的事。灵感的光芒越是强烈，就越是要细心地工作，去实现这一灵感。"帕氏举了许多大师的例子说明实现灵感之艰难。福楼拜写作非常慢，为此苦恼不堪地说："这样写作品，真该打自己耳光。"陀思妥耶夫斯基发现，他写出来的作品总是比构思时差，便叹道："构思和想象一部小说，远比将它遣之笔端要好得多。"帕氏自己也承认："世上没有任何事情比面对素材一筹莫展更叫人难堪，更叫人苦恼的了。"一旦进入实际的写作过程，预感中奇妙的幽会就变成了成败未知的苦苦追求，诱人的旅行就变成了前途未卜的艰苦跋涉。赋予飘忽不定的美以形式，用语言表述种种不可名状的感觉，这一使命简直令人绝望。勃洛克针对莱蒙托夫说的话适用于一切诗人："对于子虚乌有的春天的追寻，使你陷入愤激若狂的郁闷。"海涅每次到罗浮宫，都要一连好几个小时坐在维纳斯雕像前哭泣。他怎么能不哭泣呢？美如此令人心碎，人类的语言又如此贫乏无力……

然而，为写作受苦终究是值得的。除了艺术，没有什么能把美留住。除了作品，没有什么能把灵感留住。普里什文有本事把每一片飘零的秋叶都写成优美的散文，落叶太多了，无数落叶带走了他来不及诉说的思想。不过，他毕竟留住了一些落叶。正如费特的诗所说："这片树叶虽已枯黄凋落，但是将在诗歌中发出永恒的金光。"一切快乐都要求永恒，艺术家便是呕心沥血要使瞬息的美感之快乐常驻的人，他在创造的苦役中品味到了造物主的欢乐。

五

在常人看来，艺术与爱情有着不解之缘。唯有艺术家自己明白，两者之间还有着不可调和的冲突，他们常常为此面临两难的抉择。

威尼斯去维罗纳的夜行驿车里，安徒生结识了热情而内向的埃列娜，她默默爱上了这位其貌不扬的童话作家。翌日傍晚，安徒生忐忑不安地走进埃列娜在维罗纳的寓所，然而不是为了向他同样也钟情的这个女子倾诉衷肠，而是为了永久的告别。他不相信一个美丽的女子会长久爱自己，连他自己也嫌恶自己的丑陋。说到底，爱情只有在想象中才能天长地久。埃列娜看出这个童话诗人在现实生活中却害怕童话，原谅了他。此后他俩再也没有见过面，但终生互相思念。

巴黎市郊莫泊桑的别墅外，一个天真美丽的姑娘拉响了铁栅栏门的门铃。这是一个穷苦女工，莫泊桑小说艺术的崇拜者。得知莫泊桑独身一人，她心里出现了一个疯狂的念头，要把生命奉献给他，做他的妻子和女奴。她整整一年省吃俭用，为这次见面置了一身漂亮衣裳。来开门的是莫泊桑的朋友，一个色鬼。他骗她说，莫泊桑携着情妇度假去了。姑娘惨叫一声，踉跄而去。色鬼追上了她。当天夜里她为了恨自己，恨莫泊桑，委身给了色鬼。后来她沦为名震巴黎的雏妓。莫泊桑听说此事后，只是微微一笑，觉得这是篇不坏的短篇小说的题材。

我把《金玫瑰》不同篇章叙述的这两则逸事放到一起，也许会在安徒生的温柔的自卑和莫泊桑的冷酷的玩世不恭之间造成一种对照，但他们毕竟有一点是共同的，就是珍惜艺术胜于珍惜现实中的爱情。据说这两位大师临终前都悔恨了，安徒生恨自己错过了幸福的机会，莫泊桑恨自己亵渎了纯洁的感情。可是我敢断言，倘若他们能重新生活，一切仍会照旧。

艺术家就其敏感的天性而言，比常人更易坠入情网，但也更易感到失望或厌倦。只有在艺术中才有完美。在艺术家心目中，艺术始终是第一位的。即使他爱得如痴如醉，倘若爱情的缠绵妨碍了他从事艺术，他就仍然会焦灼不安。即使他因失恋而痛苦，只要艺术的创造力不衰，他就仍然有生活的勇气和乐趣。最可怕的不是无爱的寂寞或失恋的苦恼，而是丧失创造力。在这方面，爱情的痴狂或平淡都构成了威胁。无论是安徒生式的逃避爱情，还是莫泊桑式的玩世不恭，实质上都是艺术本能所构筑的自我保护的堤坝。艺术家的确属于一个颠倒的世界，他把形式当作了内容，而把内容包括生命、爱情等当作了形式。诚然，从总体上看，艺术是为人类生命服务的。但是，唯有以自己的生命为艺术服务的艺术家，才能创造出这为人类生命服务的艺术来。帕氏写道："如果说，时间能够使爱情……消失殆尽的话，那么时间却能够使真正的文学成为不朽之作。"人生中有一些非常美好的瞬息，为了使它们永存，活着写作是多么美好！

精神拾荒三部曲

| | | | | | | | | | | | |

　　"学而不思则罔，思而不学则殆。"这是孔子的名言。意思是说：只读书不思考，后果是糊涂；只思考不读书，后果是危险。前一句好理解，"罔"即惘然，亦即朱熹所解释的"昏而无得"。借用叔本华的譬喻来说，就好像是把自己的头脑变成了别人的跑马场，任人践踏，结果当然昏头昏脑。可是后一句，思而不学怎么就危险了呢？不妨也做一譬喻：就好像自己是一匹马，却蒙着眼睛乱走，于是难免在别人早已走通的道路上迷途，在别人曾经溺水的池塘边失足，始终处在困顿疲惫的状态。句中的"殆"字，前人确有训作困顿疲惫的，而倘若陷在这种状态里出不来，也真是危险。

　　孔子当然不是无的放矢，"学而不思"和"思而不学"是好些聪明人也容易犯的毛病。有一种人，读书很多，称得上博学，但始终没有真正属于自己的见解。还有一种人，酷爱构筑体系，发现新的真理，但拿出的结果往往并无价值，即使有价值也是前人已经说过而且说得更好的。遇见这两种人，我总不免替他们惋惜。我感到不解的是，一个人真正好读书就必定有所领悟，真正爱思考就必定想知道别人在他所思问题上的见解，学和思怎么能分开呢？不妨说，学和思是互相助兴的，读书引发思考，带着所思的问题读书，都是莫大的精神享受。

如此看来，学和思不可偏废。在这二者之外，我还要加上第三件也很重要的事——录。常学常思，必有所得，但如果不及时记录下来，便会流失，岂不可惜？不但可惜，如果任其流失，还必定会挫伤思的兴趣。席勒曾说，任何天才都不可能孤立地发展，外界的激励，如一本好书、一次谈话，会比多年独自耕耘更有力地促进思考。托尔斯泰据此发挥说，思想在与人交往中产生，而它的加工和表达则是在一个人独处之时。这话说得非常好，但我要做一点修正。根据我的经验，思想的产生不仅需要交往亦即外界的激发，而且也需要思想者自身的体贴和鼓励。如果没有独处中的用心加工和表达，不但已经产生的思想材料会流失，而且新的思想也会难以产生了。黄山谷说，三日不读书，便觉得自己语言无味，面目可憎。我的体会是，三天不动笔，就必定会思维迟钝，头脑发空。

灵感是思想者的贵宾，当灵感来临的时候，思想者要懂得待之以礼。写作便是迎接灵感的仪式。当你对较差的思想也肯勤于记录的时候，较好的思想就会纷纷投奔你的笔记本了，就像孟尝君收留了鸡鸣狗盗之徒，齐国的人才就云集到了他的门下。

所以，不但学和思是互相助兴的，录也是助兴行列中的一个重要角色。学而思，思而录，是愉快的精神拾荒之三部曲。

自由的写作心态

| | | | | | | | | | | | |

　　每逢有人问我，在我已经出版的书中，我自己最喜欢哪一本，我的回答大抵是——《人与永恒》。

　　我常常自诩为自己写作，可是在我的全部作品中，能够完全无愧于这一宗旨的，当推这一本书。收在里面的那些随感，至少初版时的那些内容，我写时真是丝毫也没有想到日后竟会发表的。那是在十多年前，我还从来不曾出过一本书，连发表一篇文章也属侥幸的时候，独自住在一间地下室里，清闲而又寂寞，为了自娱，时常把点滴的感想和思绪写在纸片上。我甚至没有意识到我这是在写作，哪里想得到几年后会有一个编辑把它们收罗去，像模像样地印了出来。

　　我自己对这本书的确是情有独钟。读它的感觉，就像偶然翻开自己的私人档案，和多年前那个踽踽独行的我邂逅。我喜欢和羡慕那一个我，喜欢他默默无闻并且不求闻达，羡慕他因此而有了一种真正自由的写作心态。我相信，不为发表而写作，是具备这种自由心态的必要条件。如今的我，预定要发表的东西尚且写不完，哪里还有工夫写不发表的东西。当然，写发表的东西也可以抒己之胸臆，不必迎合时尚或俗见，但在心理上仍难免会受读者和出版者眼光的暗示。为发表的写作终究是一种公共行为，对一个作家来说，它诚然是不可避免也无可非议的，然而，有必要限制它所占据的比重，为自己保留一个私人写作的领域。

事实上，长远地看，读者的眼睛是雪亮的。那种仅仅为了出售而制作出来的东西，诚然可能在市场上销行一时，但随着市场行情的变化，迟早会过时和被彻底淘汰。凡是刻意迎合读者的作家是不会有真正属于自己的读者的，买他的书的人只是一些消费者，而消费的口味绝无忠贞可言。相反，倘若一个人写自己真正想写的东西，写出后自己真正喜欢，那么，我相信，他必定能够在读者中获得一些真正的知音，他的作品也能够比较长久地流传。联结他和他的读者的不是消费的口味，而是某种精神上的趣味。人类每一种精神上的趣味都具有超越世代的延续性，其持久性犹如一个个美丽的爱情神话。

为孩子们写书

| | | | | | | | | | | |

　　"画说哲学"丛书迄今已出九种，其中我执笔了两种。这两种的题目都很抽象，一是谈认识论，一是谈精神生活。和孩子们谈这样抽象的东西，会不会徒劳呢？我相信不会。我的信心的根据是，在孩子时期，人的好奇心和上进心都最为纯粹而且炽烈，而我所谈的两个话题恰好是与这两个特征相对应的。

　　对我们这些惯于面向大人甚至本专业同行写作的人来说，为孩子们写书是一个考验。我们往往对孩子估计过低，以为他们什么也不懂，所以只需写得浅，教给他们一些常识性的东西就可以了。其实，孩子的心灵是向本质开放的，他们本能地排斥一切老生常谈、辞藻堆砌、故弄玄虚等等，绝没有大人们的那种文化虚荣心，不会逆来顺受或者附庸风雅。所以，在面向孩子们时，我们必须戒除种种文化陋习，回到事物的本质。

　　我希望自己今后在写任何书时，都像给孩子们写书一样诚实，不写自己也不懂的东西去骗人。说到底，这世界上谁不是天地间一个孩子，哪个读者心中不保留着一点能辨真伪的童心？

生　命　本　就　纯　真

平淡的境界

| | | | | | | | | | | | |

一

　　很想写好的散文，一篇篇写，有一天突然发现竟积了厚厚一摞。这样过日子，倒是很惬意的。至于散文怎么算好，想来想去，还是归于"平淡"二字。

　　以平淡为散文的极境，这当然不是什么新鲜的见解。苏东坡早就说过"寄至味于淡泊"一类的话。今人的散文，我喜欢梁实秋的，读起来真是非常舒服，他追求的也是"绚烂之极归于平淡"的境界。不过，要达到这境界谈何容易。"作诗无古今，惟造平淡难。"之所以难，我想除了在文字上要下千锤百炼的功夫外，还因为这不是单单文字功夫能奏效的。平淡不但是一种文字的境界，更是一种胸怀，一种人生的境界。

　　仍是苏东坡说的："大凡为文，当使气象峥嵘，五色绚烂，渐老渐熟，乃造平淡。"所谓老熟，想来不光指文字，也包含年龄阅历。人年轻时很难平淡，譬如正走在上山的路上，多的是野心和幻想。直到攀上绝顶，领略过了天地的苍茫和人生的限度，才会生出一种散淡的心境，不想再匆匆赶往某个目标，也不必再担心错过什么，下山就从容多了。所以，好的散文大抵出在中年之后，无非是散淡人写的散淡文。

当然，年龄不能担保平淡，多少人一辈子蝇营狗苟，死不觉悟。说到文人，最难戒的却是卖弄，包括我自己在内。写文章一点不卖弄殊不容易，而一有卖弄之心，这颗心就已经不平淡了。举凡名声、地位、学问、经历，还有那一副多愁善感的心肠，都可以拿来卖弄。不知哪里吹来一股风，散文中开出了许多顾影自怜的小花朵。读有的作品，你可以活脱看到作者多么知道自己多愁善感，并且被自己的多愁善感所感动，于是愈加多愁善感了。戏演得愈真诚，愈需要观众。他确实在想象中看到了读者的眼泪，自己禁不住也流泪，泪眼模糊地在稿子上签下了自己的名字。

好的散文家是旅人，他只是如实记下自己的人生境遇和感触。这境遇也许很平凡，这感触也许很普通，然而是他自己的，他舍不得丢失。他写时没有想到读者，更没有想到流传千古。他知道自己是易朽的，自己的文字也是易朽的，不过他不在乎。这个世界已经有太多的文化，用不着他再来添加点什么。另一方面呢，他相信人生最本质的东西终归是单纯的，因而不会永远消失。他今天所捡到的贝壳，在他之前一定有许多人捡到过，在他之后一定还会有许多人捡到。想到这一点，他感到很放心。

有一年我到云南大理，坐在洱海的岸上，看白云在蓝天缓缓移动，白帆在蓝湖缓缓移动，心中异常宁静。这景色和这感觉千古如斯，毫不独特，却很好。那时就想，刻意求独特，其实也是一种文人的做作。

活到今天，我觉得自己已经基本上（不是完全）看淡了功名富贵，如果再放下那一份"语不惊人死不休"的虚荣心，我想我一定会活得更自在，那么也许就具备了写散文的初步条件。

二

当然，要写好散文，不能光靠精神涵养，文字上的功夫也是缺不了的。

散文最讲究味。一个人写散文，是因为他品尝到了某种人生滋味，想把它说出来。散文无论叙事、抒情、议论，或记游、写景、咏物，目的都是说出这个味来。说不出一个味，就不配叫散文。譬如说，游记写得无味，就只好算导游指南。再也没有比无味的散文和有学问的诗更让我厌烦的了。

平淡而要有味，这就难了。酸甜麻辣，靠的是作料。平淡之为味，是以原味取胜，前提是东西本身要好。林语堂有一妙比：只有鲜鱼才可清蒸。袁中郎云："凡物酿之得甘，炙之得苦，唯淡也不可造，不可造，是文之真性灵也。"平淡是真性灵的流露，是本色的自然呈现，不能刻意求得。庸僧谈禅，与平淡沾不上边。

说到这里，似乎说的都是内容问题，其实，文字功夫的道理已经蕴含在其中了。

如何做到文字平淡有味呢?

第一，家无鲜鱼，就不要宴客。心中无真感受，就不要作文。不要无病呻吟，不要附庸风雅，不要敷衍文债，不要没话找话。尊重文字，不用文字骗人骗己，乃是学好文字功夫的第一步。

第二，有了鲜鱼，就得讲究烹调了，目标只有一个，即保持原味。但怎样才能保持原味，却是说不清的，要说也只能从反面来说，就是千万不要用不必要的作料损坏了原味。作文也是如此。林语堂说行文要"来得轻松自然，发自天籁，宛如天地间本有此一句话，只是被你说出而已"。话说得极漂亮，可惜做起来只有会心者知道，硬学是学不来的。我们能做到的是谨防自然的反面，即不要做作，不要着意雕琢，不要堆积辞藻，不要故弄玄虚，不要故作高深，等等，由此也许可以逐渐接近一种自然的文风了。爱护文字，保持语言在日常生活中的天然健康，不让它被印刷物上的流行疾患浸染和扭曲，乃是文字上的养身功夫。

第三，只有一条鲜鱼，就不要用它熬一大锅汤，冲淡了原味。文字贵在凝练，不但在一篇文章中要尽量少说和不说废话，而且在一个句子里也要尽量少用和不用可有可无的字。文字的平淡得力于自然质朴，有味则得力于凝聚和简练了。因为是原味，所以淡，因为水分少，密度大，所以又是很浓的原味。事实上，所谓文字功夫，基本上就是一种删除废话废字的功夫。陀思妥耶夫斯基在谈到普希金的诗作时说："这些小诗之所以看起来好像是一气呵成的，正是因为普希金把它们修改得太久了的缘故。"梁实秋也是一个极知道割爱的人，所以他的散文具有一种简练之美。世上有一挥而就的佳作，但一定没有未曾下过锤炼功夫的文豪。灵感是石头中的美，不知要凿去多少废料，才能最终把它捕捉住。

如此看来，散文的艺术似乎主要是否定性的。这倒不奇怪，因为前提是有好的感受，剩下的事情就只是不要把它损坏和冲淡。换一种比方，有了真性灵和真体验，就像是有了良种和肥土，这都是文字之前的功夫，而所谓文字功夫无非就是对长出的花木施以防虫和剪枝的护理罢了。

简洁的力量

| | | | | | | | | | | | |

　　不同的书有不同的含金量。世上许多书只有很低的含金量，甚至完全是废矿，可怜那些没有鉴别力的读者辛苦地去开凿，结果一无所获。含金量高的书，第一言之有物，传达了独特的思想或感受；第二文字凝练，赋予了这些思想或感受以最简洁的形式。这样的书自有一种深入人心的力量，使人过目难忘。在这方面，法国作家儒勒·列那尔的作品堪称典范。

　　《胡萝卜须》是列那尔的代表作，他在其中再现了自己辛酸的童年生活。记得第一次读这本书时，我常常情不自禁地流泪，又常常情不自禁地破涕为笑。书中那个在家里饱受歧视和虐待的孩子，他聪明又憨厚，淘气又乖顺，充满童趣却被逼得少年老成，真是又可爱又可怜。他清楚地意识到自己在家里的地位，因此万事都不敢任性，而是努力揣摩和迎合大人的心思，但结果总是弄巧成拙，遭受加倍的屈辱。当然，最后他反抗了，反抗得义无反顾。我相信，列那尔的作品以敏锐的观察和冷峭的幽默见长，是与他的童年经历有关的，来自亲人的折磨使他很早就养成了对世界的一种审视态度。《胡萝卜须》由一些独立成篇的小故事组成，每一篇的文字都十分干净，读起来毫无窒碍，我几乎是一口气把它们读完的。

列那尔的观察之细致和文风之简洁是公认的，《不列颠百科全书》说他的散文到了无一字多余的地步。试看他在《自然记事》中对动物的描写：

蝙蝠——"枝头上一簇簇破布"；

喜鹊——"老穿着那件燕尾服，真是最有法国气派的禽类"；

跳蚤——"一粒带弹簧的烟草种子"；

蛇——"太长了"；

蜗牛——"他只会用舌头走路"。

列那尔的眼力好，笔力也好。他非常自觉地锤炼文字功夫，要求自己像罗丹雕塑那样进行写作，凿去一切废料。他认为，风格就是仅仅使用必不可少的词，绝对不写长句子，最好只用主语、谓语。拉马丁思考五分钟就要写一小时，他说应该反过来。他甚至给自己规定，每天只写一行。他的确属于那种产量不太高的作家。我所读到的他的最精辟的话是："我把那些还没有以文学为职业的人称作经典作家。"以文学为职业的弊病是不管有没有想写的东西都非写不可，于是难免写得滥。当然，一个职业作家仍然可以用非职业的态度来写作，只写自己真正想写的东西，就像列那尔那样。对一个作家来说，节省语言是基本的美德。所谓节省语言，倒不在于刻意少写，而在于不管写多写少，都力求货真价实。这一要求见之于修辞，就是剪除一切可有可无的词句，达于文风的简洁。由于惜墨如金，所以果然就落笔成金，字字都掷地有声。

在印刷垃圾泛滥的今天，我忽然怀念起列那尔来，于是写了上面这些感想。

小散文模式

| | | | | | | | | | | | | |

　　有若干畅销的刊物向我约稿，我把稿子寄去，却往往不符合要求。编辑指点说，每篇文章应该有一个小故事，然后从中引出道理来，这样的文章深入浅出，最受读者欢迎。好玩也不好玩的是，几种不同刊物的编辑都不约而同地向我如是指点迷津。

　　我明白他们的意思。这是现在极其流行的小散文模式：小故事+小情调+小哲理。那小故事一定是相当感人的，包含着纯洁的爱情、亲情或友情之类要素，读了会使人为人性的善良和人生的美好而沁出泪花。在重功利轻人情的现代生活中，这类小散文讴歌并且证明着古老的温情，给人以一种廉价的安慰。也许因为这个原因，它们便成了最雅俗共赏的文化快餐，风行于各类大众刊物，并且为许多文摘类刊物所乐于转载。

　　然而，这种东西岂不也像微量的鸦片一样，在对人心悄悄产生着麻醉作用？我不否认生活中有一些称得上美好的小遭遇和小场景，它们会使人产生某种温馨的感觉。可是，人生有其更深刻亦更严峻的一面，社会也有其更复杂亦更冷酷的一面，而这类小散文的泛滥则明白无误地昭示了一种逃避。凡模式化的东西都是最容易写的，小散文也不例外。读多了这类东西，你就会发现，它们实在是惊人地相似，以至于你对其中任何一篇都留不下确切的印象，留下的只是一点似是而非的小感动，一点模糊不清的小感悟。我确信这种东西是有害的，它们会使读者的感觉和理解力趋于肤浅，丧失了领悟生活实质和社会真相的能力。

基于上述理由，我拒绝加入今日的小散文合唱。

青春不等于文学

| | | | | | | | | | | | | | |

青春拥有许多权利，文学梦是其中之一。但是，我不得不说，青春与文学是两回事。文学对年龄中立，它不问是青春还是金秋，只问是不是文学。在文学的国度里，青春、美女、海归、行走都没有特权，而人们常常在这一点上发生误会。问你会不会拉提琴，如果你回答也许会，但还没有试过，谁都知道你是在开玩笑。然而，问你会不会写作，如果你做同样的回答，你自己和听的人就都会觉得你是严肃的。指出这一点的是托尔斯泰，他就此议论道：任何人都能听出一个没有学过提琴的人拉出的音有多难听，但要区分胡写和真正的文学作品却须有相当的鉴别力。

我读过一些青春写手的文字，总的感觉是空洞、虚假而雷同。有两类青春模式。一是时尚，背景中少不了咖啡厅、酒吧、摇滚，内容大抵是臆想的爱情，从朦胧恋、闪电恋、单恋、失恋到多角恋、畸恋，由于其描写得苍白和不真实，读者不难发现，这一切恋归根到底只是自恋而已。另一是装酷，夸张地显示叛逆姿态，或者刻意地编造惊世骇俗的情节。文字则漫无节制，充斥着没有意义的句子，找不到海明威所说的那种"真实的句子"。我们从中看到的是没有实质的情调，没有内涵的想象，对虚构和臆造的混淆，一句话，对文学的彻底误解。所有这些东西与今日普通人的真实生活相去甚远，与作者们的真实生活更相去甚远，因为作者们虽然拥有青春，也仍然只是普通人罢了。也是托尔斯泰说的：在平庸和矫情之间只有一条窄路，那是唯一的正道，而矫情比平庸更可怕。据我看，矫情之所以可怕，原因就在于它是平庸却偏要冒充独特，因而是不老实的平庸。

当然，在被归入青春文学范畴的作品之中，也有一些好的作品。我喜欢的作品，共同之处是有自己的真实感受，在这片土壤上面，奇思、异想、幽默、荒诞才不是纸做的假花。对写作来说，最重要的是把自己真正感受到的东西写出来，文字功夫是在这个过程之中而不是在它之外锤炼的。因此，我主张写自己真正熟悉的题材，自己确实体验到的东西，不怕细小，但一定要真实。这是一个积累的过程，到一定的程度，就能从容对付大的题材了。

世上没有青春文学，只有文学。文学有自己的传统和尺度，二者皆由仍然活在传统中的大师构成。对于今天从事写作的人，人们通过其作品可以准确无误地判断，他是受过大师的熏陶，还是对传统全然无知无畏。如果你真喜欢文学，而不只是赶一赶时髦，我建议你记住海明威的话。海明威说他只和死去的作家比，因为"活着的作家多数并不存在，他们的名声是批评家制造出来的"。今日的批评家制造出了青春文学，而我相信，真正能成大器的必是那些跳出了这个范畴的人，他们不以别的青春写手为对手，而是以心目中的大师为对手，不计成败地走在自己的写作之路上。

生　命　本　就　纯　真

散文这一种作物

| | | | | | | | | | | | |

　　读曲令敏的散文，我常常会感到羡慕。我羡慕她与自然的那种亲密联系。对她来说，自然不是一个概念，而就是——至少曾经是——最熟悉的生活，是朝夕相处的亲人，是人生基本的氛围和旋律。这当然得益于她生于乡野长于乡野，得益于乡野之美对她的长年浸润和陶冶。在她的眼中和笔下，风、树、阳光、河水都有自己的性格、自己的故事。譬如说，她看见春天的风怎样把田土吹得松软，让青草芽和庄稼苗一棵棵顶着种子壳钻出；她知道柳、槐、杏、杨开花或生长时不同的节奏、形态和不同的动人处；她能从稻菽瓜果草树身上闻到阳光的味道……

　　这一切对于我是新鲜而陌生的。我肯定写不出来，因为我没有这样的观察和体验。我一直认为，自小在远离自然的大城市里生活，是我的精神成长历程中的一个缺陷，甚至是一种先天不足。精神的健康成长离不开土地和天空，土地贡献了来源和质料，天空则指示了目标和形式。比较起来，土地应该是第一位的。人来自泥土而归于泥土，其实也是土地上的作物。土地是家，天空只是辽远的风景。我甚至相信，古往今来哲人们对天空的沉思，那所谓形而上的关切，也只有在向土地的回归之中，在一种万物一体的亲密感之中，方能获得不言的解决。然而，如果说阅读和思考可以使一个人懂得仰望天空，那么，要亲近土地却不能单凭阅读和思考，而必须依靠最实在的经历。一个人倘若未曾像一棵真正的作物那样在土地上生长，则他与土地的联系就始终是抽象的。这正是我的悲哀之所在。

但是，更加可悲的事情正在发生。即使对于曲令敏这样在农村长大的人，土地也已经成了一个越来越遥远的回忆。正因为如此，在她的散文中，乡野的美都只在过去时态中出现，都被怀念的忧伤笼罩着。其实，我们每个人都是见证，目睹金钱的力量如何在驱逐着残存的自然。自然丧失了自身的权利，不论耕地、树林、荒野、山岭，都被带到金钱这唯一的判官面前，视其收益之大小而决定其存亡。我家附近有一片果园，不久前的一天，满园花事正盛的桃树梨树突然被砍伐一空，一家房地产公司成了这里的新主人。哪怕是隐藏在深山中的一处风景，一旦被开发商看中，就立即沦为旅游资源。在曲令敏的生命中至少还有一个皱褶，其中珍藏着那条家乡的河，成为她的回忆和创作的不尽的源泉，而对我们的子孙来说，倘若生命自始至终都在远离自然的人工环境中行进，土地成为人皆陌生之物，连对土地的回忆也不复存在，那会是一种怎样贫瘠的情景呢？

我常常被视为一个写哲理散文的作家，坦率地说，我自己对此并不引以为荣，而只感到无奈和遗憾。以我之见，土地的吟唱比天空的玄思更加符合散文的品格，真正的好散文应该是亲近自然的，它也是土地上的作物，饱含着阳光和泥土的芳香。今日散文的现状却是上不及天，下不着地，同时失去了空灵和质朴。我的担心是，有一天，梭罗、普里什文、沈从文都将成为人们读不懂因而也不感兴趣的古董，散文家们纷纷大谈网上奇遇、高速驾车的快感或者都市里的夜生活，那必是散文的末日。

04

私人写作

生　命　本　就　纯　真

写作的理由

| | | | | | | | | | | | | | |

　　写作是精神生活的方式之一。人有两个自我，一个是内在的精神自我，一个是外在的肉身自我，写作是那个内在的精神自我的活动。普鲁斯特说，当他写作的时候，进行写作的不是日常生活中的那个他，而是"另一个自我"。他说的就是这个意思。

　　外在自我会有种种经历，其中有快乐也有痛苦，有顺境也有逆境。通过写作，可以把外在自我的经历，不论快乐或痛苦，都转化成了内在自我的财富。有写作习惯的人，会更细致地品味、更认真地思考自己的外在经历，仿佛在内心中把既有的生活重过一遍，从中发现丰富的意义并储藏起来。

　　我相信人不但有外在的眼睛，而且有内在的眼睛。外在的眼睛看见现象，内在的眼睛看见意义。被外在的眼睛看见的，成为大脑的贮存；被内在的眼睛看见的，成为心灵的财富。

　　许多时候，我们的内在眼睛是关闭着的。于是，我们看见利益，却看不见真理，看见万物，却看不见美，看见世界，却看不见上帝，我们的日子是满的，生命却是空的，头脑是满的，心却是空的。

外在的眼睛不使用，就会退化，常练习，就能敏锐。内在的眼睛也是如此。对我来说，写作便是一种训练内在视力的方法，它促使我经常睁着内在的眼睛，去发现和捕捉生活中那些显示了意义的场景和瞬间。只要我保持着写作状态，这样的场景和瞬间就会源源不断。相反，一旦被日常生活之流裹挟，长久中断了写作，我便会觉得生活成了一堆无意义的碎片。事实上它的确成了碎片，因为我的内在眼睛是关闭着的，我的灵魂是昏睡着的，而唯有灵魂的君临才能使一个人的生活形成整体。所以，我之需要写作，是因为唯有保持着写作状态，我才真正在生活。

我的体会是，写作能够练就一种内在视觉，使我留心并善于捕捉住生活中那些有价值的东西。如果没有这种意识，总是听任好的东西流失，时间一久，以后再有好的东西，你也不会珍惜，日子就会过得浑浑噩噩。写作使人更敏锐也更清醒，对生活更投入也更超脱，既贴近又保持距离。

灵魂是一片园林，不知不觉中会长出许多植物，然后又不知不觉地凋谢了。我感到惋惜，于是写作。写作使我成为自己的灵魂园林中的一个细心的园丁，将自己所喜爱的植物赶在凋谢之前加以选择、培育、修剪、移植和保存。

文字是感觉的保险柜。岁月流逝，当心灵的衰老使你不再能时常产生新鲜的感觉，头脑的衰老使你遗忘了曾经有过的新鲜的感觉时，不必悲哀，打开你的保险柜吧，你会发现你毕竟还是相当富有的。勤于为自己写作的人，晚年不会太凄凉，因为你的文字——也就是不会衰老的那个你——陪伴着你，比任何伴护更善解人意，更忠实可靠。

我不企求身后的不朽。在我的有生之年，我的文字陪伴着我，唤回我的记忆，沟通我的岁月，这就够了。

我也不追求尽善尽美。我的作品是我的足迹，我留下它们，以便辨认我走过的路，至于别人对它们做出何种解释，就与我无关了。

最纯粹、在我看来也最重要的私人写作是日记。我相信，一切真正的写作都是从写日记开始的，每一个好作家都有一个相当长久的纯粹私人写作的前史，这个前史决定了他后来之成为作家不是仅仅为了谋生，也不是为了出名，而是因为写作乃是他的心灵的需要。一个真正的写作者不过是一个改不掉写日记习惯的人罢了，他的全部作品都是变相的日记。他向自己说了太久的话，因而很乐意有时候向别人说一说。

在很小的时候，我就自发地偷偷写起了日记。一开始的日记极幼稚，只是写些今天吃了什么好东西之类。我仿佛本能地意识到那好滋味会消逝，于是想用文字把它留住。年岁渐大，我用文字留住了许多好滋味：爱，友谊，孤独，欢乐，痛苦……通过写作，我不断地把自己最好的部分转移到文字中去，到最后，罗马不在罗马了，我借此逃脱了时光的流逝。

我认为我的写作应该从写日记开始算，而不是从发表文章开始算。通过写日记，我逐渐获得了一种内在的视觉，使我注意并善于发现生活中那些有价值的片段，及时把它们抓住。

人生最宝贵的是每天、每年、每个阶段的活生生的经历，它们所带来的欢乐和苦恼、心情和感受，这才是一个人真正拥有的东西。但是，这一切仍然无可避免地会失去。通过写作，我们把易逝的生活变成长存的文字，就可以以某种方式继续拥有它们了。这样写下的东西，你会觉得对于你自己的意义是至上的，发表与否只有很次要的意义。

写作的快乐是向自己说话的快乐。真正爱写作的人爱他的自我，似乎一切快乐只有被这自我分享之后，才真正成其为快乐。他与人交谈似乎只是为了向自己说话，每有精彩之论，总要向自己复述一遍。

当一个少年人并非出于师长之命，而是自发地写日记时，他就已经进入了写作的实质。这表明：第一，他意识到了并试图克服生存的虚幻性质，要抵抗生命的流逝，挽留岁月，留下它们曾经存在的确凿证据；第二，他有了与自己灵魂交谈、过内心生活的需要。

写日记一要坚持（基本上每天写），二要认真（不敷衍自己，对真正触动自己的事情和心情要细写，努力寻找准确的表达），三要秘密（基本上不给人看，为了真实）。这样持之以恒，不成为作家才怪呢——不成为作家才无所谓呢。

写作也是在苦难中自救的一种方式。通过写作，我们把自己与苦难拉开一个距离，把它作为对象，对它进行审视、描述、理解，以这种方式超越了苦难。

一个人有了苦恼，去跟人诉说是一种排解，但始终这样做的人就会变得肤浅。要学会跟自己诉说，和自己谈心，久而久之，你就渐渐养成了过内心生活的习惯。当你用笔这样做的时候，你就已经是在写作了，并且这是和你的内心生活合一的真实的写作。

遇到恶人和痛苦之事，我翻开了日记本，这时候我成为一个认识者，与身外遭遇拉开距离，把它们变成了借以认识人性和社会的材料。

我写作从来就不是为了影响世界，而只是为了安顿自己——让自己有事情做，活得有意义或者似乎有意义。

以为阅读只是学者的事，写作只是作家的事，这是极大的误解。阅读是与大师的灵魂交谈，写作是与自己的灵魂交谈，二者都是精神生活的方式。本真意义的阅读和写作是非职业的，属于每一个关注灵魂的人，而职业化则是一种异化。

养成写日记的习惯

| | | | | | | | | | | |

不论在什么场合，只要是面对着中学生，我最经常提的一个建议就是：养成写日记的习惯。中学是人生的一个关键时期，许多好习惯和坏习惯都是在这个时期里养成的。有两种好习惯，一旦养成了，就终身受益。我指的是阅读的习惯和写日记的习惯。这里我只说一说写日记的好处。

第一，日记是岁月的保险柜。每个人都只拥有一次人生，如果你热爱人生，你就一定会无比珍惜自己的经历，珍惜其中的欢乐和痛苦、心情和感受，因为它们是你真正拥有的东西。令人遗憾的是，这一切不可避免地会随着时间的流逝而失去。为了留住它们，人们想出了种种办法，例如用摄影和录像保存生活中的若干场景。但是，我认为写日记是更好的办法，与图像相比，文字的容量要大得多。通过写日记，我们仿佛把逝去的一个个日子放进了保险柜，有一天打开这个保险柜，这些日子便会历历在目地重现在眼前。记忆是不可靠的，对一个不写日记的人来说，除了某些印象特别深刻的经历外，多数往事会渐渐模糊，甚至永远沉入遗忘的深渊。相反，如果有日记作为依凭，即使许多年前的细节，也比较容易在记忆中唤醒。在这个意义上，日记使人拥有了一个更丰富的人生。

第二，日记是灵魂的密室。人活在世上，不但要过外部生活，比如上学、和同学交往，而且要过内心生活。内心生活并不神秘，它实际上就是一个人与自己进行交谈。你读到了一本使你感动的书，你看到了一片使你陶醉的风景，你见到了一个令你心仪的人，你遇到了一件使你高兴或伤心的事，在这些时候，你心中也许有一些不愿或者不能对别人说的感受，你就用笔对自己说。当你这样做的时候，你是在写日记，同时也就是在过内心生活了。有的人只习惯于与别人共处、和别人说话，自己对自己无话可说，一旦独处就难受得要命，这样的人终究是肤浅的。人必须学会倾听自己的心声，自己与自己交流，这样才能逐渐形成一个较有深度的内心世界，而写日记正是帮助我们达到这一目的的有效手段。

第三，日记是忠实的朋友。我们在人世间不能没有朋友，真正的友谊使我们在困难时得到帮助，在痛苦时得到慰藉，在一切时候得到温暖和鼓舞。不过，请不要忘记，在所有的朋友之外，每个人还可以拥有一个特殊的朋友，那就是日记。在某种意义上，它是你最忠实的朋友。没有人——包括你最亲密的朋友——是你的专职朋友，唯有日记可以说是。别的朋友总有忙于自己的事情而不能关心你的时候，而日记却随时听从你的召唤，永远不会拒绝倾听你的诉说。一个人养成了写日记的习惯，他仍会有寂寞的时光，但不会无法忍受，因为有日记陪伴他。在隐私权受到法律保护的社会里，日记的忠实还表现在它不会背叛你，无论你对它说了什么，它都只是珍藏在心里，决不违背你的意愿向外张扬。

第四，日记是作家的摇篮。要成为一个够格的作家，基本条件是有真情实感，并且善于用恰当的语言把真情实感表达出来。在这方面，写日记是最好的训练，因为日记是写给自己看的，一个人总不会把空洞虚假的东西献给自己。对提高写作能力来说，日记有作文不可代替的作用。作文所起的作用在很大程度上取决于教师的水平，如果教师水平低，指导失当，甚至会起坏作用。与写作文不同，在写日记时，你是自由的，可以只写自己感兴趣的东西，不用为你不感兴趣的题目绞尽脑汁。你还可以只按照自己满意的方式写，不用考虑是否合乎某个老师的要求或某种固定的规范。按照自己满意的方式写自己感兴趣的题材，这正是文学创作的主要特征，所以写日记是比写作文更接近于创作的。事实上，许多优秀作家的创作就是从写日记开始的，而且，如果他们想继续优秀，就必须在创作中始终保持写日记时的那种自由心态。

我说了这么多写日记的好处，那么，是不是一个人只要随便怎样写一点日记，就能得到这些好处呢？当然不是。依我看，要得到这些好处，必须遵守三个条件。一是坚持，尤其开始时每天都写，来不及就第二天补写，决不偷懒，决不姑息自己，这样才能形成习惯。二是认真，对触动了自己的事情和心情要仔细写，努力寻找确切的表达方式，决不马虎，决不敷衍自己，这样写出的日记才具有我在上面列举的这些价值。三是私密，基本上不给人看，这样在写日记时才能排除他人眼光的干扰，坦然面对自己，句句都写真心话。

写到这里，我不得不对天下的老师和家长们进一忠告，因为要遵守这第三个条件，必须有你们的理解和配合。你们一定要把日记和作文区别开来，语文老师当然可以布置学生写若干篇日记然后加以批改，但这样的日记实际上是作文，只不过其体裁是日记罢了。我现在提倡学生写的是名副其实的日记，这意味着老师和家长都必须尊重其私密性，如果不是孩子自愿，任何人不得查看。我不止一次听说这样的事情：有的孩子自发地写起私人日记来，家长和老师觉察后，便偷看或突击检查，一旦发现自以为不妥当的内容，就横加指责和羞辱。这是十足的愚蠢和野蛮，是对孩子正在生长的自由心灵和独立人格的摧残。我们应该把孩子的私人日记看作属于他们的一块不容侵犯的圣地，甚至克制我们的好奇心，鼓励孩子不给我们看。我们要相信，孩子的心灵隐私越是受到尊重，他们就越容易培养起真诚、自信、独立思考等品质，他们在精神上就越能够健康地成长。不必担心因此会互相隔膜，实际上，唯有在平等和尊重的氛围中，我们和孩子之间才可能产生实质性的交流。也无须靠检查日记来了解学生的语文水平，学生写日记是否认真，有无收获，必定会在作文中体现出来，而被有慧眼的教师看到。

私人写作

| | | | | | | | | | | | |

一

　　1862年秋天的一个夜晚，托尔斯泰几乎通宵失眠，心里只想着一件事：明天他就要向索菲亚求婚了。他非常爱这个比他小十六岁、年方十八的姑娘，觉得即将来临的幸福简直难以置信，因此兴奋得睡不着觉了。

　　求婚很顺利。可是，就在求婚被接受的当天，他想到的是："我不能为自己一个人写日记了。我觉得，我相信，不久我就不再会有属于一个人的秘密，而是属于两个人的，她将看我写的一切。"

　　当他在日记里写下这段话时，他显然不是为有人将分享他的秘密而感到甜蜜，而是为他不再能独享仅仅属于他一个人的秘密而感到深深的不安。这种不安在九个月后完全得到了证实，清晰成了一种强烈的痛苦和悔恨："我自己喜欢并且了解的我，那个有时整个地显身、叫我高兴也叫我害怕的我，如今在哪里？我成了一个渺小的微不足道的人。自从我娶了我所爱的女人以来，我就是这样一个人。这个簿子里写的几乎全是谎言——虚伪。一想到她此刻就在我身后看我写东西，就减少了、破坏了我的真实性。"

托尔斯泰并非不愿对他所爱的人讲真话。但是，面对他人的真实是一回事，面对自己的真实是另一回事，前者不能代替后者。作为一个珍惜内心生活的人，他从小就养成了写日记的习惯。如果我们不把记事本、备忘录之类和日记混为一谈的话，就应该承认，日记是最纯粹的私人写作，是个人精神生活的隐秘领域。在日记中，一个人只面对自己的灵魂，只和自己的上帝说话。这的确是一个神圣的约会，是绝不容许有他人在场的。如果写日记时知道所写的内容将被另一个人看到，那么，这个读者的无形在场便不可避免地会改变写作者的心态，使他有意无意地用这个读者的眼光来审视自己写下的东西。结果，日记不再成其为日记，与上帝的密谈蜕变为向他人的倾诉和表白，社会关系无耻地占领了个人的最后一个精神密室。当一个人在任何时间内，包括在写日记时，面对的始终是他人，不复能够面对自己的灵魂时，不管他在家庭、社会和一切人际关系中是一个多么诚实的人，他仍然失去了最根本的真实，即面对自己的真实。

因此，无法只为自己写日记，这一境况成了托尔斯泰婚后生活中的一个持久的病痛。三十四年后，他还在日记中无比沉痛地写道："我过去不为别人写日记时有过的那种宗教感情，现在都没有了。一想到有人看过我的日记而且今后还会有人看，那种感情就被破坏了。而那种感情是宝贵的，在生活中帮助过我。"这里的"宗教感情"是指一种仅仅属于每个人自己的精神生活，因为正像他在生命最后一年给索菲亚的一封信上所说的："每个人的精神生活是这个人与上帝之间的秘密，别人不该对它有任何要求。"在世间一切秘密中，唯此种秘密最为神圣，别种秘密的被揭露往往提供事情的真相，而此种秘密的受侵犯却会扼杀灵魂的真实。

可是，托尔斯泰仍然坚持写日记，直到生命的最后日子，而且在我看来，他在日记中仍然是非常真实的，比我所读到过的任何作家日记都真实。他把他不能真实地写日记的苦恼毫不隐讳地诉诸笔端，也正证明了他的真实。真实是他的灵魂的本色，没有任何力量能使他放弃，他自己也不能。

二

似乎也是出于对真实的热爱，萨特却反对一切秘密。他非常自豪他面对任何人都没有秘密，包括托尔斯泰所异常珍视的个人灵魂的秘密。他的口号是用透明性取代秘密。在他看来，写作的使命便是破除秘密，每个作家都完整地谈论自己，如此缔造一个一切人对一切人都没有秘密的完全透明的理想社会。

我不怀疑萨特对透明性的追求是真诚的，并且出于一种高尚的动机。但是，它显然是乌托邦。如果不是，就更可怕，因为其唯一可能的实现方式是奥威尔的《一九八四》和中国的"文化大革命"，即一种禁止个人秘密的恐怖的透明性。不过，这是题外话。对我们来说，重要的是：写作的真实存在于透明性之中吗？

当然，写作总是要对人有所谈论。在此意义上，萨特否认有为自己写作这种事。他断言："一旦你开始写作，不管你愿意不愿意，你已经介入了。"可是，问题在于，在"介入"之前，作家所要谈论的问题已经存在了，它并不是在作家开口向人谈论的时候才突然冒出来的。一个真正的作家必有一个或者至多几个真正属于他的问题，这些问题往往伴随他的一生，它们的酝酿和形成恰好是他的灵魂的秘密。他的作品并非要破除这个秘密，而只是从这个秘密中生长出来的看得见的作物罢了。就写作是一个精神事件、作品是一种精神产品而言，有没有真正属于自己灵魂的问题和秘密便是写作的真实的一个基本前提。这样的问题和秘密会引导写作者探索存在的未经勘察的领域，发现一个别人尚未发现的仅仅属于他的世界，他作为一个作家的存在理由和价值就在于此。没有这样的问题和秘密的人诚然也可以写点什么，甚至写很多的东西，然而，在最好的情况下，他们只是在传授知识、发表意见、报告新闻、编讲故事，因而不过是教师、演说家、记者、故事能手罢了。

第二次世界大战期间，加缪出于对法西斯的义愤加入了法国抵抗运动。战后，在回顾这一经历时，他指责德国人说："你们强迫我进入了历史，使我五年中不能享受鸟儿的歌鸣。可是，历史有一种意义吗？"针对这一说法，萨特批评道："问题不在于是否愿意进入历史和历史是否有意义，而在于我们已经身在历史中，应当给它一种我们认为最好的意义。"他显然没有弄懂加缪苦恼的真正缘由：对于真正属于自己灵魂的问题的思考被外部的历史事件打断了。他太多地生活在外部的历史中，因而很难理解一个沉湎于内心生活的人的特殊心情。

我相信萨特是不为自己写日记的，他的日记必定可以公开，至少可以向波伏瓦公开，因此他完全不会有托尔斯泰式的苦恼。我没有理由据此断定他不是一个好作家。不过，他的文学作品，包括小说和戏剧，无不散发着浓烈的演讲气息，而这不能不说与他主张并努力实行的透明性有关。昆德拉在谈到萨特的《恶心》时挖苦说，这部小说是存在主义哲学穿上了小说的可笑服装，就好像一个教师为了使打瞌睡的学生开心，决定用小说的形式上一课。的确，我们无法否认萨特是一个出色的教师。

三

　　对我们今天的作家来说，托尔斯泰式的苦恼就更是一种陌生的东西了。一个活着时已被举世公认的文学泰斗和思想巨人，却把自己的私人日记看得如此重要，这个现象似乎只能解释为一种个人癖好，并无重要性。据我推测，今天以写作为生的大多数人是不写日记的，至少是不写灵魂密谈意义上的私人日记的。有些人从前可能写过，一旦成了作家，就不写了。想要或预约要发表的东西尚且写不完，哪里还有工夫写不发表的东西呢？

　　一位研究宗教的朋友曾经不胜感慨地向我诉苦：他忙于应付文债，几乎没有喘息的工夫，只在上厕所时才得到片刻的安宁。我笑笑说：可不，在这个忙碌的时代，我们只能在厕所里接待上帝。上帝在厕所里——这不是一句单纯的玩笑，而是我们这个时代的真实写照，厕所是上帝在这个喧嚣世界里的最后避难所。这还算好的呢，多少人即使在厕所里也无暇接待上帝，依然忙着尘世的种种事务，包括写作！

　　是的，写作成了我们在尘世的一桩事务。这桩事务又派生出了许多别的事务，于是我们忙于各种谈话：与同行、编辑、出版商、节目主持人等等。其实，写作也只是我们向公众谈话的一种方式而已。最后，我们干脆抛开纸笔，直接在电视台以及各种会议上频频亮相和发表谈话，并且仍然称这为写作。

　　曾经有一个时代，那时的作家、学者中出现了一批各具特色的人物，他们每个人都经历了某种独特的精神历程，因而都是一个独立的世界。在他们的一生中，对世界、人生、社会的观点也许会发生重大的变化，不论这些变化的促因是什么，都同时是他们灵魂深处的变化。我们尽可以对这些变化评头论足，但我们不得不承认，由这些变化组成的他们的精神历程在我们眼前无不呈现为一种独特的精神景观，闪耀着个性的光华。可是，今日的精英们却只是在无休止地咀嚼从前的精英留下的东西，名之曰文化讨论，并且人人都以能够在这讨论中插上几句话而自豪。他们也在不断改变着观点，例如昨天鼓吹革命、今天讴歌保守，昨天崇洋、今天尊儒，但是这些变化与他们的灵魂无关，我们从中看不到精神历程，只能看到时尚的投影。他们或随波逐流，或标新立异，而标新立异也无非是随波逐流的夸张形式罢了。把他们先后鼓吹过的观点搜集到一起，我们只能得到一堆意见的碎片，用它们是怎么也拼凑不出一个完整的个性的。

四

我把一个作家不为发表而从事的写作称为私人写作，它包括日记、笔记、书信等。这是一个比较宽泛的定义，哪怕在写时知道甚至期待别人——例如爱侣或密友——读到的日记也包括在内，因为它们起码可以算是情书和书信。当然，我所说的私人写作肯定不包括预谋要发表的日记、公开的情书、登在报刊上的致友人书之类，因为这些东西不符合我的定义。要言之，在进行私人写作时，写作者所面对的是自己或者某一个活生生的具体的个人，而不是抽象的读者和公众。因而，他此刻所具有的是一个生活、感受和思考着的普通人的心态，而不是一个专业作家的职业心态。

私人写作的反面是公共写作，即为发表而从事的写作，这是就发表终究是一种公共行为而言的。对一个作家来说，为发表的写作当然是不可避免也无可非议的，而且这是他锤炼文体功夫的主要领域，传达的必要促使他寻找贴切的表达方式，尽量把话说得准确生动。但是，他首先必须有话要说，这是非他说不出来的独一无二的话，是发自他心灵深处的话，如此他才会怀着珍爱之心为它寻找最好的表达，生怕它受到歪曲和损害。这样的话在向读者说出来之前，他必定已经悄悄对自己说过无数遍了。一个忙于向公众演讲而无暇对自己说话的作家，说出的话也许漂亮动听，但几乎不可能是真切感人的。

托尔斯泰认为，写作的职业化是文学堕落的主要原因。此话愤激中带有灼见。写作成为谋生手段，发表就变成了写作的最直接的目的，写作遂变为制作，于是文字垃圾泛滥。不被写作的职业化败坏是一件难事，然而仍是可能的，其防御措施之一便是适当限制职业性写作所占据的比重，为自己保留一个纯粹私人写作的领域。私人写作为作家提供了一个必要的空间，使他暂时摆脱职业，回到自我，得以与自己的灵魂会晤。他从私人写作中得到的收获必定会给他的职业性写作也带来好的影响，精神的洁癖将使他不屑于制作文字垃圾。我确实相信，一个坚持为自己写日记的作家是不会高兴去写仅仅被市场所需要的东西的。

五

1910年的一个深秋之夜，离那个为求婚而幸福得睡不着觉的秋夜快半个世纪了，对托尔斯泰来说，这是又一个不眠之夜。这天深夜，这位八十二岁的老翁悄悄起床，离家出走，十天后病死在一个名叫阿斯塔波沃的小车站上。

关于托尔斯泰晚年的出走，后人众说纷纭。最常见的说法是，他试图以此表明他与贵族生活——以及不肯放弃这种生活的托尔斯泰夫人——的决裂，走向已经为时过晚的自食其力的劳动生活。因此，他是为平等的理想而献身的。然而，事实上，托尔斯泰出走的真正原因也就是四十八年前新婚宴尔时令他不安的那个原因：日记。

如果说不能为自己写日记是托尔斯泰的一块心病，那么，不能看丈夫的日记就是索菲亚的一块心病，夫妇之间围绕日记展开了旷日持久的战争。到托尔斯泰晚年，这场战争达到了高潮。为了有一份只为自己写的日记，托尔斯泰真是费尽了心思，伤透了脑筋。有一段时间，这个举世闻名的大文豪竟然不得不把日记藏在靴筒里，连他自己也觉得滑稽。可是，最后还是被索菲亚翻出来了。索菲亚又要求看他其余的日记，他坚决不允，把他最后十年的日记都存进了一家银行。索菲亚为此不断地哭闹，她想不通做妻子的为什么不能看丈夫的日记，对此只能有一个解释：那里面一定写了她的坏话。在她又一次哭闹时，托尔斯泰喊了起来：

　　"我把我的一切都交了出来：财产，作品……只把日记留给了自己。如果你还要折磨我，我就出走，我就出走！"

　　说得多么明白。这话可是索菲亚记在她自己的日记里的，她不可能捏造对她不利的话。那个夜晚她又偷偷翻寻托尔斯泰的文件，终于促使托尔斯泰把出走的决心付诸行动。把围绕日记的纷争解释为争夺遗产继承权的斗争，未免太势利眼了。对托尔斯泰来说，他死后日记落在谁手里是一件相对次要的事情，他不屈不挠争取的是为自己写日记的权利。这位公共写作领域的巨人同时也是一位为私人写作的权利献身的烈士。

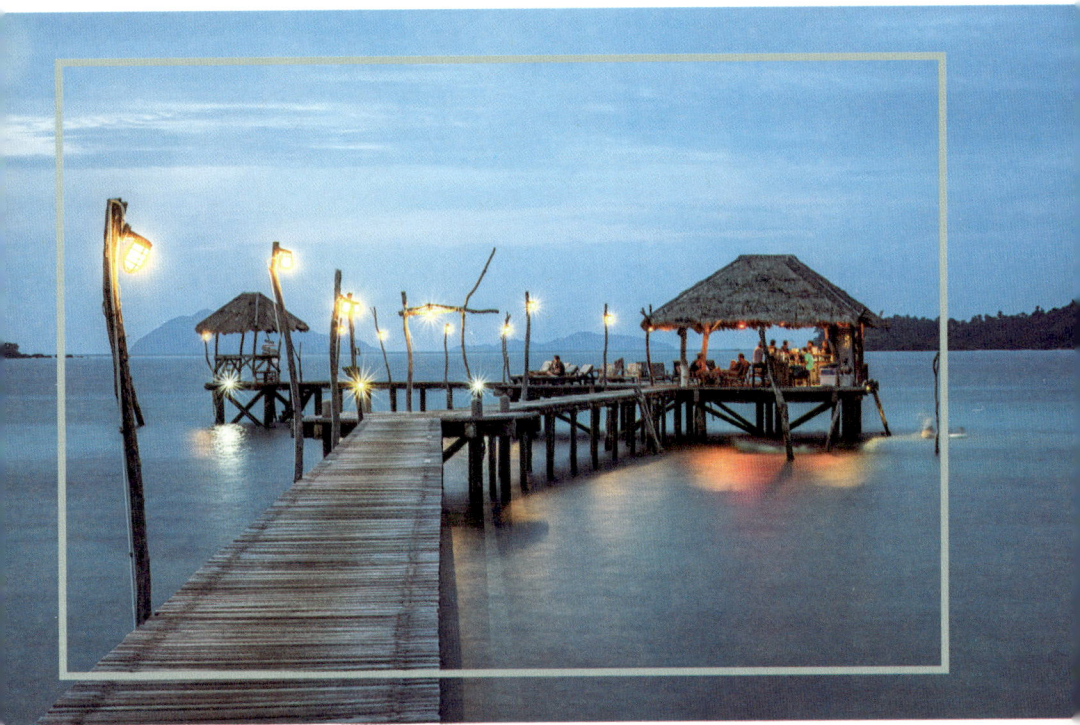

生　命　本　就　纯　真

小说的智慧

| | | | | | | | | | | | | |

　　孟湄送我这本她翻译的昆德拉的文论《被背叛的遗嘱》，距今快三年了。当时一读就非常喜欢，只觉得妙论迭出，奇思突起。我折服于昆德拉既是写小说的大手笔，也是写文论的大手笔。他的文论，不但传达了他独到而一贯的见识，而且也是极显风格的散文。自那以后，我一直想把读这书的感想整理出来，到今天才算如了愿，写成这篇札记。我不是小说家，我所写的只是因了昆德拉的启发而对现代小说精神的一种理解。

一、小说在思考

　　小说曾经被等同于故事，小说家则被等同于讲故事的人。在小说中，小说家通过真实的或虚构的（经常是半真实半虚构的）故事描绘生活，多半还解说生活，对生活做出一种判断。读者对于小说的期待往往也是引人入胜的故事，以故事是否吸引人来评定小说的优劣。现在，面对卡夫卡、乔伊斯这样的现代小说家的作品，期待故事的读者难免困惑甚至失望了，觉得它们简直不像小说。从前的小说想做什么是清楚的，便是用故事讽喻、劝诫或者替人们解闷，现代小说想做什么呢？

现代小说在思考。现代一切伟大的小说都不对生活下论断，而仅仅是在思考。

小说的内容永远是生活。每一部小说都描述或者建构了生活的一个片段、一个缩影、一种模型，以此传达了对生活的一种理解。对从前的小说家来说，不管他们对生活的理解多么不同，在每一种理解下，生活都如同一个具有确定意义的对象摆在面前，小说只需对之进行描绘、再现、加工、解释就可以了。在传统形而上学崩溃的背景下，以往对生活的一切清晰的解说都成了问题，生活不再是一个具有确定意义的对象，而重新成了一个未知的领域。当现代哲学陷入意义的迷惘之时，现代小说也发现了认识生活的真相是自己最艰难的使命。

在《被背叛的遗嘱》中，昆德拉谈到了认识生活的真相之困难。这是一种悖论式的困难。我们的真实生活是由每一个"现在的具体"组成的，而"现在的具体"几乎是无法认识的，它一方面极其复杂，包含着无数事件、感觉、思绪，如同原子一样不可穷尽，另一方面又稍纵即逝，当我们试图认识它时，它已经成为过去。也许我们可以退而求其次，通过及时的回忆来挽救那刚刚消逝的"现在"。但是，回忆也只是遗忘的一种形式，既然"现在的具体"在进行时未被我们认识，在回忆中呈现的就更不是当时的那个具体了。

尽管如此，我们仍然只能依靠回忆，因为它是我们的唯一手段。回忆不可避免地是一个整理和加工的过程，在这过程中，逻辑、观念、趣味、眼光都参与进来了。如此获得的结果绝非那个我们企图重建的"现在的具体"，而只能是一种抽象。例如，当我们试图重建某一情境中的一场对话时，它几乎必然要被抽象化：对话被缩减为条理清晰的概述，情境只剩下若干已知的条件。问题不在于记忆力，再好的记忆力也无法复原从未进入意识的东西。这种情形使得我们的真实生活成了"世上最不为人知的事物"，"人们死去却不知道曾经生活过什么"。

我走在冬日的街道上。沿街栽着一排树，树叶已经凋零，只剩下光秃秃的枝干。不时有行人迎面走来，和我擦肩而过。我想到此刻在世界的每一个城市，都有许多人在匆匆走着，走过各自生命的日子，走向各自的死亡。人们匆忙地生活着，而匆忙也只是单调的一种形式。匆忙使人们无暇注视自己的生活，单调则使人们失去了注视的兴趣。就算我是一个诗人、作家、学者，又怎么样呢？当我从事着精神的劳作时，我何尝在注视自己的生活，只是在注视自己的意象、题材、观念罢了。我思考着生活的意义，因为抓住了某几个关键字眼而自以为对意义有所领悟，就在这同时，我的每日每时的真实生活却从我手边不留痕迹地流失了。

好吧，让我停止一切劳作，包括精神的劳作，全神贯注于我的生活中的每一个"现在的具体"。可是，当我试图这么做时，我发现所有这些"现在的具体"不再属于我了。我与人交谈，密切注视着谈话的进行，立刻发现自己已经退出了谈话，仿佛是另一个虚假的我在与人进行一场虚假的谈话。我陷入了某种微妙的心境，于是警觉地返身内视，却发现我的警觉使这微妙的心境不翼而飞了。

一个至死不知道自己曾经生活过什么的人，我们可以说他等于没有生活过。一个时刻注视自己在生活着什么的人，他实际上站到了生活的外边。人究竟怎样才算生活过？

二、小说与哲学相靠近

如何找回失去的"现在"，这是现代小说家所关心的问题。"现在"的流失不是量上的，而是质上的。因此，靠在数量上自然主义地堆积生活细节是无济于事的，唯一可行的是从质上找回。所谓从质上找回，便是要去发现"现在的具体"的本体论结构，也就是通过捕捉住"现在"中那些隐藏着存在的密码的情境和细节，来揭示人生在世的基本境况。昆德拉认为，这正是卡夫卡开辟的新方向。

昆德拉常常用海德格尔的"存在"范畴表达他所理解的生活。基本的要求仍然是真实，但不是反映论意义上的，而是本体论意义上的，"存在"范畴所表达的便是这种本体论意义上的生活之真实。小说中的"假"，种种技巧和虚构，都是为这种本体论意义上的真服务的，若非如此，便只是纯粹的假——纯粹的个人玩闹和遐想——而已。

有时候，昆德拉还将"存在"与"现实"区分开来。例如，他在《小说的艺术》中写道："小说研究的不是现实，而是存在。"凡发生了的事情都属于现实，存在则总是关涉人生在世的基本境况。小说的使命不是陈述发生了一些什么事情，而是揭示存在的尚未为人所知的方面。如果仅仅陈述事情，不管这些事情多么富有戏剧性，多么引人入胜，或者在政治上多么重要，有多大的新闻价值，对于阐述某个哲学观点多么有说服力，都与存在无关，因而都在小说的真正历史之外。

小说以研究存在为自己的使命，这使得小说向哲学靠近了。但是，小说与哲学的靠近是互相的，是它们都把目光投向存在领域的结果。在这互相靠近的过程中，代表哲学一方的是尼采，他拒绝体系化思想，对有关人类的一切进行思考，拓宽了哲学的主题，使哲学与小说相接近；代表小说一方的是卡夫卡、贡布罗维奇、布洛赫、穆齐尔，他们用小说进行思考，接纳可被思考的一切，拓宽了小说的主题，使小说与哲学相接近。

其实，小说之与哲学结缘由来已久。凡是伟大的小说作品，皆包含着一种哲学的关切和眼光。这并不是说，它们阐释了某种哲学观点，而是说，它们总是对人生底蕴有所关注并提供了若干新的深刻的认识。仅仅编故事而没有这种哲学内涵的小说，无论故事编得多么精彩，都称不上伟大。令昆德拉遗憾的是，他最尊敬的哲学家海德格尔只重视诗，忽视了小说，而"正是在小说的历史中有着关于存在的智慧的最大宝藏"。他也许想说，如果海德格尔善于发掘小说的材料，必能更有效地拓展其哲学思想。

在研究存在方面，小说比哲学更具有优势。存在是不能被体系化的，但哲学的概念式思考往往倾向于体系化，小说式的思考却天然是非系统的，能够充分地容纳意义的不确定性。小说在思考——并不是小说家在小说中思考，而是小说本身在思考。这就是说，不只是小说的内容具有思想的深度，小说的形式也在思考，因而不能不具有探索性和实验性。这正是现代小说的特点。所谓"哲学小说"与现代小说毫不相干，"哲学小说"并不在思考，譬如说萨特的小说不过是萨特在用小说的形式上哲学课罢了。在"哲学小说"中，哲学与小说是貌合神离、同床异梦的。昆德拉讽刺说，由于萨特的《恶心》成了新方向的样板，其后果是"哲学与小说的新婚之夜在相互的烦恼中度过"。

三、存在不是什么

今日世界上，每时每刻都有人在编写和出版小说，其总量不计其数。然而，其中的绝大部分只是在小说历史之外的小说生产而已。它们生产出来只是为了被消费掉，在完成之日已注定要被遗忘。

只有在小说的历史之内，一部作品才可以作为价值而存在。怎样的作品才能进入小说的历史呢？首先是对存在做出了新的揭示；其次，为了做出这一新的揭示，而在小说的形式上有新的探索。

一个小说家必须具备存在的眼光，看到比现实更多的东西。然而，许多小说家都没有此种眼光，他们或者囿于局部的现实，或者习惯于对现实做某种本质主义的抽象，把它缩减为现实的某一个层面和侧面。昆德拉借用海德格尔的概念，称这种情况为"存在的被遗忘"。如此写出来的小说，不过是小说化的情欲、忏悔、自传、报道、说教、布道、清算、告发、披露隐私罢了。小说家诚然可以面对任何题材，甚至包括自己和他人的隐私这样的题材，功夫的高下见之于对题材的处理，由此而显出他是一个露阴癖或窥阴癖患者，还是一个存在的研究者。

一个小说家是一个存在的研究者，这意味着他与一切现实、他处理的一切题材都保持着一种距离，这个距离是他作为研究者所必需的。无论何种现实，在他那里都成为研究存在以及表达他对存在之认识的素材。也就是说，他不立足于任何一种现实，而是立足于小说，站在小说的立场上研究它们。

对于昆德拉的一种普遍误解是把他看作一个不同政见者，一个政治性作家。请听昆德拉的回答："您是共产主义者吗？——不，我是小说家。""您是不同政见者吗？——不，我是小说家。"他明确地说，对于他，做小说家不只是实践一种文学形式，而是"一种拒绝与任何政治、宗教、意识形态、道德、集体相认同的立场"。他还说，他憎恨想在艺术品中寻找一种态度（政治的，哲学的，宗教的，等等）的人们，而本来应该从中仅仅寻找一种认识的意图的。我想起尼采的一个口气相反、实质相同的回答。他在国外漫游时，有人问他："德国有哲学家吗？德国有诗人吗？德国有好书吗？"他说他感到脸红，但以他即使在失望时也具有的勇气答道："有的，俾斯麦！"他之所以感到脸红，是因为德国的哲学家、诗人、作家丧失了独立的哲学、诗、写作的立场，都站到政治的立场上去了。

如果说在政治和商业、宗教和世俗、传统和风尚、意识形态和流行思潮、社会秩序和大众传媒等立场之外，小说、诗还构成一种特殊的立场，那么，这无非是指个性的立场、美学的立场、独立思考的立场、关注和研究存在的立场。在一切平庸的写作背后，我们都可发现这种立场的阙如。

对昆德拉来说，小说不只是一种文学体裁，更是一种看生活的眼光，一种智慧。因此，从他对小说的看法中，我读出了他对生活的理解。用小说的智慧看，生活——作为"存在"——究竟是什么，或者说不是什么呢？

海德格尔本人也不能概括地说明什么是存在，昆德拉同样不能。然而，从他对以往和当今小说的批评中，我们可以知道存在——以及以研究存在为使命的小说——不是什么。

存在不是戏剧，小说不应把生活戏剧化。

存在不是抒情诗，小说不应把生活抒情化。

存在不是伦理，小说不是进行道德审判的场所。

存在不是政治，小说不是形象化的政治宣传或政治抗议。

存在不是世上最近发生的事，小说不是新闻报道。

存在不是某个人的经历，小说不是自传或传记。

四、在因果性之外

在一定的意义上，写小说就是编故事。在许多小说家心目中，编故事有一个样板，那就是戏剧。他们把小说的空间设想成舞台，在其中安排曲折的悬念、扣人心弦的情节、离奇的巧合、激动人心的场面。他们让人物发表精彩的讲话。他们使劲吊读者的胃口。这样编出的故事诚然使许多读者觉得过瘾，却与存在无关。

在小说中强化、营造、渲染生活的戏剧性因素，正是二十世纪小说家们的做法。在他们那里，场面成为小说构造的基本因素，小说宛如一个场面丰富的剧本。昆德拉推崇福楼拜、乔伊斯、卡夫卡、海明威，因为他们使小说走出了这种戏剧性。把生活划分为日常性和戏剧性两个方面，强化其戏剧性而舍弃其日常性，乃是现象和本质二分模式在小说领域内的一种运用。在现实中，日常性与戏剧性是永远同在的，人们总是在平凡、寻常、偶然的气氛中相遇，生活的这种散文性是人生在世的一种基本境况。在此意义上，昆德拉宣称，对散文的发现是小说的"本体论使命"，这一使命是别的艺术不能承担的。

夸大戏剧性，拒斥日常性，这差不多构成了最悠久的美学传统。无论现实主义，还是浪漫主义，都是在这一传统中生长出来的。从亚里士多德的"情节的整一"，到恩格斯的"典型环境中的典型性格"，都是这一传统的理论表达。殊不知生活不是演戏，所谓"人生大舞台，舞台小人生"乃是谎言，其代价是抹杀了日常性的美学意义。

事实上，自十九世纪后期以来，戏剧本身也在走出戏剧性，走向日常性。梅特林克曾经谈到易卜生戏剧中的"第二层次"的对话，这些对话仿佛是多余的而非必需的，实际上却具有更深刻的真实性。在海明威的小说中，这种所谓"第二层次"的对话取得了完全的支配地位。海明威的高明之处在于发现了日常生活中对话的真实结构。我们平时常常与人交谈，但我们并不知道我们是怎样交谈的。海明威却通过一种简单而又漂亮的形式向我们显示：现实中的对话总是被日常性所包围、延迟、中断、转移，因而不系统、不逻辑；在第三者听来，它不易懂，是未说出的东西上面的一层薄薄的表面；它重复、笨拙，由此暴露了人物的特定想法，并赋予对话以一种特殊的旋律。如果说雨果小说中的对话以其夸张的戏剧性使我们更深地遗忘了现实中的对话之真相，那么，可以说海明威为我们找回了这个真相，使我们知道了我们在日常生活中是怎样进行交谈的。

我们已经太习惯于用逻辑的方式理解生活，正是这种方式使我们的真实生活从未进入我们的视野，成为被永远遗忘的存在。把生活戏剧化也是逻辑方式的产物，是因果性范畴演出的假面舞会。

昆德拉讲述了一个绝妙的故事：一个男人和一个女人互相暗恋，等待着向对方倾诉衷肠的机会。机会来了，有一天他俩去树林里采蘑菇，但两人都心慌意乱，沉默不语。也许为了掩饰心中的慌乱，也为了打破沉默的尴尬，他们开始谈论蘑菇，于是一路上始终谈论着蘑菇，永远失去了表白爱情的机会。

真正具讽刺意义的事情还在后面。这个男人当然十分沮丧，因为他毫无理由地失去了一次爱情。然而，一个人能够原谅自己失去爱情，却决不能原谅自己毫无理由。于是，他对自己说：我之所以没有表白爱情，是因为忘不了死去的妻子。

德谟克里特曾说：只要找到一个因果性的解释，也胜过成为波斯人的王。我们虽然未必像他那样藐视王位，却都和他一样热爱因果性的解释。为结果寻找原因，为行为寻找理由，几乎成了我们的本能，以至于对事情演变的真实过程反而视而不见了。然而，正是对于一般人视而不见的东西，好的小说家能够独具慧眼，加以复原。譬如说，他会向我们讲述蘑菇捣乱的故事。相反，我们可以想象，大多数小说家一定会按照那个男人的解释来处理这个素材，向我们讲述一个关于怀念亡妻的忠贞的故事。

按照通常的看法，陀思妥耶夫斯基是一位非理性作家，托尔斯泰是一位理性的甚至有说教气味的作家。在昆德拉看来，情形正好相反。

在陀思妥耶夫斯基的小说中，思想构成了明确的动机，人物只是思想的化身，其行为是思想的逻辑结果。譬如说，基里洛夫之所以自杀，是因为他确信人只有信仰上帝才能活下去，而这一信仰已经破灭，于是他必须自杀。支配他自杀的思想可归入非理性哲学的范畴，但这种思想是他的理性所把握的，其作用方式也是极其理性、因果分明的。在生活中真正发生作用的非理性并不是某种非理性的哲学观念，而是我们的理性思维无法把握的种种内在冲动、瞬时感觉、偶然遭遇及其对我们的作用过程。在小说家中，正是托尔斯泰也许最早描述了生活的这个方面。

一个人自杀了，周围的人们就会寻找他自杀的原因。例如，悲观主义的思想，孤僻的性格，忧郁症，失恋，生活中的其他挫折，等等。找到了原因，人们就安心了，对这个人的自杀已经有了一个解释，他在自杀前的种种表现或者被纳入这个解释，或者——如果不能纳入——就被遗忘了。人们对生活的理解很像是在写案情报告。事实上，自杀者走向自杀的过程是复杂的，在心理上尤其如此，其中有许多他自己也未必意识到的因素。你不能说这些被忽略了的心理细节不是原因，因为任何一个细节的改变也许会导致完全不同的结局。导致某一结果的原因几乎是无限的，所以也就不存在任何确定的因果性。小说家当然不可能穷尽一切细节，他的本领在于谋划一些看似不重要因而容易被忽视、实则真正起了作用的细节，在可能的限度内复原生活的真实过程。例如，托尔斯泰便如此复原了安娜走向自杀的过程。可是，正像昆德拉所说的，人们读小说就和读他们自己的生活一样不专心和不善读，往往也忽略了这些细节。因此，读者中十有八九仍然把安娜自杀的原因归结为她和渥伦斯基的爱情危机。

五、性与反浪漫主义

性与浪漫有不解之缘。性本身具有一种美化、理想化的力量，这至少是人们共通的青春期经验。仿佛作为感恩，人们又反转过来把性美化和理想化。一切浪漫主义者都是性爱的讴歌者，或者——诅咒者，倘若他们觉得自己被性的魔力伤害的话，而诅咒仍是以承认此种魔力为前提的。

现代小说在本质上是反浪漫主义的，这种"深刻的反浪漫主义"——如同昆德拉在谈到卡夫卡时所推测的——很可能来自对性的眼光的变化。昆德拉赞扬卡夫卡（还有乔伊斯）使性从浪漫激情的迷雾中走出，还原成了每个人平常和基本的生活现实。作为对照，他嘲笑劳伦斯把性抒情化，用鄙夷的口气称他为"交欢的福音传教士"。

十九世纪初期的浪漫主义者并不直接讴歌性，在他们看来，性必须表现为情感的形态才能成为价值。在劳伦斯那里，性本身就是价值，是对抗病态的现代文明的唯一健康力量。对卡夫卡以及昆德拉本人来说，性和爱情都不再是价值。这里的确发生着看性的眼光的重大变化，而如果杜绝了对性的抒情眼光，影响必是深远的，那差不多是消解了一切浪漫主义的原动力。

抒情化是一种赋予意义的倾向。如果彻底排除掉抒情化，性以及人的全部生命行为便只成了生物行为，暴露了其可怕的无意义性。甚至劳伦斯也清楚地看到了这种无意义性，他的查太莱夫人一边和狩猎人做爱，一边冷眼旁观，觉得这个男人的臀部的冲撞多么可笑。上帝造了有理智的人，同时又迫使他做这种可笑的姿势，未免太恶作剧。但狩猎人的雄风终于征服了查太莱夫人的冷静，把她脱胎成了一个妇人，使她发现了性行为本身的美。性曾因爱情获得意义，现代人普遍不相信爱情，在此情形下怎样肯定性，这的确是现代人所面临的一个难题。性制造美感又破坏美感，使人亢奋又使人厌恶，尽管无意义却丝毫不减其异常的威力，这是性与存在相关联的面貌。现代人在性的问题上的尴尬境遇乃是一个缩影，表明现代人在意义问题上的两难，一方面看清了生命本无意义的真相，甚至看穿了一切意义寻求的自欺性质，另一方面又不能真正安于意义的缺失。

对于上述难题，昆德拉的解决方法体现在这一命题中：任何无意义在意外中被揭示是喜剧的源泉。这是性的审美观的转折：性的抒情诗让位于性的喜剧，性被欣赏不再是因为美，而是因为可笑，自嘲取代两情相悦成了做爱时美感的源泉。在其小说作品中，昆德拉本人正是一个捕捉性的无意义性和喜剧性的高手。不过，我确信，无论他还是卡夫卡，都没有彻底拒绝性的抒情性。例如他激赏的《城堡》第三章，卡夫卡描写K和弗丽达在酒馆地板上长时间地做爱，K觉得自己走进了一个比人类曾经到过的任何国度更远的奇异的国度，这种描写与劳伦斯式的抒情有什么本质不同呢？区别仅在于比例，在劳伦斯是基本色调的东西，在卡夫卡只是整幅画面上的一小块亮彩。然而，这一小块亮彩已经足以说明，寻求意义乃是人的不可磨灭的本性。

现代小说的特点之一是反对感情谎言。在感情问题上说谎，用夸张的言辞渲染爱和恨、欢乐和痛苦等，这是浪漫主义的通病。现代小说并不否认感情的存在，但对感情持一种研究的而非颂扬的态度。

昆德拉说得好：艺术的价值同其唤起的感情的强度无关，后者可以无须艺术。兴奋本身不是价值，有的兴奋很平庸。感情洋溢者的心灵往往是既不敏感也不丰富的，它动辄激动，感情如流水，来得容易也去得快，永远酿不出一杯醇酒。感情的浮夸必然表现为修辞的浮夸，企图用华美的词句掩盖思想的平庸，用激情的语言弥补感觉的贫乏。

不过，我不想过于谴责浪漫主义，只要它是真的。真诚的浪漫主义者——例如十九世纪初期的浪漫主义者——患的是青春期夸张病，他们不自觉地夸大感情，但并不故意伪造感情。在今天，真浪漫主义已经近于绝迹了，流行的是伪浪漫主义，煽情是它的美学，媚俗是它的道德，其特征是批量生产和推销虚假感情，通过传媒操纵大众的感情消费，目的纯粹是获取商业上的利益。

六、道德判断的悬置

人类有两种最根深蒂固的习惯：一是逻辑，二是道德。从逻辑出发，我们习惯于在事物中寻找因果联系，而对在因果性之外的广阔现实视而不见。从道德出发，我们习惯于对人和事做善恶的判断，而对在善恶的彼岸的真实生活懵然无知。这两种习惯都妨碍着我们研究存在，使我们把生活简单化，停留在生活的表面。

对小说家的两大考验：摆脱逻辑推理的习惯，摆脱道德判断的习惯。

逻辑解构和道德中立——这是现代小说与古典小说的分界线，也是现代小说与现代哲学的汇合点。

看事物可以有许多不同的角度，道德仅是其中的一种，并且是相当狭隘的一种。存在本无善恶可言，善恶的判断出自一定的道德立场，归根到底出自维护一定社会秩序的需要。可是，这类判断已经如此天长日久，层层缠结，如同蛛网一样紧密附着在存在的表面。一个小说家作为存在的研究者，当然不该被这蛛网缠住，而应进入存在本身。写小说的前提是要有自由的眼光，不但没有禁区，凡存在的一切皆是自己的领地，而且拒绝独断，善于发现世间万事的相对性质。古往今来，在设置禁区和助长独断方面，道德起了最重要的作用。因此，唯有超脱于道德的眼光，才能以自由的眼光研究存在。在此意义上，昆德拉说：小说是"道德判断被悬置的领域"，把道德判断悬置，这正是小说的道德。

从小说的智慧看，随时准备进行道德判断的那种热忱乃是最可恨的愚蠢。安娜是一个堕落的坏女人，还是一个深情的好女人？渥伦斯基是不是一个自私的家伙？托尔斯泰不问自己这样的问题。聪明的读者也不问，问并且感到困惑的读者已经有点蠢了，而最蠢的则是问了并且做出断然回答的读者。昆德拉十分瞧不起卡夫卡的遗嘱执行人布洛德，批评他以及他开创的卡夫卡学把卡夫卡描绘成一个圣徒，从而把卡夫卡逐出了美学领域。某个卡夫卡学者写道："卡夫卡曾为我们而生，而受苦。"昆德拉讥讽地反驳："卡夫卡没有为我们受苦，他为我们玩儿了一通！"

世上最无幽默感的是道德家。小说家是道德家的对立面，他发明了幽默。昆德拉的定义："幽默：天神之光，世界揭示在它的道德的模棱两可中，将人暴露在判断他人时深深的无能为力中；幽默，为人间万事的相对性而陶醉，肯定世间无肯定而享奇乐。"

我们平时斤斤计较于事情的对错、道理的多寡、感情的厚薄，在一位天神的眼里，这种认真必定是很可笑的。小说家具有两方面的才能。一方面，他在日常生活中也难免认真，并且比一般人更善于观察和体会这种认真，细致入微地洞悉人心的小秘密。另一方面，作为小说家，他又能够超越于这种认真，把人心的小秘密置于天神的眼光下，居高临下地看出它们的可笑和可爱。

上帝死了，人类的一切失去了绝对的根据，哲学曾经为此而悲号。小说的智慧却告诉我们：你何不自己来做上帝，用上帝的眼光看一看，相对性岂不比绝对性好玩得多？那么，从前那个独断的上帝岂不是人类的赝品，是猜错了上帝的趣味？小说教我们在失去绝对性之后爱好并且享受相对性。

七、生活永远大于政治

对于诸如"伤痕文学""改革文学""流亡文学"之类的概念，我始终抱怀疑的态度。我不相信可以按照任何政治标准来给文学分类，不管充当标准的是作品产生的政治时期、作者的政治身份还是题材的政治内涵。我甚至怀疑这种按照政治标准归类的东西是否属于文学，因为真正的文学必定是艺术，而艺术在本质上是非政治的，是不可能从政治上加以界定的。

作家作为社会的一员，当然可以关心政治，参与政治活动。但是，当他写作时，他就应当如海明威所说，像吉卜赛人，是一个同任何政治势力没有关系的局外人。他诚然也可以描写政治，但他是站在文学的立场上而不是站在政治的立场上这样做的。小说不对任何一种政治做政治辩护或政治批判，它的批判永远是存在性质的。奥威尔的《一九八四》被昆德拉称作"一部伪装成小说的政治思想"，因为它把生活缩减为政治，在昆德拉看来，这种缩减本身正是专制精神。对一个作家来说，不论站在何种立场上把生活缩减为政治，都会导致取消文学的独立性，把文学变成政治的工具。

把生活缩减为政治——这是一种极其普遍的思想方式，其普遍的程度远超出人们自己的想象。我们曾经有过"突出政治"的年代，那个年代似乎很遥远了，但许多人并未真正从那个年代里走出。在这些人的记忆中，那个年代的生活除了政治运动，剩下的便是一片空白。苏联和东欧解体以后，那里的人纷纷把在原体制下度过的岁月称作"失去的四十年"。在我们这里，类似的论调早已不胫而走。一个人倘若自己不对"突出政治"认同，他就一定会发现，在任何政治体制下，生活总有政治无法取代的内容。陀思妥耶夫斯基的《死屋手记》表明，甚至苦役犯也是在生活，而不仅仅是在受刑。凡是因为一种政治制度而叫喊"失去"生活的人，他真正失去的是那种思考和体验生活的能力，我们可以断定，即使政治制度改变，他也不能重获他注定要失去的生活。我们有权要求一个作家在任何政治环境中始终拥有上述那种看生活的能力，因为这正是他有资格作为一个作家存在的理由。

彼得堡恢复原名时，一个左派女人兴高采烈地大叫："不再有列宁格勒了！"这叫声传到了昆德拉耳中，激起了他的深深厌恶。我很能理解这种厌恶之情。我进大学时，正值中苏论战，北京大学的莘莘学子聚集在高音喇叭下倾听反修社论，为每一句铿锵有力的战斗言辞鼓掌喝彩。当时我就想，如果中苏的角色互换，高音喇叭里播放的是反教条主义社论，这些人同样也会鼓掌喝彩。事实上，往往是同样的人们先则热烈祝福林副主席永远健康，继而又为这个卖国贼的横死大声欢呼。全盘否定毛泽东的人，多半是当年"誓死捍卫"的斗士。昨天还在鼓吹西化的人，今天已经要用儒学一统天下了。从一个极端跳到另一个极端，真正的原因不在于受蒙蔽，也不在于所谓形而上学的思想方法，而在于一种永远追随时代精神的激情。昆德拉一针见血地指出，在其中支配着的是一种"审判的精神"，即根据一个看不见的法庭的判决来改变观点。更深一步说，则在于个人的非个人性，始终没有真正属于自己的内心生活和存在体悟。

昆德拉对于马雅可夫斯基毫无好感，指出后者的革命抒情是专制恐怖不可缺少的要素，但是，当审判的精神在今天全盘抹杀这位革命诗人时，昆德拉却怀念起马雅可夫斯基的爱情诗和他的奇特的比喻了。"道路在雾中"——这是昆德拉用来反对审判精神的伟大命题。每个人都在雾中行走，看不清自己将走向何方。在后人看来，前人走过的路似乎是清楚的，其实前人当时也是在雾中行走。"马雅可夫斯基的盲目属于人的永恒境遇。看不见马雅可夫斯基道路上的雾，就是忘记了什么是人，忘记了我们自己是什么。"在我看来，昆德拉的这个命题是站在存在的立场上分析政治现象的一个典范。然而，审判的精神源远流长，持续不息。昆德拉举了一个最典型的例子：我们世纪最美的花朵——二三十年代的现代艺术——先后遭到了三次审判，纳粹谴责它是"颓废艺术"，共产主义政权批评它"脱离人民"，凯旋的资本主义又讥它为"革命幻想"。把一个人的全部思想和行为缩减为他的政治表现，把被告的生平缩减为犯罪录，我们对于这种思路也是多么驾轻就熟。我们曾经如此判决了胡适、梁实秋、周作人等人，而现在，由于鲁迅、郭沫若、茅盾在革命时代受过的重视，也已经有越来越多的人要求把他们送上审判革命的被告席。那些没有文学素养的所谓文学批评家同时也是一些政治上的一孔之见者和偏执狂，他们永远也不会理解，一个曾经归附过纳粹的人怎么还可以是一个伟大的哲学家，而一个作家的文学创作又如何可以与他所卷入的政治无关并且拥有更长久的生命。甚至列宁也懂得一切伟大作家的创作必然突破其政治立场的限制，可是这班自命反专制主义的法官还要审判列宁哩。

东欧解体后，昆德拉的作品在自己的祖国大受欢迎，他本人对此的感想是："我看见自己骑在一头误解的毛驴上回到故乡。"在此前十多年，住在柏林的贡布罗维奇拒绝回到自由化气氛热烈的波兰，昆德拉表示理解，认为其真正的理由与政治无关，而是关于存在的。无论在祖国，还是在侨居地，优秀的流亡作家都容易被误解成政治人物，而他们的存在性质的苦恼却无人置理，无法与人交流。

关于这种存在性质的苦恼，昆德拉有一段诗意的表达："令人震惊的陌生性并非表现在我们所追嬉的不相识的女人身上，而是在一个过去曾经属于我们的女人身上。只有在长时间远走后重返故乡，才能揭示世界与存在的根本的陌生性。"

非常深刻。和陌生女人调情，在陌生国度观光，我们所感受到的只是一种新奇的刺激，这种感觉无关乎存在的本质。相反，当我们面对一个朝夕相处的女人、一片熟门熟路的乡土、日常生活中一些自以为熟稔的人与事，突然产生一种陌生感和疏远感的时候，我们便瞥见了存在的令人震惊的本质了。此时此刻，我们一向借之生存的根据突然瓦解了，存在向我们展现了它的可怕的虚无本相。不过，这种感觉的产生无须借助于远走和重返，尽管距离的间隔往往会促成疏远化眼光的形成。

对移民作家来说，最深层的痛苦不是乡愁，而是一旦回到故乡时会产生的这种陌生感，并且这种陌生感一旦产生就不只是针对故乡的，也是针对世界和存在的。我们可以想象，倘若贡布罗维奇回到了波兰，当人们把他当作一位政治上的文化英雄而热烈欢迎的时候，他会感到多么孤独。

八、文学的安静

波兰女诗人维斯瓦娃·希姆博尔斯卡获得1996年诺贝尔文学奖之后，该奖的前一位得主爱尔兰诗人希尼写信给她，同情地叹道："可怜的、可怜的维斯瓦娃。"而维斯瓦娃也真的觉得自己可怜，因为她从此不得安宁了，必须应付大量来信、采访和演讲。她甚至希望有个替身代她抛头露面，使她可以回到隐姓埋名的正常生活中去。

维斯瓦娃的烦恼属于一切真正热爱文学的成名作家。作家对于名声当然不是无动于衷的，他既然写作，就不能不关心自己的作品是否被读者接受。但是，对一个真正的作家来说，成为新闻人物却是一种灾难。文学需要安静，新闻则追求热闹，两者在本性上是互相敌对的。福克纳称文学是"世界上最孤寂的职业"，写作如同一个遇难者在大海上挣扎，永远是孤军奋战，谁也无法帮助一个人写他要写的东西。这是一个真正有自己的东西要写的人的心境，这时候他渴望避开一切人，全神贯注于他的写作。他遇难的海域仅仅属于他自己，他必须自己救自己，任何外界的喧哗只会导致他的沉没。当然，如果一个人并没有自己真正要写的东西，他就会喜欢成为新闻人物。对这样的人来说，文学不是生命的事业，而只是一种表演和姿态。

我不相信一个好作家会是热衷于交际和谈话的人。据我所知，最好的作家都是一些交际和谈话的节俭者，他们为了写作而吝于交际，为了文字而节省谈话。他们懂得孕育的神圣，在作品写出之前，忌讳向人谈论酝酿中的作品。凡是可以写进作品的东西，他们不愿把它们变成言谈而白白流失。维斯瓦娃说她一生只做过三次演讲，每次都备受折磨。海明威在诺贝尔奖授奖仪式上的书面发言仅一千字，其结尾是："作为一个作家，我已经讲得太多了。作家应当把自己要说的话写下来，而不是讲出来。" 福克纳拒绝与人讨论自己的作品，因为："毫无必要。我写出来的东西要自己中意才行，既然自己中意了，就无须再讨论；自己不中意，讨论也无济于事。"相反，那些喜欢滔滔不绝地谈论文学、谈论自己的写作打算的人，多半是文学上的低能儿和失败者。

好的作家是作品至上主义者，就像福楼拜所说，他们是一些想要消失在自己作品后面的人。他们最不愿看到的情景就是自己成为公众关注的人物，作品却遭到遗忘。因此，他们大多都反感别人给自己写传。海明威讥讽热衷于为名作家写传的人是"联邦调查局的小角色"，他建议一心要写他的传记的菲力普·扬去研究死去的作家，而让他"安安静静地生活和写作"。福克纳告诉他的传记作者马尔科姆·考利："作为一个不愿抛头露面的人，我的雄心是要退出历史舞台，从历史上销声匿迹，死后除了发表的作品外，不留下一点废物。"昆德拉认为，卡夫卡在临死前之所以要求毁掉信件，是耻于死后成为客体。可惜的是，卡夫卡的研究者们纷纷把注意力放在他的生平细节上，而不是他的小说艺术上，昆德拉对此评论道："当卡夫卡比约瑟夫·K更引人注目时，卡夫卡即将死亡的进程便开始了。"

在研究作家的作品时，历来有作家生平本位和作品本位之争。十九世纪法国批评家圣伯夫是前者的代表，他认为作家生平是作品形成的内在依据，因此不可将作品同人分开，必须收集有关作家的一切可能的资料，包括家族史、早期教育、书信、知情人的回忆等等。在自己生前未发表的笔记中，普鲁斯特对当时占统治地位的这种观点做了精彩的反驳。他指出，作品是作家的"另一个自我"的产物，这个"自我"不仅有别于作家表现在社会上的外在自我，而且唯有排除了那个外在自我，才能显身并进入写作状态。圣伯夫把文学创作与谈话混为一谈，热衷于打听一个作家发表过一些什么见解，而其实文学创作是在孤独中、在一切谈话都沉寂下来时进行的。一个作家在对别人谈话时只不过是一个上流社会人士，只有当他仅仅面对自己、全力倾听和表达内心真实的声音之时，亦即只有当他写作之时，他才是一个作家。因此，作家的真正的自我仅仅表现在作品中，而圣伯夫的方法无非是要求人们去研究与这个真正的自我毫不相干的一切方面。不管后来的文艺理论家们如何分析这两种观点的得失，一个显著的事实是，几乎所有一流的作家都本能地站在普鲁斯特一边。海明威简洁地说："只要是文学，就不用去管谁是作者。"昆德拉则告诉读者，应该在小说中寻找存在中而非作者生活中的某些不为人知的方面。对一个严肃的作家来说，他生命中最严肃的事情便是写作，他把他最好的东西都放到了作品里，其余的一切已经变得可有可无。因此，毫不奇怪，他绝不愿意作品之外的任何东西来转移人们对他的作品的注意，反而把他的作品看作可有可无，宛如——借用昆德拉的表达——他的动作、声明、立场的一个阑尾。

然而，在今天，作家中还有几人仍能保持着这种迂腐的严肃？将近两个世纪前，歌德已经抱怨新闻对文学的侵犯："报纸把每个人正在做的或者正在思考的都公之于众，甚至连他的打算也被置于众目睽睽之下。"其结果是使任何事物都无法成熟，每一时刻都被下一时刻所消耗，根本无积累可言。歌德倘若知道今天的情况，他该知足才是。我们时代的鲜明特点是文学向新闻的蜕变，传媒的宣传和炒作几乎成了文学成就的唯一标志，作家们不但不以为耻，反而争相与传媒调情。新闻记者成了指导人们阅读的权威，一个作家如果未在传媒上亮相，他的作品就必定默默无闻。文学批评家也只是在做着新闻记者的工作，如同昆德拉所说，在他们手中，批评不再以发现真正有价值的作品及其价值所在为己任，而是变成了"简单而匆忙的关于文学时事的信息"。其中更有哗众取宠之辈，专以危言耸听、制造文坛新闻事件为能事。在这样一个浮躁的时代，文学的安静已是过时的陋习，或者——但愿我不是过于乐观——只成了少数不怕过时的作家的特权。

05

艺术家的看及其他

生 命 本 就 纯 真

艺术家的看及其他

| | | | | | | | | | | | | |

一

　　十二年前的一天，在一次车祸中，王小慧痛失爱侣，自己重伤住进医院，一对金童玉女就此阴阳隔绝。令人难以置信的是，当她从昏迷中醒来以后，几乎第一件事情就是拿起相机，拍下自己惨不忍睹的情形。尽管悲痛欲绝，尽管动作艰难，尽管美丽的容貌此时面目全非，但这些都不能阻挡她拿起相机自拍。在我看来，这个举动在她一生中具有重大意义，表明摄影已经成为她的第一本能，在她身上有一种东西比生命更强大，同时也使她的生命比死亡更强大，那就是艺术。

　　从此以后，这个东方美女背起沉重的器材，仿佛受着一种神秘力量的驱使，在世界上不停地走，不停地拍摄，这成了她的恒常的生活方式。通过这种方式，她走出了那个悲剧，越走越远，重获了生存的乐趣。通过这种方式，她又走入了那个悲剧的核心，越走越深，领悟了生存的奥秘。

二

摄影家的本领在于善于用镜头看，看见常人看不见的东西。王小慧说，镜头是她的冷静客观的第三只眼。其实，这第三只眼就是她的另一个自我的眼睛，她的灵魂的眼睛。

每个人都睁着眼睛，但不等于每个人都在看世界。许多人几乎不用自己的眼睛看，他们只听别人说，他们看到的世界永远是别人说的样子。人们在人云亦云中视而不见，世界就成了一个雷同的模式。一个人真正用自己的眼睛看，就会看见那些不能用模式概括的东西，看见一个与众不同的世界。

人活在世上，真正有意义的事情是看。看使人区别于动物。动物只是吃喝，它们不看与维持生存无关的事物。动物只是交配，它们不看爱侣眼中的火花和脸上的涟漪。人不但看世间万物和人间百相，而且看这一切背后的意蕴，于是有了艺术、哲学和宗教。

你看到了什么，你也就拥有什么。每个人的生命贮藏是由他看到的东西组成的。"视觉日记"是一个确切的词。不但摄影家，一切艺术家其实都是在写自己的视觉日记。他们只是采用的方式不同，但都是在记录用自己的眼睛看到的世界，记录自己生命航道上的每一处风景。一切优秀的艺术家都具有这种日记意识，他们的每一件作品都是日记中的一页，日记成为一种尺度，凡是有价值的东西都要写进日记，凡是不屑写进日记的东西都没有价值。他们不肯委屈自己去制作自己不愿保藏的东西，正因为如此，他们的作品才对别人也有了价值。

看并且惊喜，这就是艺术，一切艺术都存在于感觉和心情的这种直接性之中。不过，艺术并不因此而易逝，相反，当艺术家为我们提供一种新的看、新的感觉时，他同时也就为我们开启了一个新的却又永存的世界。

三

看的本领就是发现细节的本领。一个看不见细节的人，事实上什么也没有看见。把细节都抹去了，世界就成了一个空洞的概念。每一个细节都是独特的，必包含概念所不能概括的内容，否则就不是细节，而只是概念的一个物证。

王小慧是善于发现细节的。譬如说，看了她的摄影，我才知道，原来花朵里藏着如此丰富的细节。我们也看花、赏花，却不知道这些细节的存在。现在，我们突然发现自己对于花朵是多么陌生。这些细节使花朵不再仅仅是花朵，它们讲述着我们未尝听说过的故事，使我们窥见了一个既陌生又仿佛依稀认得的世界。

细节的发现一开始往往是偶然的，但是，这种偶然性多半只能发生在有心人身上，绝对只能在有心人手中修成正果。在一定意义上，照相机已经长在王小慧的身体上，成为她的一个最警觉、最灵敏、最智慧的器官。她用镜头看、触摸、思考。她甚至用镜头变魔术，把人们熟视无睹的细节变成人们百思不解的图像。这是她的调皮之处，她借此把创造和游戏统一起来了。

世界的秘密隐藏在细节之中，然而，那个看见了细节的人不是揭开了而只是感应到了这个秘密。所以，包括王小慧自己，无人能够说清楚她的抽象摄影作品的确切含义。虽然一切优秀的抽象作品都会以其艺术力量诱使人们做出诠释，但是，任何确定的诠释都必定是牵强的。在这些作品面前，我宁可放弃诠释，让它们的含义处在丰富的不确定性之中，让我自己处在面对某种不可言说的秘密时的惊讶和震颤之中。

四

王小慧的工作热情和效率是惊人的，以至于有人说她一个人有七条生命。可是，她自己说对她的人生和艺术影响最大的是道家思想。她的进取和动荡是如何统一于道家的恬淡和静笃的呢？我相信，就统一在顺应她的本性之自然。正因为她在做她今生今世最想做最喜欢做的事，所以能够既全身心地投入，又一无牵挂地放松。

道家主阴柔，但并不排斥阳刚。所谓"知其雄，守其雌"，知雄是守雌的前提，唯有了解、吸纳、善用阳刚之因素，然后才能"柔弱胜刚强"。我几乎要认为，老子心目中的理想人格是一个有内在力量的柔弱女子，难怪王小慧如此喜欢道家。

"道生一，一生二"，这个"二"就是阴与阳。两极之间存在着永恒的冲突，仅在极其幸运的场合达成了和合，于是"二生三，三生万物"，幻化出了绚烂的人性、人生和艺术。

五

第一次离父母远行，你审视着这个熟悉的家，仔细挑选要带走的东西。在屋子的各个角落里，到处藏着一些小物件，也许是幼时玩过的一个布娃娃，上小学时写着歪歪扭扭字迹的练习簿，某一次郊游采集的标本，陪伴你度过了许多寂寞时光的书籍和录音带，一沓沓还没有来得及整理的相片和信。你为你即将走向新的生活而激动，却仍然与昨天的生活难舍难分。这间屋子里藏着你的童年和青春，你多么想把珍贵岁月的一切见证都带走。

一个年轻女子从前方走来，她左手端着烛台，右手小心翼翼地护着摇曳的烛光。她无法阻止蜡烛在时间中渐渐燃尽，但她想让烛光永驻，带着它走向世界，照亮一切时间。

人在世界上行走，在时间中行走，无可奈何地迷失在自己的行走之中。他无法把家乡的泉井带到异乡，把童年的彩霞带到今天，把十八岁生日的烛光带到四十岁的生日。不过，那不能带走的东西未必就永远丢失了。也许他所珍惜的所有往事都藏在某个人迹不至的地方，在一个意想不到的时刻，其中一件或另一件会突然向他显现，就像从前的某一片烛光突然在记忆的夜空中闪亮。

我相信，人生中有些往事是岁月冲不走的，仿佛愈经冲洗就愈加鲜明，始终活在记忆中，我们生前守护着它们，死后便把它们带入了永恒。

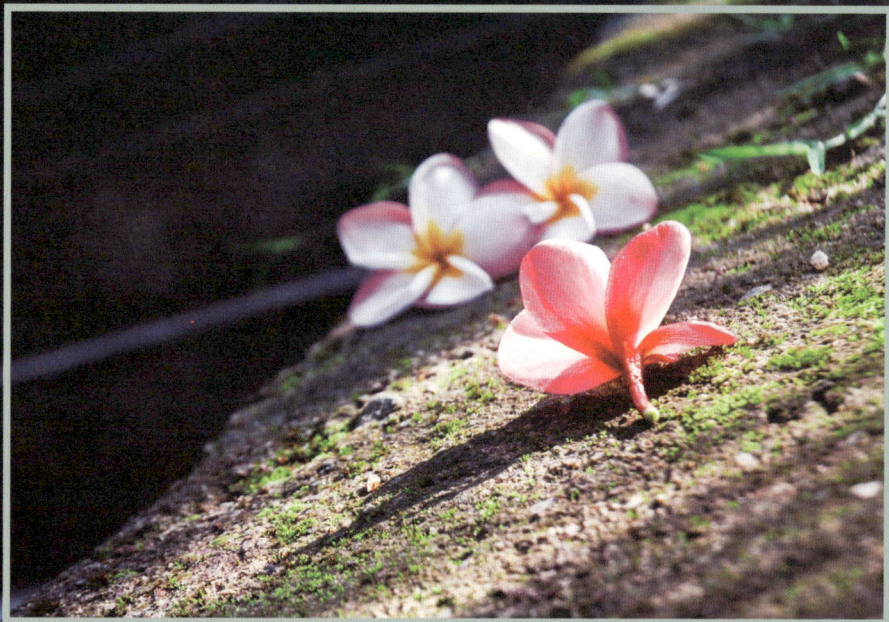

生　命　本　就　纯　真

纯粹艺术：精神寻找形式

| | | | | | | | | | | | |

2001年3月5日至6日，我在德国参加了由波恩艺术博物馆主办的中德跨文化研讨会，这个研讨会是围绕帕腾海默的绘画作品展开的。此前，我曾参观过2000年1月在北京举办的帕腾海默艺术展。在这篇文章里，我想结合研讨会所涉及的话题，谈一谈帕氏艺术给予我的若干启发。

一、抽象绘画：作为精神图像的抽象形式

在中国，我常常听到一些当代画家的悲叹，他们说，艺术的一切形式几乎已被西方的大师们穷尽了，创新近乎不可能了。但是，尽管如此——更确切地说，正因为如此——他们越发竭尽全力地在形式上追求新奇。于是，我们有了许多好新骛奇的前卫制作品，给我的基本印象是热闹，躁动不安，但缺乏灵魂。所以，帕氏艺术展在中国美术馆开幕的

那天，因为听说帕氏是一位西方著名的当代画家，我差不多是抱着一种成见走进展厅的。

然而，出乎意料地，我获得了一种完全不同的感受。站在这一幅幅色彩单纯和线条简洁的构图面前，我感觉到的是一种内在的宁静和自信。如果说，中国某些前卫画家的画是在喧哗，在用尖叫和怪声引人注意，那么，帕氏的画则是在沉思，在心平气和地说出自己深思熟虑过的某种真理。他的画的确令人想起蒙德里安，但是，从色块的细微颤动和线条的偏离几何图形可以看出，他更多的是在用蒙德里安的形式语言进行质疑，描绘了一种与蒙德里安很不同的精神图像。我不禁想，如果换了某个中国前卫画家，为了躲避模仿的嫌疑，将会怎样夸张地渲染自己对于蒙德里安的反叛啊。事情往往如此：越是拥有内在的力量，在形式的运用上就越表现出节制，反之也一样。

对一切艺术来说，形式无疑是重要的。可是，我赞同康定斯基的看法：内在需要是比形式更重要的、第一重要的东西，对形式的选择应该完全取决于内在需要。康定斯基所说的内在需要究竟指什么，似乎不易说清，但肯定是一种精神性的东西。按照我的理解，它应指艺术家灵魂中发生的事情，是他对世界和人生的独特感受和思考，在一定意义上可以说，是他看存在的新的眼光和对存在的新的发现。正是为了表达他的新的发现，他才需要寻找新的形式。西方绘画之从具象走向抽象，是因为有感于形式的实用性目的对审美的干扰，因此要尽可能地排除形式与外部物质对象的联系，从而强化其表达内在精神世界的功能。但是，一种形式在失去了其物质性含义之后，并不自动地就具有了精神性意义。因此，就抽象绘画而言，抽象本身不是目的，也不是标准，艺术家的天才在于为自己的内在精神世界寻找最恰当的图像表达，创造出真正具有精神性含义的抽象形式。

我手头有一本帕氏赠送的题为《色彩试验》的书，在这本书中，帕氏把色彩分为红、黄、蓝和黑、白、灰两组，对每一种色彩各用一篇短文和一首诗进行解说。在他的解说中，贯串着一个明确的认识：色彩所表达的不是与自然客体的一致，而是与精神表象的一致，并非由物理属性得到论证，而是由心灵状态得到论证。我本人觉得，对于纯粹形式包括纯粹色彩与精神表象之间的关系的论证是一个极大的难题，困难在于难以彻底排除掉与经验对象的联系，尽管这种联系多半是被象征化了。不过，我在这里要强调的是另一个问题：帕氏之所以能够成功地拓展抽象绘画的丰富的可能性，前提之一是内心拥有丰富的精神表象，这为他寻求形式上的突破提供了有力的动机。我很喜欢他关于色彩写的那几首诗，例如黄色："在岸的弧棱中/天空弯下身子。/洞口大开。/收容我吧。/把我留在/天国快乐的彼岸！"白色："苍白的卵石滩上/驻着时间。"蓝色："时辰的衣裳。"灰色："在不定型的/尘土之桥上/你领我们穿越岁月。"红色："风暴焦躁地冲向/做着梦的额头。/无人应当在，/除了我。"黑色："关于夜的来源/你知道什么？/谦卑的宝地，/深度记忆。"这些意象离感性对象甚远，有着深刻的精神内涵。对照之下，我认为中国一些当代画家与西方同行的差距的确是在精神上的，当务之急是提高精神素质，首先成为真正具有内在需要的人。唯有如此，才能摆脱模仿与反叛的二难处境，才谈得上寻找最适当的形式的问题。

二、跨文化比较：相似点的不同

有的论者把帕氏的作品与中国书法或中国传统绘画进行比较，寻找其间的联系。我在总体上不太赞同这样的评论方式。毫无疑问，表面上的相似之处总是能够找出来的，例如两者都讲究画面的留有空白。但是，在这里正用得上一句中国古语："疑似之处，不可不察。"

在这种评论方式背后，起作用的也许是一种较为一般的见解，即认为抽象绘画是东方玄学对西方艺术发生影响的结果；甚至是一种更加一般的见解，即认为皈依东方文化是解救西方文化危机的出路之所在。至少在哲学领域里，类似的论调并不罕闻。譬如说，后期海德格尔之喜欢《老子》，这个例子常常被用作一个相关证据。始自柏拉图的西方传统形而上学从一开始就努力于以理性把握世界之整体，这一路径在康德之后越来越陷入了危机之中，于是，通过对理性的批判性反省，有些哲学家便试图另辟蹊径，以非理性的方式来领悟世界整体（海德格尔的Sein）之意义。相反，中国的道家从一开始就放弃理性之路，把世界整体（"道"）看作不能被理性思维和语言所把握的朦胧（"恍兮惚兮"）的东西。这的确都是事实，但是，从中并不能引出西方哲学皈依中国哲学的结论，两者之间仍有着根本的区别。毋宁说，西方哲学由理性走向非理性，由清晰走向朦胧，这本身即理性思维的产物。相反，道家的朦胧却在一定程度上表明了中国传统思维在形而上学问题上始终停留于非理性而未达到理性。也就是说，在现代西方哲学的非理性之中已经包含了理性的成果，我们诚然不能断言它一定比东方的原初性质的非理性高明，但至少不可把两者混为一谈。

绘画领域的情形与此十分相像，并且事实上也是以哲学上的差异为其根源和背景。如果说中国传统绘画和书法的抽象是一种原初性质的抽象，与哲学上那种天人合一的混沌观念有着密切的联系，那么，西方绘画却经历了一个由写实到抽象的发展过程，正相应于西方哲学由实在论向现象学的转变。在这里，我是在比较广泛的意义上使用这两个术语的，用前者指那种相信在现象背后还存在着某种"物本身"的观点，而用后者指那种确认在意识中显现为现象是事物存在的唯一方式的观点。按照后者，以反映实在之本来面目为宗旨的写实绘画便失去了根据，而侧重以意识建构精神图像的抽象绘画则获得了充分的理由。因此，由写实向抽象的转折源自对于作为意识把握世界的方式的绘画的反思，是属于整个西方文化对于传统形而上学的批判的总体范围的一个过程。对中国传统文人来说，绘画和书法更多的是一种道德修养的手段，他们借抽象而超脱具体人事的羁绊，在空白中寻求淡泊的心境。相反，在西方艺术家那里，从写实到抽象却主要是对世界的认知方式和解释方式的变化。对于这一点，帕氏本人也有着十分明确的认识。他在《色彩试验》的前言中写道：绘画"并不评注那被摹写的东西的缺席，而是指示那被感受到的东西的在场，并且是作为切中原因和原则的意识而在场"，"向我们提供了一个所见所思之世界的理念"。艺术对于假设的确定之质的拒绝乃是"面对规范化世界的自我肯定的形式"。由此可见，帕氏是自觉地立足于西方理性传统及其现代反省之立场，而把抽象绘画当作一种对世界的革命性的认识手段的。在我看来，中国哲学以伦理为核心，西方哲学以对世界的认识方式为核心，这种根本性的差别同样也表现在绘画中，在比较中西绘画时尤其值得注意。

三、艺术家的个性和艺术的人类性：与全球化无关

这次研讨会的论题之一是全球化对于艺术的影响。在讨论这个问题时，帕氏有一个即席发言，给我留下了深刻的印象。他用激烈的口吻表示，他对全球化不感兴趣，艺术家无须像大经理们那样每天跑一个国家，而应该毫不妥协地坚持自己的个性，用个人的力量来对抗全球化。我十分欣赏他所表达的这种纯粹艺术家的立场。他还谈到，美国的威廉斯、比利时的玛格洛特都是一辈子未尝离开所居住的小镇。在德国期间，我们曾到帕氏的家里做客，他的家位于一个名叫Nuembrecht的幽静的小镇，居室明净朴素，他自己也是在这样一个远离尘嚣的环境里潜

心从事艺术创造的。

全球化主要是一个经济过程，这一过程对于不同文化之间的接触和交流当然是有促进作用的。但是，我也倾向于认为，真正的艺术家对于全球化是不关心的。在一切文化形态之中，艺术是最不依赖于信息的，它主要依赖于个人的天赋和创造。艺术没有国别之分，只有好坏之分。一个好的中国艺术家与一个好的德国艺术家之间的距离，要比一个好的中国艺术家与一个坏的中国艺术家之间的距离小得多。真正的好艺术都是属于全人类的，不过，它的这种人类性完全不是来自全球化过程，而是来自它本身的价值内涵。人类精神在最高层次上是共通的，当一个艺术家以自己的方式进入了这个层次，为人类精神创造出了新的表达，他便是在真正的意义上推进了人类的艺术。

当我们谈论艺术家的个性之时，我们不是在谈论某种个人的生理或心理特性、某种个人气质和性格，而是在谈论一种精神特性。实际上，它是指人类精神在一个艺术家的心灵中的特殊存在。因此，在艺术家的个性与艺术的人类性之间有着最直接的联系，他的个性的精神深度和广度及其在艺术上的表达大致决定了他的艺术之属于全人类的程度。在这意义上可以说，一个艺术家越具有个性，他的艺术就越具有人类性。人们或许要在个性与人类性之间分辨出某些中间环节，例如民族性和时代性。当然，每一个艺术家都归属于特定的民族，都生活在一定的时代中，因此，在他的精神特性和艺术创作中，我们或多或少地可以辨认出民族传统和时代风格对他产生的影响。然而，这种影响一方面是自然而然的，不必回避也不必刻意追求，另一方面在艺术上并不具备重要的意义。我坚持认为，艺术的价值取决于个性与人类性的一致，在缺乏这种一致的情形下，民族性只是狭隘的地方主义，时代性只是时髦的风头主义。凡是以民族特点或时代潮流自我标榜的艺术家，他们在艺术上都是可疑的，支配着他们的很可能是某种功利目的。全球化过程倒是会给这样的伪艺术家带来商业机会，使他们得以到世界各个市场上推销自己的异国情调的摆设或花样翻新的玩具。不过，这一切与艺术何干?

我的结论是，对艺术家来说，只有两件事是重要的：第一是要有丰富而深刻的灵魂生活，第二是为这灵魂生活寻找最恰当的表达形式。

生　命　本　就　纯　真

零度以下的辉煌

| | | | | | | | | | | | | |

　　这是入冬以后的废园，城市的喧嚣退避到了远方，风中只有枯树，静谧的阳光中只有一个瘦削的身影和一只巨大的相机镜头。我们看不见镜头后面的一双迷醉的眼睛，但看到了镜头所摄下的令这双眼睛迷醉的景象。在北京的艺术家圈子里，刘辉对荷花的痴恋已经传为佳话。连续五个秋冬，这个来自东北的青年画家仿佛中了蛊一样，流连在京郊每一片凋败的荷塘边，拍摄下了数千张照片，现在摆在我们面前的便是其中的一小部分。

　　赏荷原是中国文人的雅趣，所赏的是那浮香圆影的精致，那出污泥不染的高洁，实际上是借荷花而孤芳自赏。所以，在古人的咏荷诗里，会屡闻"恨无知音赏""飘零君不知"一类的怨叹。刘辉的意境当然与这一文人传统毫不相干。他是来自一个完全不同的地方，我几乎要说他是来自荒野，他那北方汉子的粗犷性格中没有多愁善感，也不受多愁善感的文字的暗示。同时，作为一个画家，他对美的图像又有敏锐的感觉。这两者的结合，使他成了一个壮美的颓荷世界的发现者。他诚然偏爱秋冬的荷塘，但是，他的作品表明，他对颓荷的喜爱不带一丝伤感，相反是欢欣鼓舞的。他之所以欢欣鼓舞是因为他看见了美，这美如此直接地呈现在眼前，不容否认，也无须分析。你甚至不能说这是一种飘零的美、颓败的美，因为飘零、颓败这些字眼仍然给人以病态的暗示，而在一个真正的艺术家眼里，凡美皆是健康的。在他的作品中，我们确实看到了飘零本身可以是一种丰富，颓败本身可以是一种辉煌，既然如此，何飘零颓败之有？

刘辉把自己的这个摄影集命名为《零度以下》，我觉得非常好。这个书名很中性，不标榜任何观念也不宣告任何态度，确切地表达了他的艺术立场。他只是在看，也让我们和他一起看，看世界从零度以上进入零度以下，看大自然的形态和颜色渐渐变化，看荷塘由柔蓝变成坚白，荷干由黄粗变得黑细。最后，世界凝固在零度以下，这些黑铁丝一样的枝干朝不同方向弯折成不同角度，在岩板一样的冰面上意味深长地交错密布，构成奇特的造型，像巫术，又像现代舞，像史前的岩画，又像新潮的装置作品。看到这些，我们不能不和刘辉一起惊喜。看并且惊喜，这就是艺术，一切艺术都存在于感觉和心情的这种直接性之中。不过，艺术并不因此而易逝，相反，当艺术家为我们提供一种新的看、新的感觉时，他同时也就为我们开启了一个新的却又永存的世界。刘辉的作品的确为我们展示了荷花的另一种存在，与繁花盛开相比，它也许更属于世界的本质。我由此想到，世上万事万物，连同我们的人生，也一定都有零度以下的存在，有浮华凋尽以后的真实，等待着我们去发现和欣赏。

其实，若干年前，我也曾在冬日到过刘辉常去的那座废园，当时也被颓荷的美震住了。然而，对我来说，这个经验似乎只具有偶然性，只是我的日常生活中的一个小插曲，很快被我遗忘了。乍看到刘辉的摄影，记忆立刻苏醒，我心中不免羡慕，但是我不嫉妒。面对每一种特殊的美，常人未必无所感，却往往用心不专，浅尝辄止，事实上把它混同于一般的美了。只有极少数人，也许天地中唯有此一个人，会对之依依不舍，苦苦相恋，梦魂萦绕。我相信，这样一个人对于这一种特殊的美是拥有特权的，他是真正的知音，那个世界理应属于他。不久前，也是冬日，我随刘辉重游废园，他对那里一草一木的熟悉和自豪，真使我感到仿佛是在他家里访问一样。有一会儿，我在岸上，看他立在荷干之间的朴素的身影，几乎觉得他也成了一株荷干。于是我想，在一个艺术家和他所珍爱的自然物之间，冥冥中一定有着神秘的亲缘关系。那么，在这意义上，我应该说，刘辉看见并且让我们看的就不仅是瞬时的图像，更是他自己的古老而悠久的谱系。

现代人与福音

| | | | | | | | | | | |

一

　　现代人有爱吗？现代人有信吗？有的——

　　一颗鲜红的心，一张崭新的美钞，一枚别针把它们串联在了一起。标题：现代人的爱与信。

　　那枚别针也是崭新的，它刺穿了那张美钞，然后刺穿了那颗心。我想到了针眼，美钞上的针眼和心上的针眼，美钞紧贴着心，两个针眼几乎是重合的。我还想到了耶稣的话："富人要进入天国，比骆驼穿过针眼还困难。"

　　那颗心会痛吗？会流血吗？我料想不会，因为那颗心一定是假的，是广告和卡通上常见的那种形态。而且，一颗真的心，一颗只会被丘比特的箭射中的心，它怎么能让自己为了一张美钞而被一枚普通的别针刺穿呢？

　　可是，我看到，分明有一滴鲜血从针眼里沁了出来。那么，这应该是一颗真的心了。那么，对它来说，和美钞钉在一起就不是纯然的享受，同时也是一种痛苦、一种刑罚了。从这一滴鲜血中，我看到了现代人的希望。

也许，人们还会发现，与基督被钉在十字架上相比，一颗心被钉在美钞上不但是一种刑罚，更是一种耻辱。

二

在西斯廷小教堂的天棚组画中，有一幅名画：《亚当的创造》。画面上，左边是亚当，右边是上帝，他们各伸出一只手。亚当的手臂轻放在膝盖上，指头是松弛的。上帝的手臂有力地伸向前，一根食指正在最大限度地向亚当的手靠近。这是《创世记》中的精彩时刻，神圣的生命从上帝的指尖流向人的尘土之躯。

现在，米开朗琪罗的这一对著名的手在一个简洁然而奇特的场景中再现了。我的眼前出现两台电脑，亚当的手从左边的电脑中伸出，上帝的手从右边的电脑中伸出，两只手仍保持着当初最大限度接近的状态。

标题：比特时代人与神的交接。

对于这幅画的含义，人们可以做不同的解释。譬如，你可以说，在因特网时代，人与神的交接方式发生了根本变化。既然人与人之间能够在网上联络、聊天乃至恋爱，人与神之间有何不能呢？我们确实看到，教堂、佛庙、清真寺都纷纷建立了自己的网站，进行网上传教。也许有一天，只要打开电脑，任何人都可以立即进入虚拟的天国，品尝永生的滋味。事实上，设计这样的软件绝非难事。

然而，我宁愿做别种理解。我盯视得越久，越感觉到上帝那一只伸出的手具有一种焦急的姿势。聪明的人类啊，不要被你们自己制造的一切精巧的小物件蒙蔽了，忘记了你们的生命从何而来、缘何神圣。世代交替，万物皆逝，电脑是暂时的，一切都是暂时的，唯有那个时刻是永恒的，就是上帝的手向亚当的手接近的时刻。那个时刻从来不曾结束，尤其在今天，上帝的手格外焦急地向人伸来，因为他发现亚当的生命从未像今天这样脆弱和平庸，但愿网虫亚当先生能够幡然醒悟。

三

耶稣的头像。这大约是受洗不久的三十多岁的耶稣，刚开始他的事业，眼中饱含着智慧和信心，看上去一表人才，几乎是个美男子。此刻，这颗美丽的头颅却被一些复杂的器械笼罩着，那是一些测量微小长度用的仪器，例如卡尺之类，一旁还有标尺的刻度。不用说，某个聪明人正在做一件严肃的工作，要对上帝的这个儿子进行精确的测量。他一定得到了一些不容置疑的数据，又从中推导出了一些重要的结论，不过我们不得而知。

其实，耶稣在世时，这项用人间的尺度对他进行测量的工作就已经开始了。例如，他的本乡人用出身这把尺子量他，得出结论道："他不是那个木匠的儿子吗？"

这个历史延续至今。人们手持各种尺子，测量出一系列可见的数据，诸如职位、财产、学历、名声之类，据此给每一个人定性。凡是这把尺子测量不出的东西，便被忽略不计。那被忽略了的东西，恰恰是人身上真正使人伟大和高贵的东西，即神性。

假如耶稣生活在今天，我敢断定，他绝无希望被任何一家公司聘用，只能混迹于民工队伍之中。

当然啦，今天有发达的科学，测量工作能够深入到人体最精微的结构之中，比如基因。如果某位科学家宣布，他已破译耶稣的遗传密码，确证玛利亚无性受孕生出的这个儿子原来是最早的克隆人，我相信也不会有人感到惊诧。

人的尺度越是繁复和精致，测出的东西与神就越是不相干。放下人的尺度，这是认识一切神圣之物的前提。

这幅画的标题是：以人的尺度不能认识神。

四

一辆汽车在高速公路上飞驰。我们看不见汽车，只能看见它的宽大气派的后视镜。天空燃烧着火红的晚霞，这晚霞也映照在后视镜里。公路那一边，远方有一大片朦胧璀璨的灯光。真是一个美丽的黄昏。那个驾车者是谁？他的目的地是哪里？都不知道。不过，我们有理由猜测，等待他的将是一个欢乐的不眠夜。

我们看不见他眼中的欣喜、急切或疲惫，只能看见后视镜。我们看见，在这面宽大气派的后视镜里，衬着晚霞的背景，两个人影擦肩而过：迎面走来的是基督耶稣，一袭长袍，步态安详；在耶稣身后，是一个长跑者的穿白背心的背影。

在一辆时速一百二十公里以上的汽车的后视镜里，这个场景必是一瞬间。在这个瞬间，驾车者朝后视镜瞥了一眼没有？或者，在此前的一个瞬间，当汽车刚刚越过朝同一方向行走的耶稣时，他朝车窗外瞥了一眼没有？可是，即使瞥了，他又能看见什么？在那样的车速下，耶稣与路边那一棵棵一闪而过的树没有任何区别。在最好的情形下，假设他注意到了耶稣的异样外表，他会紧急刹车吗？当然不，他一心奔赴前方的欢乐之夜，怎么舍得为路边一个古怪行人浪费他的宝贵时间呢。

那个长跑者是迎着耶稣跑来的，刚才两人曾经相遇。他注意到耶稣了吗？显然也没有，否则，即使出于好奇，他也会停下脚步，回头观望。他全神贯注于健身，义无反顾地沿着固定路线向前跑去，对邂逅的行人不感兴趣。

这幅画的标题是：擦肩而过。耶稣早已说过："他们视而不见，听而不闻。"尤其在我们这个时代，人人都是忙人，擦肩而过更是常规。

忙于什么呢？忙于劳作和消费、健身和享乐，总之，是让身体疲劳和舒服、强壮和损耗的各种活动，人们把这些活动称作生活。

谁和谁擦肩而过？几乎是一切人与一切人。所有人都在为自己的事务忙碌着，凡暂时与自己的事务无关的人皆被视为路人，对之匆忙地瞥上一眼已属奢侈，哪里还有工夫去关注那个永远与自己的事务无关的基督或上帝呢？

于是，奔忙的身体与灵魂擦肩而过，泛滥的信息与真理擦肩而过，频繁的交往与爱擦肩而过，热闹的生活与意义擦肩而过。

五

开始听说旺忘望皈依基督教，我很吃惊，心里想：对这个连名字也散发着强烈后现代气息的艺术家来说，此举是否是又一个后现代的艺术行为呢？后来，在一次朋友聚会时，我和他单独交谈，带着疑团向他提了许多问题，而他则向我追叙了放纵和反叛的空虚、对死亡的恐惧，以及信教以后的宁静和充实。经过这次谈话，我的疑团消释了，相信了他的皈依不是一个心血来潮的举动，而是一个真实的灵魂事件。

但是，新的担忧产生了：在他的生命冲动被基督驯服之后，他还能保持原来那种无拘无束的想象力和创造力吗？倘若世上多了一个基督徒，却因此少了一个艺术家，我不认为是一件划算的事。现在，旺忘望的新作又解除了我的这一担忧。出奇制胜的构思和拼接，强烈冲击视觉的画面，表明这些新作仍具有解构传统的后现代风格。但是，在这里，解构本身不复是目的，而成了彰显真理的一种方式，拒绝信仰的后现代在扬弃中奇特地证明了信仰的成立。

我不把旺忘望看作一个宗教画家，成为基督徒仅是他的精神蜕变的一个契机，别的艺术家完全可能遭遇别的契机。真正值得思考的问题是，对一个现代艺术家来说，信仰和创造究竟具有怎样的关系。

一个现代主义者对后现代主义的感想

| | | | | | | | | | | | | |

我一直不喜欢所谓的后现代主义。我甚至不喜欢"后现代主义"这个词，在心中判定它是一个伪概念。世上哪里有"后现代"这样一个时代？即使你给现代乘上"后"的无限次方，你得到的仍然是现代。你永远只能生活在现在，如果你已经厌倦了现在，你不妨在想象中逃往过去或未来，可是，哪怕在想象中也不存在"后现在"这样一个避难所。我据此推断，后现代主义者是现代社会里的虚假的难民，他们在现代社会里如鱼得水，却要把他们的鱼游之姿标榜为一种流亡。

尼采的"上帝死了"宣告了一个时代的开始，我们把这个时代称作现代。这个名称是准确的，因为这个时代的确属于我们，我们至今仍生活在其中。上帝之死的后果是双重的。一方面，一切偶像也随之死了，人有了空前的自由。另一方面，灵魂也随之死了，人感到了空前的失落。灵魂死了，自由有何用？这是现代人的悲痛，是现代主义文化的不治的内伤。这时候，来了一些不速之客，他们对现代人说：你们的灵魂死得还不彻底，等到死彻底了，你们的病就治愈了。

如今，这样的不速之客已经形成一支壮大的队伍，他们每人的后颈上都插着一面"后"字旗。

当现代主义在无神的荒原上寻找丢失的灵魂之时，后现代主义却在一边嘲笑，起哄，为绝对的自由干杯，还仗着酒胆追击荒野里那些无家可归的游魂，用解构之剑把它们杀死并且以此取乐。

二

我的朋友李娃克，你竟然说你怀着"后现代主义激情"，我相信你一定用错了词汇。"后现代主义"与"激情"是势不两立的，"后现代主义激情"是一个自相矛盾的概念。

激情的前提是灵魂的渴望和追求。渴望和追求什么？当然是某种精神价值。重估一切价值不是不要价值，恰好相反，正是因为对价值过于看重和执着。现代主义是有激情的，哪怕它表现为加缪式的置身局外。现代主义不喜欢自欺和炫耀，所以不喜欢那种肤浅的、表面的激情，例如浪漫主义的激情。渴望而失去了对象，追求却找不到目标，这使得现代主义的激情内敛而喑哑，如同一朵无焰的死火。

后现代主义却以唾弃一切价值自夸，以消解灵魂的任何渴望和追求为能事，它怎么会有、怎么会是激情呢？

我不怀疑你拥有激情，但那肯定不是"后现代主义激情"。这个时代太缺少激情，你的激情无处着陆，于是你激情满怀地要做一个后现代主义者。这当然是一个误会。你为人们的不易激动而激动，可是你的激动仍然无人响应，你决定向这些麻木的人扔出一枚炸弹。结果你扔出的是几个身穿寿衣的女孩子，她们走进麻木的人群，但没有爆炸。

三

在长城、天坛、故宫、天安门，若干身穿寿衣的人鱼贯而行，并排而行，成队形或不成队形而行，这些场景有何寓意？是警示芸芸众生思考死亡，还是讽喻世人如行尸走肉？是一声警世的呐喊，还是一纸病危的通知？在这些兼为历史遗产和风景名胜的场所，鬼魂和游人一齐云集，究竟谁是主人，谁是入侵者？

我注意到了这样两个镜头：在长城，当寿衣队伍走过时，几个金发碧眼视若无睹，游兴不减；在天安门广场，当寿衣人鱼贯"投票"时，几个同胞始终旁观，表情麻木而略带诧异。

我仅仅注意到了，不想以此说明什么。

今日的时代，艺术已成迂腐，艺术家们也渴望直接行动。但艺术家的行动永远不过是一个符号罢了。

即使让一切活人都穿上寿衣，你也不能使人们走近死亡一步，或者使死亡远离人们一步。你甚至无法阻止你设计的寿衣有一天真的成为时装流行起来。

我想起一幅耶稣画像，画中的耶稣站在圣保罗教堂的台阶上，拥挤的人群根本没有注意到他。人群中，几个牧师正为神学问题争辩不休，顾不上看耶稣一眼。

我还想起巴黎的蒙巴拿斯墓园，我曾经久久伫立在园中最简朴的一座墓前，它甚至没有墓碑，粗糙的石棺椁上刻着萨特和波伏瓦的名字。

与死亡相比，寿衣是多么奢侈。

06

宽待人性

生 命 本 就 纯 真

智者的最后弱点

| | | | | | | | | | | | |

　　身为文人，很少有完全不关心名声的。鄙视名声，在未出名者固然难免酸葡萄之讥，在已出名者也未尝没有得了便宜卖乖之嫌。他也许是用俯视名声的姿态，表示自己站得比名声更高，真让他放弃，重归默默无闻，他就不肯了。名声代表作品在读者中的命运，一个人既然要发表作品，对之当然不能无动于衷。

　　诚然，也有这样的情况：天才被埋没，未得到应有的名声，或者被误解，在名满天下的同时也遭到了歪曲，因而蔑视名声之虚假。可是，我相信，对于真实的名声，他们仍是心向往之的。

　　名声的真伪，界限似不好划。名实相符为真，然而对所谓"实"首先有一个评价的问题，一评价又和"名"纠缠不清。不过，世上有的名声实在虚假得赤裸裸，一眼可以看穿。

　　例如，搞新闻出版的若干朋友联合行动，一夜之间推出某人的作品系列，连篇累牍发表消息、访问记之类，制造轰动效应，名曰"造势"。可惜的是，倘若主角底气不足，则反成笑柄，更证明了广告造就不出文豪。

又有一种人，求名心切，但只善于接近名人而不善于接近思想。他从事学术的方式是结交学术界名流，成果便是一串煊赫的名字。帕斯卡曾经将这种人一军道："请把你打动了这些名流的成就拿出来给我看看，我也会推崇你了。"我的想法要简单一些：就算这些名流并非徒有其名，他们的学问难道和伤寒一样也会传染吗？

还有更加等而下之的，沽名钓誉，不择手段，甚至不惜出卖灵魂。叔本华把尊严和名声加以区分：尊严关涉人的普遍品质，乃是一个人对于自身人格的自我肯定；名声关涉一个人的特殊品质，乃是他人对于一个人的成就的肯定。人格卑下，用尊严换取名声，名声再大，也只是臭名远扬罢了。

由于名声有赖于他人的肯定，容易受舆论、时尚、机遇等外界因素支配，所以，古来贤哲多主张不要太看重名声，而应把自己所可支配的真才真德放在首位。孔子说："人不知，而不愠，不亦君子乎？""不患莫己知，求为可知也。"就是这个意思。亚里士多德和霍布斯都认为，爱名声之心在青少年身上值得提倡，尚可激励他们上进，对于成年人就不适合了。一个成熟的作家理应把眼光投向事情的本质方面，以作品本身而不是作品所带来的声誉为其创作的真正报酬。热衷于名声，哪怕自以为追求的是真实的名声，也仍然是一种虚荣，结果必然受名声支配，进而受舆论支配，败坏自己的个性和风格。

名声还有一个坏处，就是带来吵闹和麻烦。风景一成名胜，便游人纷至，人出名也如此。"树大招风"，名人是难得安宁的。笛卡儿说他痛恨名声，因为名声夺走了他最珍爱的精神的宁静。我们常常听到大小知名作家抱怨文债如山，也常常读到他们还债的文字贫乏无味如白开水。犹如一口已被汲干的名泉，仍然源源不断地供应名牌泉水，商标下能有多少真货呢？

名声如同财产，只是身外之物。由于舆论和时尚多变，它比财产更不可靠。但丁说："世间的名，只是一阵风。"莎士比亚把名声譬作水面上的涟漪，无论它如何扩大，最后都会消失得无影无踪。马可·奥勒留以看破红尘的口吻劝导我们："也许对于所谓名声的愿望要折磨你，那么，看一看一切事物是多么快地被忘却，看一看过去和未来的无限时间的混沌；看一看赞扬的空洞，看一看那些装作给出赞扬的人的判断之多变和贫乏，以及赞扬所被限定的范围的狭隘，如此使你终于安静吧。"据普鲁塔克记载，西塞罗是一个热衷于名声的人，但是连他也感觉到了名声的虚幻。他在外省从政期间，政绩卓著，自以为一定誉满罗马。回到罗马，遇见一位政界朋友，便兴冲冲打听人们的反响，那朋友却问他："这一阵子你待在哪里？"

在有的哲学家看来，关心身后名声更加可笑。马可·奥勒留说，其可笑程度正和关心自己出生之前的名声一样，因为两者都是期望得到自己从未见过且永远不可能见到的人的赞扬。帕斯卡也说："我们是如此狂妄，以至于想要为全世界所知，甚至为我们不复存在以后的来者所知；我们又是如此虚荣，以至于我们周围的五六个人的尊敬就会使我们欢喜和满意了。"

中国文人历来把文章看作"不朽之盛事"，幻想借"立言"流芳百世。还是杜甫想得开："千秋万岁名，寂寞身后事。"我也认为身后的名声是不值得企望的。一个作家决心要写出传世之作，无非是表明他在艺术上有很认真的追求。奥古斯丁说，不朽是"只有上帝才能赐予的荣誉"。对作家来说，他的艺术良知即他的上帝，所谓传世之作就是他的艺术良知所认可的作品。我一定要写出我最好的作品，至于事实上我的作品能否流传下去，就不是我所能求得，更不是我所应该操心的了。因为当我不复存在之时，世上一切事情都不再和我有关，包括我的名声这么一件区区小事。

话说回来，对于身前的名声，一个作家不可能也不必毫不在乎。袁宏道说，凡从事诗文者，即"名根未尽"，他自叹"毕竟诸缘皆易断，而此独难除"。其实他应该宽容自己这一点名根。如果说名声是虚幻的，那么，按照同样的悲观逻辑，人生也是虚幻的，我们不是仍要好好活下去？名声是一阵风，而我们在辛苦创作之后是有权享受一阵好风的。最了解我们的五六个朋友尊敬我们，我们不该愉快吗？再扩大一些，我们自己喜欢的一部作品获得了五六十或五六万个读者的赞扬，我们不该高兴吗？亚里士多德认为，我们重视自己敬佩和喜欢的人对我们的评价，期望从有见识的人那里得到赞赏，以肯定我们对自己的看法，是完全正当的。雪莱也反对把爱名声看作自私，他说，在多数情况下，"对名声的爱好无非是希望别人的感情能够肯定、证明我们自己的感情，或者与我们自己的感情发生共鸣"。他引用弥尔顿的一句诗，称这种爱好为"高贵心灵的最后的弱点"。弥尔顿的这句诗又脱胎于塔西坨《历史》中的一句话："即使在智者那里，对名声的渴望也是要到最后才能摆脱的弱点。"我很满意有这么多智者来为智者的最后弱点辩护。只要我们看重的是人们的"心的点头"（康德语），而非表面的喝彩，就算这是虚荣心，有这么一点虚荣心又何妨？

宽待人性

| | | | | | | | | | | |

　　人皆有弱点，有弱点才是真实的人性。那种自己认为没有弱点的人，一定是浅薄的人。那种众人认为没有弱点的人，多半是虚伪的人。

　　人生皆有缺憾，有缺憾才是真实的人生。那种看不见人生缺憾的人，或者是幼稚的，或者是麻木的，或者是自欺的。

　　正是在弱点和缺憾中，在对弱点的宽容和对缺憾的接受中，人幸福地生活着。

　　在这个世界上，一个人重感情就难免会软弱，求完美就难免有遗憾。也许，宽容自己这一点软弱，我们就能坚持；接受人生这一点遗憾，我们就能平静。

　　我喜欢的格言：人所具有的我都具有——包括弱点。

　　我爱躺在夜晚的草地上仰望星宿，但我自己不愿做星宿。

　　有时候，我们需要站到云雾上来俯视一下自己和自己周围的人们，这样，我们对己对人都不会太苛求了。

　　人渴望完美而不可得，这种痛苦如何才能解除？

我答道：这种痛苦本身就包含在完美之中，把它解除了反而不完美了。

我心中想：这么一想，痛苦也就解除了。接着又想：完美也失去了。

一个人对于人性有了足够的理解，他看人包括看自己的眼光就会变得既深刻又宽容，在这样的眼光下，一切隐私都可以还原成普遍的人性现象，一切个人经历都可以转化成心灵的财富。

人这脆弱的芦苇是需要把另一支芦苇想象成自己的根的。

在人身上，弱点与尊严并非不相容，也许尊严更多地体现在对必不可免的弱点的承受上。

我对人类的弱点怀有如此温柔的同情，远远超过对优点的钦佩，那些有着明显弱点的人更使我感到亲切。

凡真实的人性都不是罪恶，若看成罪恶，必是用了社会偏见的眼光。

没有一种人性的弱点是我所不能原谅的，但有的是出于同情，有的是出于鄙夷。

蒙田教会我坦然面对人性的平凡，尼采教会我坦然面对人性的复杂。

把自己的弱点变成根据地。

康德、胡塞尔和职称

| | | | | | | | | | | | |

　　我正在啃胡塞尔的那些以晦涩著称的著作。哲学圈子里的人都知道，胡塞尔是二十世纪最重要的哲学家之一。作为现代现象学之父，他开创了一个半分天下、影响深广的哲学运动。可是，人们大约很难想到，这位大哲学家在五十七岁前一直是一个没有职称的人，在格丁根大学当了十六年编外讲师。而在此期间，他的两部最重要的著作——《逻辑研究》和《观念》第一卷，事实上都已经问世了。

　　有趣的是，德国另一位大哲学家、近现代哲学史上当之无愧的第一人康德，也是一个长期评不上职称的倒霉蛋，直到四十七岁才当上哥尼斯堡大学的正式教授。在此之前，尽管他在学界早已声誉卓著，无奈只是"墙内开花墙外香"，教授空缺总也轮不上他。

　　这两位哲学家并非超脱得对这种遭遇毫不介意。康德屡屡向当局递交申请，力陈自己的学术专长、经济拮据状况，最后是那一把年纪，以表白他的迫切心情。当格丁根大学否决胡塞尔的教授任命时，这位正埋头于寻求哲学的严格科学性的哲学家一度深感屈辱，这种心境和他在学术上的困惑掺和在一起，竟至于使他怀疑起自己做哲学家的能力了。

一个小小的疑问：且不说像斯宾诺莎这样靠磨镜片谋生的贫穷哲人，他的命运是太特殊了，只说在大学这样的学术圣地，为什么学术职称和真实的学术成就之间也会出现如此巨大的偏差？假设我是康德或胡塞尔的同时代人，某日与其中一位邂逅，问道："您写了这么重要的著作，怎么连一个教授也当不上？"他会如何回答？我想他也许会说："正因为这些著作太重要了，我必须全力以赴，所以没有多余精力去争取当教授了。"胡塞尔的确这样说了，在一封信中，他分析自己之所以一直是个编外讲师，是因为他出于紧迫的必然性自己选择自己的课题，走自己的道路，而不屑费神于主题以外的事情，讨好有影响的人物。也许，在任何时代，从事精神创造的人都面临着这个选择：是追求精神创造本身的成功，还是追求社会功利方面的成功？前者的判官是良知和历史，后者的判官是时尚和权力。在某些幸运的场合，两者会出现一定程度的一致，时尚和权力会向已获得显著成就的精神创造者颁发证书。但是，在多数场合，两者往往偏离甚至背道而驰，因为它们毕竟是性质不同的两件事，需要花费不同的功夫。即使真实的业绩受到足够的重视，决定升迁的还有观点异同、人缘、自我推销的干劲和技巧等其他因素，而总有人是不愿意在这些方面浪费宝贵的生命的。

以我们后人的眼光看，对康德、胡塞尔来说，职称实在是太微不足道的小事，丝毫无损于他们在哲学史上的伟人地位。就像在莫里哀死后，法兰西学院在提到这位终生未获院士称号的大文豪时怀着自责的心情所说的："他的荣誉中什么都不缺少，是我们的荣誉中有欠缺。"然而，康德、胡塞尔似乎有点看不开，那默想着头上的星空和心中的道德律的智慧头脑，有时不免为虚名的角逐而烦躁，那探寻着真理的本源的敏锐眼光，有时不免因身份的卑微而暗淡。我不禁想对他们说：如此旷世大哲，何必、何苦、何至于在乎许多平庸之辈也可轻易得到的教授称号？转念一想，伟人活着时也是普通人，不该求全责备。德国的哲学家多是地道的书斋学者，康德、胡塞尔并不例外。既然在大学里教书，学术职称几乎是他们唯一的世俗利益，有所牵挂也在情理之中。何况目睹周围远比自己逊色的人一个个捷足先登，他们心中有委屈，更属难免。相比之下，法国人潇洒多了。萨特的职称只是中学教师，他拒做大学教授，拒领诺贝尔奖奖金，视一切来自官方的荣誉富贵如粪土。不过，他的舞台不是在学院，而是在社会，直接面向大众。与他在大众中的辉煌声誉相比，职称当然不算什么东西。人毕竟难以完全免俗，这是无可厚非的吧。

可是，小事终究是小事，包括职称，包括在学术界、在社会上、在历史上的名声地位。什么是大事呢？依我之见，唯一的大事是把自己真正喜欢做的事做好。

生 命 本 就 纯 真

幽默是心灵的微笑

| | | | | | | | | | | | | |

　　幽默是凡人而暂时具备了神的眼光，这眼光有解放心灵的作用，使人得以看清世间一切事情的相对性质，从而显示了一切执着态度的可笑。

　　有两类幽默最值得一提。一是面对各种偶像尤其是道德偶像的幽默，它使偶像的庄严在哄笑中化作笑料。然而，比它更伟大的是面对命运的幽默，这时人不再是与地上的假神开玩笑，而是直接与天神开玩笑。一个在最悲惨的厄运和苦难中仍不失幽默感的人的确是更有神性的，他借此站到了自己的命运之上，并以此方式与命运达成了和解。

　　幽默是心灵的微笑。最深刻的幽默是受了致命伤的心灵发出的微笑。

　　受伤后衰竭，麻木，怨恨，这样的心灵与幽默无缘。幽默是受伤的心灵发出的健康、机智、宽容的微笑。

　　幽默是一种轻松的深刻。面对严肃的肤浅，深刻露出了玩世不恭的微笑。

幽默是智慧的表情，它教不会，学不了。有一本杂志声称它能教人幽默，从而轻松地生活。我不曾见过比这更缺乏幽默感的事情。

幽默是对生活的一种哲学式态度，它要求与生活保持一个距离，暂时以局外人的眼光来发现和揶揄生活中的缺陷。毋宁说，人这时成了一个神，他通过对人生缺陷的戏侮而暂时摆脱了这缺陷。

也许正由于此，女人不善幽默，因为女人是与生活打成一片的，不易拉开幽默所必需的距离。

有超脱才有幽默。在批评一个无能的政府时，聪明的政客至多能讽刺，老百姓却很善于幽默，因为前者觊觎着权力，后者则完全置身在权力斗争之外。

幽默源自人生智慧，但有人生智慧的人不一定是善于幽默的人，其原因大概在于，幽默同时还是一种才能。然而，倘若不能欣赏幽默，则不仅是缺乏才能的问题了，肯定也暴露了人生智慧方面的缺陷。

自嘲就是居高临下地看待自己的弱点，从而加以宽容。自嘲把自嘲者和他的弱点分离开来了，这时他仿佛站到了神的地位上，俯视那个有弱点的凡胎肉身，用笑声表达自己凌驾其上的优越感。

但是，自嘲者同时又明白并且承认，他终究不是神，那弱点确实是他自己的弱点。

所以，自嘲混合了优越感和无奈感。

通过自嘲，人把自己的弱点变成了特权。对于这特权，旁人不但不反感，而且乐于承认。

傻瓜从不自嘲。聪明人嘲笑自己的失误。天才不仅嘲笑自己的失误，而且嘲笑自己的成功。看不出人间一切成功的可笑的人，终究还是站得不够高。

幽默和嘲讽都包含某种优越感，但其间有品位高下之分。嘲讽者感到优越，是因为他在别人身上发现了一种他相信自己绝不会有的弱点，于是发出幸灾乐祸的冷笑。幽默者感到优越，则是因为他看出了一种他自己也不能幸免的人性的普遍弱点，于是发出宽容的微笑。

幽默的前提是一种超脱的态度，能够俯视人间的一切是非，包括自己的弱点。嘲讽却是较着劲的，很在乎自己的对和别人的错。

讽刺与幽默不同。讽刺是社会性的，幽默是哲学性的。讽刺入世，与被讽刺对象站在同一水准上，挥戈相向，以击伤对手为乐。幽默却源于精神上的巨大优势，居高临下，无意伤人，仅以内在的优越感自娱。讽刺针对具体的人和事，幽默则是对人性本身必不可免的弱点发出宽容的也是悲哀的微笑。

在这个世界上，人倘若没有在苦难中看到好玩、在正经中看到可笑的本领，怎么能保持生活的勇气！

临终的苏格拉底

| | | | | | | | | | | | | |

　　《儒林外史》中有一个著名的情节：严监生临死之时，伸着两个指头，总不肯断气，众人猜说纷纭而均不合其意。唯有他的老婆赵氏明白，他是为灯盏里点了两茎灯草放心不下，恐费了油，忙走去挑掉一茎。严监生果然点一点头，把手垂下，登时就没了气。

　　奇怪的是，我由这个情节忽然联想到了苏格拉底临终前的一个情节。据柏拉图的《斐多篇》记载，苏格拉底在狱中遵照判决饮了毒鸩，仰面躺下静等死亡，死前的一刹那突然揭开脸上的遮盖物，对守在他身边的最亲近的弟子说："克里托，我还欠阿斯克勒庇俄斯一只公鸡，千万别忘了。"这句话成了这位西方第一大哲的最后遗言。包括克里托在内，当时在场的有十多人，只怕没有一个人猜得中这句话的含意，一如赵氏之善解严监生的那两个指头。

　　在生命的最后一天，苏格拉底过得几乎和平时没有什么不同。他仍然那样诲人不倦，与来探望他的年轻人从容谈论哲学，只是由于自知大限在即，谈话的中心便围绕着死亡问题。《斐多篇》通过当时在场的斐多之口，详细记录了他在这一天的谈话。谈话从清晨延续到黄昏，他反复论证着哲学家之所以不但不怕死而且乐于赴死的道理。这道理归结起来便是：哲学所追求的目标是使灵魂摆脱肉体而获得自由，而死亡无非就是灵魂彻底摆脱了肉体，因而正是哲学所要寻求的那种理想境界。一个人如果在有生之年就努力使自己淡然于肉体的快乐，专注于灵魂的生活，他的灵魂就会适合于启程前往另一个世界，这是真正意义上的哲学活动，也是把哲学称作"预习死亡"的原因所在。

这一番论证有一个前提，就是相信灵魂不死。苏格拉底对此好像是深信不疑的。在一般人看来，天鹅的绝唱表达了临终的悲哀，苏格拉底却给了它一个诗意的解释，说它是因为预见到死后另一个世界的美好而唱出的幸福之歌。可是，诗意归诗意，他终于还是承认，所谓灵魂不死只是一个"值得为之冒险的信念"。

凡活着的人的确都无法参透死后的神秘。依我之见，哲人之为哲人，倒也不在于相信灵魂不死，而在于不管灵魂是否不死，都依然把灵魂生活当作人生中唯一永恒的价值看待，据此来确定自己的生活方式，从而对过眼云烟的尘世生活持一种超脱的态度。那个严监生临死前伸着两个指头，众人有说为惦念两笔银子的，有说为牵挂两处田产的，结果却是因为顾忌两茎灯草费油，委实吝啬得可笑。但是，如果他真是为了挂念银子、田产等而不肯瞑目，就不可笑了吗？凡是死到临头仍然看不破尘世利益而为遗产、葬礼之类操心的人，其实都和严监生一样可笑，区别只在于他们看到的灯草也许不止两茎，因而放心不下的是更多的灯油罢了。苏格拉底眼中却没有一茎灯草，在他饮鸩之前，克里托问他对后事有何嘱托，需要为孩子们做些什么，他说只希望克里托照顾好自己，智慧地生活，别无嘱托。又问他葬礼如何举行，他笑道："如果你们能够抓住我，愿意怎么埋葬就怎么埋葬吧。"在他看来，只有他的灵魂才是苏格拉底，他死后不管这灵魂去向何方，那具没有灵魂的尸体与苏格拉底已经完全不相干了。

　　那么，苏格拉底那句奇怪的最后遗言究竟是什么意思呢？阿斯克勒庇俄斯是希腊神话中的医药之神，蔑视肉体的苏格拉底竟要克里托在他的肉体死去之后，替他向这个司肉体的病痛及治疗的神灵献祭一只公鸡，这不会是一种讽刺吗？或者如尼采所说，这句话喻示生命是一种疾病，因而暴露了苏格拉底骨子里是一个悲观主义者？我曾怀疑一切超脱的哲人胸怀中都藏着悲观的底蕴，这怀疑在苏格拉底身上也应验了么？

论自卑

| | | | | | | | | | | | |

有两种自卑。一种是面对上帝的自卑，这种人心怀对于无限的敬畏和谦卑之情，深知人类一切成就的局限，在任何情况下不会忘乎所以，不会狂妄。另一种是面对他人的自卑，这种人很在乎在才智、能力、事功或任何他所看重的方面同别人比较，崇拜强者，相应地也就藐视弱者，因此自卑很容易转变为自大。

也许有人会说，前一种自卑者骨子里其实最骄傲，因为他只敬畏上帝，而这就意味着看不起一切凡人。

然而事实是，既然他明白自己也是凡人，他就不会看不起别的凡人。只是由于他深知人类的局限，他对别人的成就只会欣赏，不会崇拜，对别人的弱点倒是很容易宽容。总之，他不把人当作神，所以对人不迷信也不苛求，不亢也不卑。

我信任自卑者远远超过信任自信者。

据我所见，自卑者多是两个极端。其一的确是弱者，并且知道自己的弱，于是自卑。这种人至少有自知之明，因而值得我们尊重。其二是具有某种特殊天赋的人，他隐约感觉到却不敢相信自己有这样的天赋，于是自卑。这种人往往极其敏感，容易受挫乃至夭折，其幸运者则会成为成功的天才。

相反，我所见到的过于自信者多半是一些浅薄的家伙，他们不是低能但也绝非大才，大抵属于中等水平，但由于目标过低，便使他们自视过高，露出了一副踌躇满志的嘴脸。我说他们目标过低，是在精神层次的意义上说的。凡狂妄自大者，其所追逐和所夸耀的成功必是功利性的。在有着崇高的精神追求的人中间，我不曾发现过哪怕一个自鸣得意之辈。

一般而言，性格内向者容易自卑，性格外向者容易自信。不过，事实上，这种区分只具有非常相对的性质。在同一个人身上，自卑和自信往往同时并存，交替出现，乃至激烈格斗。也许最有力量的东西总是埋藏得最深，当我在哀怜苍生的面容背后发现一种大自信，在扭转乾坤的手势上读出一种大自卑，我的心不禁震惊了。

自卑、谦虚、谦恭之间有着重要的区别。在谦虚的风度和谦恭的姿态背后，我们很难找到自卑。毋宁说，谦虚是自信以本来面目坦然出场，谦恭则是自信戴着自卑的面具出场。

其实，对自卑和自信做笼统的评价是没有意义的，我的褒自卑而贬自信仅是对习见的反拨。按照通常的看法，自卑是一种病态心理，自信则是一种健康心态，或者，自卑是一种消极的生活态度，自信则是一种积极的生活态度。我想指出的是，自卑也有其正面的价值，自信也有其负面的作用。

我丝毫不否认自信在生活中有着积极的用处。一个人在处世和做事时必须具备基本的自信，否则绝无奋斗的勇气和成功的希望。但是，倘若一个人从来不曾有过自卑的时候，则我敢断定他的奋斗是比较平庸的，他的成功是比较渺小的。

也许可以说，自卑的价值是形而上的，自信的用处是形而下的。

的确，我曾说过，一切成功的天才之内心都隐藏着某种自卑。可是，倘若有人因此而要把自卑列入成功之道，向世人推荐，则我对他完全无话可说。如果非说不可，我也只能告诉他两个最简单的道理：

其一，人可以培养自信，却无法培养自卑；

其二，就世俗的成功而言，自信肯定比自卑有用得多。

那么，你去教导世人如何培养自信吧——这正是你一向所做的。

论嫉妒

| | | | | | | | | | | | | |

一

嫉妒是对别人的快乐（幸福、富有、成功等等）所感觉到的一种强烈而阴郁的不快。

在人类心理中，也许没有比嫉妒更奇怪的感情了。一方面，它极其普遍，几乎是人所共有的一种本能。另一方面，它又似乎极不光彩，人人都要把它当作一桩不可告人的罪行隐藏起来。结果，它便转入潜意识之中，犹如一团暗火灼烫着嫉妒者的心，这种酷烈的折磨真可以使他发疯、犯罪乃至杀人。

二

当我们缺少一样必需的东西时，我们痛苦了。当我们渴求一样并非必需的东西而不可得时，我们十倍地痛苦了。当我们不可得而别人却得到了时，我们百倍地痛苦了。

就所给予我们的折磨而言，嫉妒心最甚，占有欲次之，匮乏反倒是最小的。

三

嫉妒往往包含功利的计较。即使对某些精神价值，嫉妒者所看重的也只是它们可能给拥有者带来的实际好处，例如，学问和才华带来的名利。嫉贤妒能的实质是嫉名妒利，一辈子怀才不遇的倒霉蛋是不会有人去嫉妒的。

有一些精神价值，例如智慧和德行，由于它们无涉功利，所以不易招妒。我是说真正的智慧和德行，沽名钓誉的巧智伪善不在其列。哲人和圣徒生活在自己的精神世界里，俗人与这个世界无缘，所以无从嫉妒。

超脱者因其恬淡于名利而远离了嫉妒——既不妒人，也不招妒，万一被妒也不在乎。如果在乎，说明还是太牵挂名利，并不超脱。

四

嫉妒发生之可能，与时间和空间的距离成反比。我们极容易嫉妒近在眼前的人，但不会嫉妒古人或遥远的陌生人。一个渴望往上爬的小职员并不嫉妒某个美国人一夜之间登上了总统宝座，对他的同事晋升科长却耿耿于怀了。一个财迷并不嫉妒世上许多亿万富翁，见他的邻居发了小财却寝食不安了。一个爱出风头的作家并不嫉妒曹雪芹和莎士比亚，因他的朋友一举成名却愤愤不平了。

由于嫉妒的这一距离法则，成功者往往容易遭到他的同事、熟人乃至朋友的贬损，而在这个圈子之外却获得了承认，所谓"墙内开花墙外香"遂成普遍现象。

五

成功有两个要素，一是能力和品质，二是环境和机遇；因此，对成功者的嫉妒也相应有两种情况，一是平庸之辈的嫉贤妒能，另一是怀才不遇者的愤世嫉俗。

六

对不如己者的成功，我们不服气，认为他受之有愧。对胜于己者的成功，我们也不服气，必欲找出他身上不如己的弱点，以证明他受之并非完全无愧。这样的弱点总能找到的，因为我们怎会承认别人在一切方面都胜于己呢？我们实在太看重成功了，以至于很难欣然接受别人成功的事实。

如果我们真正看重事情的实质而非成功的表象，那么，正好应该相反：对于不如己者的成功，我们不必嫉妒，因为他徒有虚名；对于胜于己者的成功，我们不该嫉妒，因为他确有实力。如果他虚实参半呢？那就让他徒有其虚和确有其实好了，我们对前者不必嫉妒，对后者不该嫉妒，反正是无须嫉妒。

七

嫉妒基于竞争。领域相异，不成竞争，不易有嫉妒。所以，文人不嫉妒名角走红，演员不嫉妒巨商暴富。当然，如果这文人骨子里是演员，这演员骨子里是商人，他们又会嫉妒名角巨商，渴望走红暴富，因为都在名利场上，有了共同领域。

在同一领域内，人对于远不及己者和远胜于己者也不易有嫉妒，因为水平悬殊，亦不成竞争。嫉妒最易发生在水平相当的人之间，他们之间最易较劲。当然，上智和下愚究属少数，多数人挤在中游，所以嫉妒仍是普遍的。

八

伟大的成功者不易嫉妒，因为他远远超出一般人，找不到足以同他竞争、值得他嫉妒的对手。

悟者比伟大的成功者更不易嫉妒，因为他懂得人生的限度，这时候他几乎像一位神一样俯视人类，而在神的眼里，人类有什么成功伟大得足以使他嫉妒呢？一个看破了一切成功之限度的人是不会夸耀自己的成功，也不会嫉妒他人的成功的。

九

当嫉妒不可遏止时，会爆发为仇恨。当嫉妒可以遏止时，会化身为轻蔑。

在仇恨时，嫉妒肆无忌惮地瞪视它的目标。在轻蔑时，嫉妒转过脸去不看它的目标。

十

强者和弱者都可能不宽容，但原因不同。强者出于专横，他容不得挑战。弱者出于嫉妒，他经不起挑战。

真正的精神强者必是宽容的，因为他足够富裕。

嫉妒是弱者的品质。

十一

我所厌恶的人，如果不肯下地狱，就让他们上天堂吧，只要不在我眼前就行。

我的嫉妒也有洁癖。我决不会嫉妒我所厌恶的人，哪怕他们在天堂享福。

十二

对一颗高傲的心来说，莫大的屈辱不是遭人嫉妒，而是嫉妒别人，因为这种情绪向他暴露了一个他最不愿承认的事实：他自卑了。

生 命 本 就 纯 真

短信文学五则

| | | | | | | | | | | | |

自卑

女儿六岁，正和同伴疯玩，我企图加入，说："我来当你们的大王。"她说："你当不了大王。"我问："我能当什么？"她狡黠一笑，答："你什么也当不了，你就当你的著名作家周国平吧！"言毕，把我撂在一旁，继续与同伴疯玩。我灰溜溜回到书房，坐在电脑前，感到无比自卑，一个字也敲不出来。

下冰雹即景

Party结束，人们走到院子里，准备离去。突然，狂风大作，下起了冰雹。人们急忙退到屋檐下，三五成群聊天，有几人拿出了手机，开始打电话，或读、发短信息。当然，不能让冰雹浪费了宝贵的时间。

只有一个小女孩仍在院子里，她兴奋地奔跑，跳跃，伸手接冰雹，每接着一颗就笑出声来。

冰雹停了。回家的路上，小女孩用惋惜的口吻对她的妈妈说："妈妈，你们浪费了冰雹。"

无辜的邻人

半夜，我被一种奇怪的声音吵醒。这声音显然来自楼上，像是一颗小玻璃球落在地板上，接着又弹跳几下，哒勒勒勒……隔一小会儿，就重复一次。我睡不着了，坐起来，抬眼盯着天花板，想象着楼上人家半夜玩小玻璃球的情景，为其行为的荒唐而愤怒。我正琢磨要不要上楼去抗议，视线偶然扫过窗户，瞥见竹帘被风吹动，轻轻飘起又落下，哒勒勒勒……原来如此！

发生使我们不愉快的事情时，我们多么容易首先从邻人身上寻找原因。

成功术

世人渴望成功，传授成功术的励志类书籍因之畅销。某书商决定如法炮制，为节省成本，以极低廉价格雇一倒霉蛋为写手。书出，果然畅销，书商获大利，读者纷纷从倒霉蛋的文字中领悟成功秘籍，皆如何被赏识、如何发财之类，而倒霉蛋依然过着无人赏识、穷困潦倒的失败生活。

互换生活

商人忙于理财，学者忙于著书，各安于其业。有一日，一个商人和一个学者都对自己的生活感到了厌倦，便向天神请求互换生活，得到了准许。于是，商人整日伏案，学者累月奔波，两人都不能适应新的生活，苦不堪言。不久，他们来到天神前，请求换回自己的生活。天神沉吟道："我有一个办法，让你们都对新的生活满意。"他悄悄把两人的自我也互换了。果然，从此以后，那个商人忙于著书，那个学者忙于理财，各安于对方之业。

当然，天神心里明白，其实一切恢复了原样，什么变化也没有发生。

07

人与书之间

生 命 本 就 纯 真

人与书之间

| | | | | | | | | | | |

　　弄了一阵子尼采研究，不免常常有人问我："尼采对你的影响很大吧？"有一回我忍不住答道："互相影响嘛，我对尼采的影响更大。"其实，任何有效的阅读不仅是吸收和接受，同时也是投入和创造。这就的确存在人与他所读的书之间相互影响的问题。我眼中的尼采形象掺入了我自己的体验，这些体验在我接触尼采著作以前就已产生了。

　　近些年来，我在哲学上的努力似乎有了一个明确的方向，就是要突破学院化、概念化状态，使哲学关心人生根本，把哲学和诗沟通起来。尼采研究无非为我的追求提供了一种方便的学术表达方式而已。当然，我不否认，阅读尼采的著作使我的一些想法更清晰了，但同时起作用的还有我的气质、性格、经历等因素，其中包括我过去的读书经历。

　　有的书改变了世界历史，有的书改变了个人命运。回想起来，书在我的生活中并无此类戏剧性效果，它们的作用是日积月累的。我说不出对我影响最大的书是什么，也不太相信形形色色的"世界之最"。我只能说，有一些书，它们在不同方面引起了我的强烈共鸣，在我的心灵历程中留下了痕迹。

中学毕业时，我报考北大哲学系，当时在我就学的上海中学算爆了个冷门，因为该校素有重理轻文传统，全班独我一人报考文科，而我一直是班里的数学课代表，理科底子并不差。同学和老师差不多用一种怜悯的眼光看我，惋惜我误入了歧途。我不以为然，心想我反正不能一辈子生活在与人生无关的某个专业小角落里。怀着囊括人类全部知识的可笑的贪欲，我选择哲学这门"凌驾于一切科学的科学"，这门不是专业的专业。

然而，哲学系并不如我想象的那般有意思，刻板枯燥的哲学课程很快就使我厌烦了。我成了最不用功的学生之一，"不务正业"，耽于课外书的阅读。上课时，课桌上摆着艾思奇编的教科书，课桌下却是托尔斯泰、陀思妥耶夫斯基、屠格涅夫、易卜生等等，读得入迷。老师课堂提问点到我，我站起来问他有什么事，引得同学们哄堂大笑。说来惭愧，读了几年哲学系，哲学书没读几本，读得多的却是小说和诗。我还醉心于写诗，写日记，积累感受。现在看来，当年我在文学方面的这些阅读和习作并非徒劳，它们使我的精神趋向发生了一个大转变，不再以知识为最高目标，而是更加珍视生活本身，珍视人生的体悟。这一点认识，对于我后来的哲学追求是重要的。

我上北大正值青春期，一个人在青春期读些什么书可不是件小事，书籍、友谊、自然环境三者构成了心灵发育的特殊氛围，其影响毕生不可磨灭。幸运的是，我在这三方面遭遇俱佳，卓越的外国文学名著、才华横溢的挚友和优美的燕园风光陪伴着我，启迪了我的求真爱美之心，使我愈加厌弃空洞丑陋的哲学教条。如果说我学了这么多年哲学而仍未被哲学败坏，则应当感谢文学。

我在哲学上的趣味大约是受文学熏陶而形成的。文学与人生有不解之缘，看重人的命运、个性和主观心境，我就在哲学中寻找类似的东西。最早使我领悟哲学之真谛的书是古希腊哲学家的一本著作残篇集，赫拉克利特的"我寻找过自己"，普罗塔哥拉的"人是万物的尺度"，苏格拉底的"未经思索的人生不值得一过"，犹如抽象概念迷雾中耸立的三座灯塔，照亮了久被遮蔽的哲学古老航道。我还偏爱具有怀疑论倾向的哲学家，例如笛卡儿、休谟，因为他们教我对一切貌似客观的绝对真理体系怀着戒心。可惜的是，哲学家们在批判早于自己的哲学体系时往往充满怀疑精神，一旦构筑自己的体系却又容易陷入独断论。相比之下，文学艺术作品就更能保持多义性、不确定性、开放性，并不孜孜于给宇宙和人生之谜一个终极答案。

长期的文化禁锢使得我这个哲学系学生竟也无缘读到尼采或其他现代西方人的著作。上学时，只偶尔翻看过萧赣译的《查拉图斯特拉如是说》，因为是用文言翻译，译文艰涩，未留下深刻印象。直到大学毕业以后很久，才有机会系统阅读尼采的作品。我的确感觉到一种发现的喜悦，因为我对人生的思考、对诗的爱好以及对学院哲学的怀疑都在其中找到了呼应。一时兴发，我搞起了尼采作品的翻译和研究，而今已三年有余。现在，我正准备同尼采告别。

读书犹如交友，再情投意合的朋友，在一块儿待得太久也会腻味的。书是人生的益友，但也仅止于此，人生的路还得自己走。在这路途上，人与书之间会有邂逅、离散、重逢、诀别、眷恋、反目、共鸣、误解，其关系之微妙，不亚于人与人之间，给人生添上了如许情趣。也许有的人对一本书或一位作家一见倾心，爱之弥笃，乃至白头偕老。我在读书上却没有如此坚贞专一的爱情。倘若临终时刻到来，我相信使我舍恨难舍的不仅有亲朋好友，还一定有若干册体己好书。但尽管如此，我仍不愿同我所喜爱的任何一本书或一位作家厮守太久，受染太深，丧失了我自己对书对人的影响力。

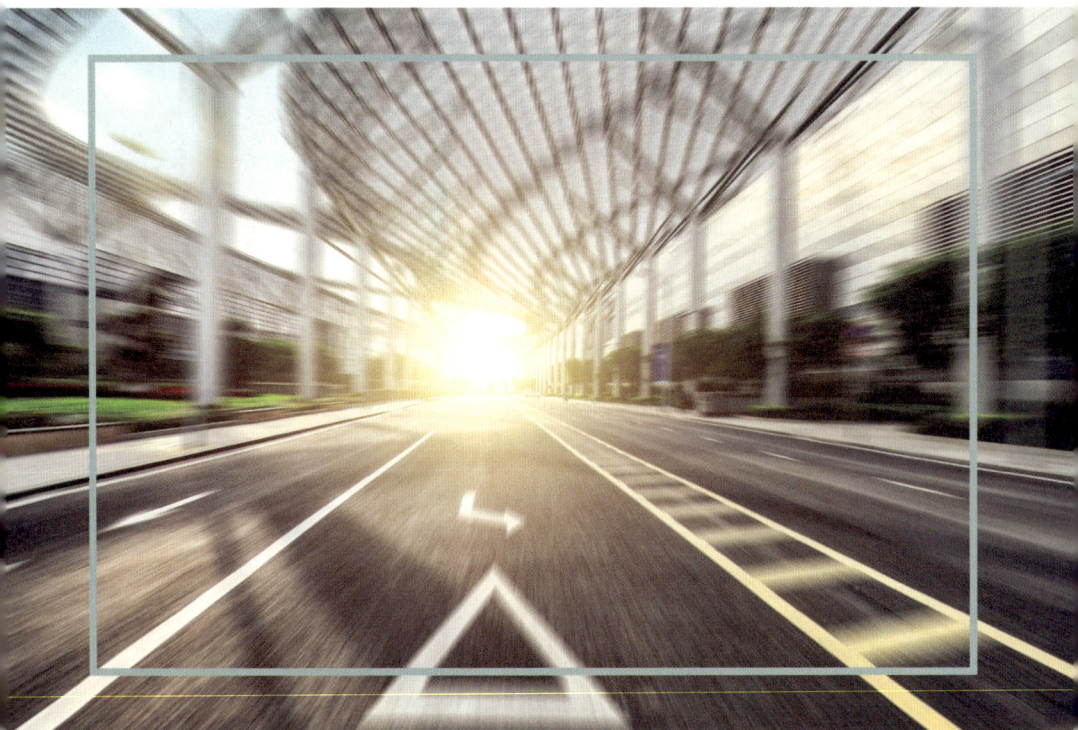

生　命　本　就　纯　真

爱书家的乐趣

| | | | | | | | | | | | | | |

一

上大学时，一位爱书的同学有一天突然对我说："谁知道呢，也许我们一辈子别无成就，到头来只是染上了戒不掉的书癖。"我从这自嘲中听出一种凄凉，不禁心中黯然。诚然，天下之癖，无奇不有，嗜书不过是其中一癖罢了。任何癖好，由旁人观来，都不免有几分可笑、几分可悲，书癖也不例外。

有一幅题为《书痴》的版画，画面是一间藏书室，四壁书架直达天花板。一位白发老人站在高高梯凳顶上，胁下、两腿间都夹着书，左手持一本书在读，右手从架上又抽出一本。天花板有天窗，一缕阳光斜射在他的身上和书上。

如果我看见这幅画，就会把它揣摩成一幅善意的讽刺画。偌大世界，终老书斋的生活毕竟狭窄得可怜。

然而，这只是局外人的眼光，身在其中者会有全然不同的感想。叶灵凤先生年轻时见到这幅画，立刻"深刻地迷恋着这张画面上所表现的一切"，毫不踌躇地花费重金托人从辽远的纽约买来了一张原版。

读了叶先生的三集《读书随笔》，我能理解他何以如此喜欢这幅画。叶先生自己就是一个"书痴"，或用他的话说，是一位"爱书家"，购书、藏书、品书几乎成了他毕生的主要事业。他完完全全是此道中人，从不像我似的有时用局外人的眼光看待书痴。他津津乐道和书有关的一切，举凡版本印次、书中隽语、作家逸事、文坛掌故，他都用简洁的笔触娓娓道来，如数家珍。借他的书话，我仿佛不仅参观了他的藏书室，而且游览了他的既单纯又丰富的精神世界，领略了一位爱书家的生活乐趣。于是我想，人生在世的方式有千百种，而每个人只能选择一种，说到底谁的生活都是狭窄的。一个人何必文垂千秋，才盖天下，但若能品千秋之文，善解盖世之才，也就算不负此生了。尤当嗜权嗜物恶癖风行于世，孰知嗜书不是一种洁癖，做爱书家不是淡泊中的一种执着、退避中的一种追求呢？

二

叶先生自称"爱书家"，这可不是谦辞。在他眼里，世上合格的爱书家并不多。学问家务求"开卷有益"，版本家挑剔版本格式，所爱的不是书，而是收益或古董。他们都不是爱书家。

爱书家的读书，是一种超越了利害和技术的境界。就像和朋友促膝谈心，获得的是精神上的安慰。叶先生喜欢把书比作"友人"或"伴侣"。他说常置案头的"座右书"是些最知己的朋友，又说翻开新书的心情就像在寂寞的人生旅途上为自己搜寻新的伴侣，而随手打开一本熟悉的书则像是不期而遇一位老友。他还借吉辛之口叹息那些无缘再读一遍的好书如同从前邂逅的友人，倘若临终时记起它们，"这最后的诀别之中将含着怎样的惋惜"！可见爱书家是那种把书和人生亲密无间地结合起来的人，书在他那里有了生命，像活生生的人一样牵扯着他的情怀，陪伴着他的人生旅程。

凡是真正爱书的人，想必都领略过那种澄明的心境。夜深人静，独坐灯下，摊开一册喜欢的书，渐觉尘嚣远遁，杂念皆消，忘却了自己也获得了自己。然而，这种"心境澄澈的享受"不易得。对于因为工作关系每天离不开书的职业读书人来说，更是难乎其难。就连叶先生这样的爱书家也觉得自己常常"并非在读书，而是在翻书、查书、用书"，以至在某个新年给自己许下大愿："今年要少写多读。如果做不到，那么，就应该多读多写。万万不能只写不读。"

这是因为以读书为精神的安慰和享受，是需要一种寂寞的境遇的。由于寂寞，现实中缺少或远离友人，所以把书当友人，从书中找安慰。也由于寂寞，没有纷繁人事的搅扰，所以能沉醉在书中，获得澄明的享受。但寂寞本身就不易得，这不仅是因为社会的责任往往难于坚辞，而且是因为人性中固有不甘寂寞的一面。试看那些叫苦不迭的忙人，一旦真的门庭冷落、清闲下来，我担保十有八九会耐不住寂寞，缅怀起往日的热闹时光。大凡人只要有法子靠实际的交往和行动来排遣寂寞，他就不肯求诸书本。只有到了人生的逆境，被剥夺了靠交往和行动排遣寂寞的机会，或者到了人生的困境，怀着一种靠交往和行动排遣不了的寂寞，他才会用书来排遣这无可排遣的寂寞。如此看来，逆境和困境倒是有利于读书的。叶先生说："真正的爱书家和藏书家，他必定是一个在广阔的人生道上尝遍了哀乐，而后才走入这种狭隘的嗜好以求慰藉的人。"我相信这是叶先生的既沉痛又欣慰的自白。一个人终于成了爱书家，多半是无缘做别的更显赫的家的结果，但他也品尝到了别的更显赫的家所无缘品尝的静谧的快乐。

三

爱书家不但嗜爱读书，而且必有购书和藏书的癖好。那种只借书不买书的人是称不上爱书家的。事实上，在书的乐趣中，购和藏占了相当大一部分。爱书的朋友聚到一起，说起自己购得一本好书时的那份得意，听到别人藏有一本好书时的那股羡慕，就是明证。

叶先生对于购书的癖好有很准确的描述："有用的书，无用的书，要看的书，明知自己买了也不会看的书，无论什么书，凡是自己动了念要买的，迟早总要设法买回来才放心。"在旁人看来，这种锲而不舍的购书欲简直是偏执症，殊不料它成了书迷们的快乐的源泉。购书本身是一种快乐，而寻购一本书的种种艰难曲折似乎化为价值添加到了这本书上，强化了购得时的快乐。

书生多穷，买书时不得不费斟酌，然而穷书生自有他的"穷开心"。叶先生有篇文字专谈逛旧书店的种种乐趣，如今旧书业萧条已久，叶先生谈到的诸如"意外的发现"之类的乐趣差不多与我们无缘了。然而，当我们偶尔从旧书店或书市廉价买到从前想买而错过或嫌贵而却步的书时，我们岂不也感到过节一般的快乐？那份快乐简直不亚于富贾一举买下整座图书馆的快乐。自己想来不禁哑然失笑，因为即使在购买别的商品时占了大十倍的便宜，我们也绝不会这般快乐。

由于在购书过程中倾注了心血，交织着情感，因此，爱书的人即使在别的方面慷慨大度，对于书却总不免有几分吝啬。叶先生曾举一例：中国古代一位藏书家在所藏每卷书上都盖印曰"借书不孝"，以告诫子孙不可借书与人。这当然是一个极端的例子，但我们每个爱书的人想必都体会过借书与人时的复杂心情，尤其是自己喜欢的书，一旦借出，就朝夕盼归，万一有去无回，就像死了一位亲人一样，在心中为它筑了一座缅怀的墓。可叹世上许多人以借钱不还为耻，却从不以借书不还为耻，其实在借出者那里，后者给他造成的痛苦远超过前者，因为钱是身外之物，书却是他的生命的一部分。

爱书家的藏书，确是把书当作了他的生命的一部分。叶先生发挥日本爱书家斋藤昌三的见解，强调"书斋是一个有机体"，因为它是伴随主人的精神历程而新陈代谢、不断生长的。在书斋与主人之间，有一个共生并存的关系。正如叶先生所说："架上的书籍不特一本一本的跟收藏人息息相关，而且收藏人的生命流贯其中，连成一体。"这与某些"以藏书的丰富和古版的珍贵自满"的庸俗藏书家是大异其趣的。正因为此，一旦与主人断绝了关系，书斋便解体，对于别人它至多是一笔财产，而不再是一个有机体。那位训示子孙以"借书不孝"的藏书家昧于这层道理，所以一心要保全他的藏书，想借此来延续他死后的生命。事实上，无论古今，私人书斋是难于传之子孙的，因为子孙对它已不具有它的主人曾经具有的血肉相连的感情。这对书斋主人来说，倒不是什么了不得的憾事，既然生命行将结束，那和他生死与共的书斋的使命应该说是圆满完成了。

四

叶先生的《读书随笔》不单论书的读、购、藏，更多的篇幅还是论他所读过的一本本具体的书，以及爱书及人，论他所感兴趣的一个个具体的作家。其中谈及作家的奇癖乖行，例如十九世纪英国作家的吸鸦片成风，纪德的同性恋及其在作品中的自我暴露，普鲁斯特的怕光、怕冷、怕声音乃至于要穿厚大衣点小灯坐在隔音室里写作，这些固可博人一粲。但是，谈及人和书的命运的那些篇什又足令人扼腕叹息。

作家中诚有生前即已功成名就、人与书俱荣的幸运儿，然更不乏穷困潦倒一生、只留下身后名的苦命人。诗人布莱克毕生靠雕版卖艺糊口，每当家里分文不名，他的妻子便在吃饭时放一只空餐盆儿在他面前，提醒他拿起刻刀挣钱。汤普生在一家鞋店做帮工，穷得买不起纸，诗稿都写在旧账簿和包装纸上。吉辛倒是生前就卖文为生，但入不敷出，常常挨饿，住处简陋到没有水管，每天只好潜入图书馆的盥洗室漱洗，终遭管理员发现而谢绝。只是待到这些苦命作家撒手人间，死后终被"发现"，生前连一碗粥、一片面包也换不到的手稿便突然价值千金，但得益的是不相干的后人。叶先生叹道："世上最值钱的东西是作家的原稿，但是同时也是最不值钱的。"人亡书在，书终获好运，不过这好运已经和人无关了。

作家之不能支配自己的书的命运，还有一种表现，就是有时自己寄予厚望的作品被人遗忘，不经意之作却得以传世。安徒生一生刻意经营剧本和长篇小说，视之为大树，而童话只是他在余暇摆弄的小花小草，谁知正是这些小花小草使他在文艺花园里获得了不朽地位。笛福青壮年时期热衷于从政经商，均无成就，到六十岁屈尊改行写小说，不料《鲁滨孙漂流记》一举成名，永垂史册。

真正的好作品，不管如何不受同时代人乃至作者自己的重视，它们在文化史上大抵终能占据应有的地位。里尔克说罗丹的作品像海和森林一样，有其自身的生命，而且随着岁月继续在生长中。这话也适用于为数不多的好书。绝大多数书只有短暂的寿命，死在它们的作者前头，和人一起被遗忘了。只有少数书活得比人长久，乃至活在世世代代的爱书家的书斋里——也就是说，被组织进他们的有机体，充实了他们的人生。

爱书家的爱书纯属个人爱好，不像评论家的评书是一种社会责任，因而和评论家相比，爱书家对书的选择更不易受权势或时尚左右。历史上常常有这样的情形：一本好书在评论界遭冷落或贬斥，却被许多无名读者热爱和珍藏。这种无声的评论在悠长的岁月中发挥着作用，归根结底决定了书籍的生命。也许，这正是爱书家们在默默无闻中对于文化史的一种参与？

作为读者的批评家

| | | | | | | | | | | | | |

　　每逢必须对我不熟悉的事情说话的场合，我就感到惶恐。现在的情形就是这样。萧元先生是一位文学批评家，他的关注领域主要是中国当代小说，而我偏偏很少读中国当代的小说作品，几乎不读中国当代的文学批评文章。因此，当他如此恳切地请我给他的文学评论选集《自言自语》写序，我则因为盛情难却应诺了下来以后，心里一直发虚。幸亏他的这本书不像我在刊物上时常瞥见的那些批评文章那样艰涩，我居然比较轻松地读完了，在读的过程中还被激发了一些感想式的思考。那么，我就来说说我的这些感想式的思考。

　　我之少读中国当代小说，主要是因为精力有限，只能满足于偶然翻翻。在这偶然的阅读中，有过少许幸运的相遇，也肯定会有若干遗憾的错过——我相信其数量同样不会多。我之不读中国当代文学批评，则是出于一种偏见。我偏执地认为，中国现在没有真正的文学批评。批评的阵地被两样东西占据着。一是商业性的新闻炒作，往往作品未出便先声夺人，广告式宣传铺天盖地，制造出一个个虚假的轰动效应。另一是伪学术的术语轰炸，所谓的批评文章往往只是一知半解地贩卖西方批评理论，堆砌一些"话语权力""文化霸权"之类的时髦术语，千篇一律而又不知所云。两者的共同特点是对作品本身不感兴趣，更谈不上悉心解读，所关心的都是文学以外的东西。

批评理论如今在西方的确成了一个非常热闹的领域，文学以外的各个学科，包括哲学（尤其是结构主义和后结构主义）、心理学（例如精神分析学）、人类学等等，都纷纷涌入其中，自命为最合理的方法，要求拥有对文学的最高批评权。这种情形对于文学究竟是福音还是灾难，实在是值得怀疑的。我至少敢肯定一点：一个人仅仅做了这些理论中的一种的追随者和零售商，甚至做了所有这些理论的追随者和批发商，他还完全不是一个批评家。我们这里有许多人却正是这样，他们把遇到的任何一部作品都当作一个例证，在其上像煞有介事地演绎一番某个贩运来的理论，便自以为是在从事文学批评了，接着也就以一个前卫的批评家自居了。可是，读他们的所谓批评文章，你对他们所评论的那部作品绝对增进不了理解，获得的全部信息不过是他们在费力地追随某个理论罢了。

我对批评家的看法要朴素得多。在我看来，一个批评家应该首先是一个读者。作为读者，他有自己个人的趣味，读一部小说时知道自己是不是喜欢。一个人如果已经丧失了做读者的能力，读作品时不再问也不再知道自己是不是喜欢，只是条件反射似的产生应用某种理论的冲动，那么，他也许可以勉强算一个理论家，但肯定不是批评家。做批评家的第一要求是对文本感兴趣，这种兴趣超出对任何理论的兴趣，不会被取代和抹杀。一个在自己不感兴趣的文本上花功夫的批评家终归是可疑的。当然，做批评家不能停留在是一个读者，他还应该是一个学者。作为学者，他对于自己感兴趣的文本具有进行理论分析的能力，这时候他所创建的或所接受的理论便能起到一种框架和工具的作用了。首先是读者，然后才是学者。首先是直接阅读的兴趣，然后才是间接阅读的能力。这个次序决定了他是在对文本进行批评，还是在借文本空谈理论。更进一步，一个好的批评家不但是学者，还应该是一个思想者，他不但研究作品，而且与作品对话，他的批评不只是在探求文本的意义，而且也是在探求生活的真理。具体到批评家个人，因为气质、兴趣的不同，对作品的关注方向也会不同，有的是学者型的，更关注其形式的和知识的方面；有的是思想者型的，更关注其内容的和价值的方面；还有一种是作家型的，长于描绘对作品的主观感受和联想，写出的评论更像是独立的文学作品，不是严格意义上的批评。不论属于哪一类，做一个好读者都是前提。一个人只要真正喜欢一本书、一个作家，不管他以何种方式谈论这本书、这个作家，都必能说出一些精彩的话。

　　我的以上议论看似与萧元的这本集子无关，其实正是由之引发的。读了这本集子，我在萧元身上首先辨认出的便是一个真诚的读者。可以感觉到，他只是因为喜欢文学，喜欢读中外文学作品，才走上文学批评这条路的。他读《残雪》读进去了，读得入迷了，于是不由自主地要解开其魅力之谜，结果便有了分析《残雪》作品中的艺术要素和精神内涵的一系列文章。除了对作品的评论外，集子里还收进了一些批评当今文学现象尤其是文学世俗化倾向的文章，其疾恶如仇的鲜明立场给人印象至深。其实，在任何时代，文学在产生少许精品的同时总是制造出大量垃圾，只是两者的比例在今天显得愈加悬殊罢了。大多数读者向文学所要求的只是消费品，而期待着伟大作品也被伟大作品期待着的那种读者必定是少数，不妨把他们称作巴赫金曾经谈到过的"高级接受者"。这少数读者往往隐而不显，分散在不同的角落里，但确实存在着。如果说批评家负有一种责任的话，这责任便是为此提供证据，因为批评家原本就应该是这少数读者的发言人、一个公开说话的"高级接受者"。

读书的癖好

| | | | | | | | | | | | | | |

　　人的癖好五花八门，读书是其中之一。但凡人有了一种癖好，也就有了看世界的一种特别眼光，甚至有了一个属于他的特别的世界。不过，和别的癖好相比，读书的癖好能够使人获得一种更为开阔的眼光、一个更加丰富多彩的世界。我们也许可以据此把人分为有读书癖的人和没有读书癖的人，这两种人生活在很不相同的世界上。

　　比起嗜书如命的人来，我只能勉强算作一个有一点读书癖的人。根据我的经验，人之有无读书的癖好，在少年甚至童年时便已见端倪。那是一个求知欲汹涌勃发的年龄，不必名著佳篇，随便一本稍微有趣的读物就能点燃对书籍的强烈好奇。回想起来，使我发现书籍之可爱的不过是上小学时读到的一本普通的儿童读物，那里面讲述了一个淘气孩子的种种恶作剧，逗得我不停地捧腹大笑。从此以后，我对书不再是视若不见，而是刮目相看了，我眼中有了一个书的世界，看得懂看不懂的书都会使我眼馋心痒，我相信其中一定藏着一些有趣的事情，等待我去见识。随着年龄增长，所感兴趣的书的种类当然发生了很大的变化，对书的兴趣则始终不衰。现在我觉得，一个人读什么书诚然不是一件次要的事情，但前提还是要有读书的爱好，而只要真正爱读书，就迟早会找到自己的书中知己的。

读书的癖好与所谓刻苦学习是两回事，它讲究的是趣味。所以，一个认真做功课和背教科书的学生、一个埋头从事专业研究的学者，都称不上是有读书癖的人。有读书癖的人所读之书必不限于功课和专业，毋宁说更爱读课外和专业之外的书籍，也就是所谓闲书。当然，这并不妨碍他对自己的专业发生浓厚的兴趣，做出伟大的成就。英国哲学家罗素便是一个在自己的专业上做出了伟大的成就的人，然而，正是他最热烈地提倡青年人多读"无用的书"。其实，读"有用的书"即教科书和专业书固然有其用途，可以获得立足于社会的职业技能，但是读"无用的书"也并非真的无用，那恰恰是一个人精神生长的领域。从中学到大学到研究生，我从来不是一个很用功的学生，上课偷读课外书乃至逃课是常事。我相信许多人在回首往事时会和我有同感：一个人的成长基本上得益于自己读书，相比之下，课堂上的收获显得微不足道。我不想号召现在的学生也逃课，但我国的教育现状确实令人担忧。中小学本是培养对读书的爱好的关键时期，而现在的中小学教育却以升学率为唯一追求目标，为此不惜将超负荷的功课加于学生，剥夺其课外阅读的时间，不知扼杀了多少孩子现在和将来对读书的爱好。

那么，一个人怎样才算养成了读书的癖好呢？我觉得倒不在于读书破万卷，一头扎进书堆，成为一个书呆子。重要的是一种感觉，即读书已经成为生活的基本需要，不读书就会感到欠缺和不安。宋朝诗人黄山谷有一句名言："三日不读书，便觉语言无味，面目可憎。"林语堂解释为：你三日不读书，别人就会觉得你语言无味，面目可憎。这当然也说得通，一个不爱读书的人往往是乏味的因而不让人喜欢的。不过，我认为这句话主要还是说自己的感觉：三日不读书，你就会自惭形秽，羞于对人说话，觉得没脸见人。如果你有这样的感觉，你就必定是个有读书癖的人了。

有一些爱读书的人，读到后来，有一天自己会拿起笔来写书，我也是其中之一。所以，我现在成了一个作家，也就是以写作为生的人。我承认我从写作中也获得了许多快乐，但是，这种快乐并不能代替读书的快乐。有时候我还觉得，写作侵占了我的读书的时间，使我蒙受了损失。写作毕竟是一种劳动和支出，而读书纯粹是享受和收入。我向自己发愿，今后要少写多读，人生几何，我不该亏待了自己。

阅读的快乐

| | | | | | | | | | | | |

青春期是人生最美妙的时期。恋爱是青春期最美妙的事情。我说的恋爱是广义的，不只是对异性的憧憬和眷恋，随着春心萌动，少男少女对世界和人生都是一种恋爱的心情，眼中的一切都闪放着诱人的光芒。在这样的心情中，一个人有幸接触到书的世界，就有了青春期最美妙的恋爱——青春期的阅读。

青春期的阅读真正具有恋爱的性质，那样如痴如醉，充满着奇遇和单纯的幸福。人的一生中，以后再不会有如此纯洁而痴迷的阅读了，成年人的阅读几乎不可避免地被功利、事务、疲劳损害。但是，倘若从来不曾有过青春期的阅读，结果是什么，你们看一看那些走出校门后不再读书的人就知道了。

对我们影响最大的书往往是我们年轻时读的某一本书，它的力量多半不源于它自身，而源于它介入我们生活的那个时机。那是一个最容易受影响的年龄，我们好歹要崇拜一个什么人，如果没有，就崇拜一本什么书。后来重读这本书，我们很可能会对它失望，并且诧异当初它何以使自己如此心醉神迷。但我们不必惭愧，事实上那是我们的精神初恋，而初恋对象不过是把我们引入精神世界的一个诱因罢了。当然，同时它也是一个征兆，我们早期着迷的书的性质大致显示了我们的精神类型，预示了我们后来精神生活的走向。

年长以后，书对我们很难再有这般震撼效果了。无论多么出色的书，我们和它都保持着一个距离。或者是我们的理性已经足够成熟，或者是我们的情感已经足够迟钝，总之我们已经过了精神初恋的年龄。

阅读不但可以养心，而且可以养生，使人心宽体健。人的身体在很大程度上受心灵支配，忧虑往往致病，心态好是最好的养生。爱阅读的人，内心充实宁静，不会陷入令人烦恼焦虑的世事纷争之中。大学者中多寿星，原因就在于此。

阅读还可以救生，为人解惑消灾。人遇事之所以想不开，寻短见，是因为坐井观天，心胸狭窄。爱阅读的人，眼界开阔，一览众山小，比较容易超脱人生中一时一地的困境。

阅读甚至可以优生，助人教子育人。父母爱阅读，会在家庭中形成良好的文化氛围，对子女产生不教之教的熏陶作用。相反，父母自己不读书，却逼迫孩子用功，一定事倍功半。

智力活跃的青年并不天然地拥有心智生活，他的活跃的智力需要得到鼓励，而正是通过读那些使他品尝到了智力快乐和心灵愉悦的好书，他被引导进入了作为一个整体的人类心智生活之中。

一个人仅仅有了大学本科或研究生学历，或者有了某个领域的知识，他还不能算是知识分子。依我之见，唯有真正品尝到了智力生活的快乐，从此热爱智力生活，养成智力活动的习惯，一辈子也改不掉了，让他不学习不思考他就难受，这样的人才叫知识分子。

喜欢学习，并且能够按照自己的兴趣安排自己的学习，这就是好的智力素质。我深信，具有这样素质的学生不管是否考进了名校，将来都会有出息。

真正的阅读必须有灵魂的参与，它是一个人的灵魂在一个借文字符号构筑的精神世界里的漫游，是在这漫游途中的自我发现和自我成长，因而是一种个人化的精神行为。

严格地说，好读书和读好书是一回事，在读什么书上没有品位的人是谈不上好读书的。所谓品位，就是能够通过阅读而过一种心智生活，使你对世界和人生的思索始终处在活泼的状态。世上真正的好书，都应该能够产生这样的作用，而不只是向你提供信息或者消遣。

藏书多得一辈子读不完，可是，一见好书或似乎好的书，还是忍不住要买，仿佛能够永远活下去读下去似的。

嗜好往往使人忘记自己终有一死。

世人不计其数，知己者数人而已，书籍汪洋大海，投机者数本而已。

我们既然不为只结识总人口中一小部分而遗憾，那么也就不必为只读过全部书籍中一小部分而遗憾了。

好读书和好色有一个相似之处，就是不求甚解。

我承认我从写作中也获得了许多快乐，但是，这种快乐并不能代替读书的快乐。

我衡量一本书对于我的价值的标准是：读了它之后，我自己是否也遏制不住地想写点什么，哪怕我想写的东西表面上与它似乎全然无关。它给予我的是一种氛围、一种心境，使我仿佛置身于一种合宜的气候里，心中潜藏的种子因此发芽破土了。

有的书会唤醒我的血缘本能，使我辨认出我的家族渊源。书籍世界里是存在亲族谱系的，同谱系中的佼佼者既让我引以自豪，也刺激起了我的竞争欲望，使我也想为家族争光。

我在生活、感受、思考，把自己意识到的一些东西记录了下来。更多的东西尚未被我意识到，它们已经存在，仍处在沉睡和混沌之中。读书的时候，因为共鸣，因为抗争，甚至因为走神，沉睡的被唤醒了，混沌的变清晰了。对我来说，读书的最大乐趣之一是自我发现，知道自己原来还有这么一些好东西。

我们读一本书，读到精彩处，往往情不自禁地要喊出声来：这是我的思想，这正是我想说的，被他偷去了！有时候真是难以分清，哪儿是作者的本意，哪儿是自己的混入和添加。沉睡的感受唤醒了，失落的记忆找回了，朦胧的思绪清晰了。其余一切，只是死的"知识"，也就是说，只是外在于灵魂有机生长过程的无机物。

读书的心情是因时因地而异的。有一些书，最适合于在羁旅中、在无所事事中、在远离亲人的孤寂中翻开。这时候，你会觉得，虽然有形世界的亲人不在你的身旁，但你因此得以和无形世界的亲人相逢了。在灵魂与灵魂之间必定也有一种亲缘关系，这种亲缘关系超越于种族和文化的差异，超越于生死，当你和同类灵魂相遇时，你的精神本能会立刻把它认出。

书籍少的时候，我们往往从一本书中读到许多东西。我们读到了书中有的东西，还读出了更多的书中没有的东西。

如今书籍愈来愈多，我们从书中读到的东西却愈来愈少。我们对书中有的东西尚且挂一漏万，更无暇读出书中没有的东西了。

读书犹如采金。有的人是沙里淘金，读破万卷，小康而已。有的人是点石成金，随手翻翻，便成巨富。

书籍是人类经典文化的主要载体。电视和网络更多地着眼于当下，力求信息传播的新和快，不在乎文化的积淀。因此，一个人如果主要甚至仅仅看电视和上网，他基本上就是一个没有文化的人。他也许知道天下许多奇闻八卦，但这些与他的真实生活毫无关系，与他的精神生长更毫无关系。一个不读书的人是没有根的，他对人类文化传统一无所知，本质上是贫乏和空虚的。我希望今天的青少年不要成为没有文化的一代人。

对今天青年人的一句忠告：多读书，少上网。你可以是一个网民，但你首先应该是一个读者。如果你不读书，只上网，你就真成一条网虫了。称网虫是名副其实的，整天挂在网上，看八卦，聊天，玩游戏，精神营养极度不良，长成了一条虫。

互联网是一个好工具，然而，要把它当工具使用，前提是你精神上足够强健。否则，结果只能是它把你当工具使用，诱使你消费，它赚了钱，你却被毁了。

愉快是基本标准

| | | | | | | | | | | | |

读了大半辈子书，倘若有人问我选择书的标准是什么，我一定会毫不犹豫地回答：愉快是基本标准。一本书无论专家们说它多么重要，排行榜说它多么畅销，如果读它不能使我感到愉快，我就宁可不去读它。

人做事情，或是出于利益，或是出于性情。出于利益做的事情，当然就不必太在乎是否愉快。我常常看见名利场上的健将一面叫苦不迭，一面依然奋斗不止，对此我完全能够理解。我并不认为他们的叫苦是假，因为我知道利益是一种强制力量，而就他们所做的事情的性质来说，利益的确比愉快更加重要。相反，凡是出于性情做的事情，亦即仅仅为了满足心灵而做的事情，愉快就都是基本的标准。属于此列的不仅有读书，还包括写作、艺术创作、艺术欣赏、交友、恋爱、行善等等，简言之，一切精神活动。如果在做这些事情时不感到愉快，我们就必须怀疑是否有利益的强制在其中起着作用，使它们由性情生活蜕变成了功利行为。

读书唯求愉快，这是一种很高的境界。关于这种境界，陶渊明做了最好的表述："好读书，不求甚解。每有会意，便欣然忘食。"不过，我们不要忘记，在《五柳先生传》中，这句话前面的一句话是："闲静少言，不慕荣利。"可见要做到出于性情而读书，其前提是必须有真性情。那些躁动不安、事事都想发表议论的人，那些渴慕荣利的人，一心以求解的本领和真理在握的姿态夸耀于人，哪里肯甘心于自个儿会意的境界。

以愉快为基本标准，这也是在读书上的一种诚实的态度。无论什么书，只有你读时感到了愉快，使你产生了共鸣和获得了享受，你才应该承认它对于你是一本好书。在这一点上，毛姆说得好："你才是你所读的书对于你的价值的最后评定者。"尤其是文学作品，本身并无实用，唯能使你的生活充实，而要做到这一点，前提是你喜欢读。没有人有义务必须读诗、小说、散文。哪怕是专家们同声赞扬的名著，如果你不感兴趣，便与你无干。不感兴趣而硬读，其结果只能是不懂装懂，人云亦云。相反，据我所见，凡是真正把读书当作享受的人，往往能够直抒己见。譬如说，蒙田就敢于指责柏拉图的《对话录》和西塞罗的著作冗长拖沓，坦然承认自己欣赏不了；博尔赫斯甚至把弥尔顿的《失乐园》和歌德的《浮士德》称作最著名的引起厌倦的方式，宣布乔伊斯作品的费解是作者的失败。这两位都是学者型的作家，他们的博学无人能够怀疑。我们当然不必赞同他们对于那些具体作品的意见，我只是想借此说明，以读书为乐的人必有自己鲜明的好恶，而且对此心中坦荡，不屑讳言。

我不否认，读书未必只是为了愉快，出于利益的读书也有其存在的理由，例如学生的做功课和学者的做学问。但是，同时我也相信，在好的学生和好的学者那里，愉快的读书必定占据着更大的比重。我还相信，与灌输知识相比，保护和培育读书的愉快是教育的更重要的任务。所以，如果一种教育使学生不能体会和享受读书的乐趣，反而视读书为完全的苦事，我们便可以有把握地判断它是失败了。

生 命 本 就 纯 真

留住那个心智觉醒的时刻

| | | | | | | | | | | | | |

一个五岁的男孩看见指南针不停转动，最后总是指向同一个方向。他心中顿时充满惊奇：没有一只手去拨动，怎么会发生这样的事呢？从这个时刻起，他相信事物中一定藏着某种秘密，等待着他去发现。爱因斯坦之成为伟大的科学家，就是从这个时刻开始的。在所有孩子的成长过程中，都会出现这样的时刻：好奇心觉醒了，面对成年人已经习以为常的世界，他们提出了绝大部分成年人没有想到也回答不了的问题。和好奇心一起，还有想象力和理解力、荣誉感和自尊心、心灵的快乐和痛苦……总之，人类精神的一切高贵禀赋也先后觉醒了。假如每个孩子生命中的这个时刻在日后都能延续下去，成为真正的起点，人类会拥有多少托尔斯泰、爱因斯坦、海德格尔啊。当然，这是不可能的，由于心智的惰性、教育的愚昧、功利的驱迫、生活的磨难等原因，对大多数人来说，儿童时代的这个时刻仿佛注定只是昙花一现，然后不留痕迹地消失了。但是，趁现在的孩子们正拥有着这个时刻，我们能否帮助他们尽可能多地留住它呢？

《诺贝尔奖获得者与儿童对话》所做的也许就是这样一件有意义的工作。不妨说，获奖者们正是一些幸运地留住了那个心智觉醒时刻的人，在那个时刻之后，他们没有停止提问和思考，终于找出了隐藏在事物中的某个或某些重大秘密。比如1986年物理学奖得主宾尼希，在他小时候，由于父母不让他随便打电话，他就自己想办法，用两个罐头盒和一根紧绷的长绳子制作了一部土电话机。当孩子们能够用它在相邻房间清楚地通话时，他品尝到了成功的巨大快乐。后来他因研制可以拍摄到原子结构的光栅隧道显微镜而得奖，我相信这一成果与那部土电话机之间一定存在着某种联系。伟大的创造之路往往始于童年的某个时刻，不但科学家如此，其他领域的精神创造者很可能也是如此。1997年文学奖得主达里奥·福是一位大剧作家，他从小就喜欢和两个弟弟一起演戏给别的孩子看，不过当时他并不把这看作戏剧，而只是当作游戏。正是根据亲身经历，对于"究竟是谁发明了戏剧"这个问题，他给出了一个意味深长的答案：是儿童发明的，没有游戏就不会有戏剧，剧作家和演员不过是把儿童的游戏当作职业干的人而已。

　　为什么天空是蓝的？为什么树叶是绿的？为什么我们忘记一些事情而不忘记另一些事情？为什么有男孩和女孩？为什么1+1=2？为什么有贫穷和富裕？为什么会有战争？……这些诺奖获得者所回答的问题似乎都属于"十万个为什么"的水平，可是，请仔细想一想，不必说孩子，有多少大人能够说清楚这些貌似简单的问题？他们的讲述还表明，他们每个人的特殊贡献往往就是建立在解决某一简单问题的基础之上的，是那个简单问题的延伸和深化。关于科学家工作的性质，1986年化学奖得主波拉尼有一个生动的说法：和小说家一样，科学家也是讲故事的人，他们用自己讲的故事来为看似杂乱的事物寻找一种联系，为原因不明的现象提供一种解释。的确，在一定意义上，一切创造活动都是针对问题讲故事，是把故事讲得令人信服的努力。譬如说，自然科学是针对自然界的问题讲故事，社会科学是针对社会的问题讲故事，文学艺术是针对人生的问题讲故事，宗教和哲学是针对终极问题讲故事。我由此想到，我们不但要鼓励孩子提问题，而且要鼓励他们针对自己提的问题讲故事，通过故事给问题一个解答。是对是错无所谓，只要是在动脑筋，就能使他们的思考力和想象力得到有效的锻炼。

请诺奖获得者与儿童对话，这是一个有趣的构想。对诺奖获得者自己来说，这是向童年的回归，不管这些大师所发现的秘密在理论上多么复杂，现在都必须还原成儿童所能提出的原初的、看似简单的问题，仿佛要向那个儿童时代的自己做一个明白的交代。对读这本书的孩子们来说，这是很及时的鼓励，他们也许会发现，那些在成年人世界里备受敬仰的大师离他们却非常近，其实都是一些喜欢想入非非的大孩子。这本书当然未必能指导哪一个孩子在将来获得诺贝尔奖，但它可能会帮助许多孩子获得比诺贝尔奖更加宝贵的东西，那就是对提问权利的坚持、对真理的热爱和永不枯竭的求知欲，有了这些东西，他们就能够成长为拥有内在的富有和尊严的真正的人。

08

读永恒的书

生 命 本 就 纯 真

读永恒的书

| | | | | | | | | | | |

　　人类所创造的精神财富是通过各种物质形式得以保存的，其中最重要的一种形式就是文字。因而，在我们日常的精神活动中，读书便占据着很大的比重。据说最高的境界是无文字之境，真正的高人如同村夫野民一样是不读人间之书的，这里姑且不论。一般而言，我们很难想象一个关注精神生活的人会对书籍毫无兴趣。尤其在青少年时期，心灵世界的觉醒往往会表现为一种勃发的求知欲，对书籍产生热烈的向往。"我扑在书籍上，就像饥饿的人扑在面包上一样。"高尔基回忆他的童年时所说的这句话，非常贴切地表达了读书欲初潮来临的心情。一个人在早年是否经历过这样的来潮，在一定程度上透露和预示了他的精神素质。

　　然而，古今中外，书籍不计其数，该读哪些书呢？从精神生活的角度出发，我们也许可以极粗略地把天下的书分为三大类：一是完全不可读的书，这种书只是外表像书罢了，实际上是毫无价值的印刷垃圾，不能提供任何精神的启示、艺术的欣赏或有用的知识。在今日的市场上，这种以书的面目出现的假冒伪劣产品比比皆是。二是可读可不读的书，这种书读了也许不无益处，但不读肯定不会造成重大损失和遗憾。世上的书，大多属于此类。我把一切专业书籍也列入此类，因为它们只对有关的专业人员才可能是必读书，对于其余人却是不必读的，至多是可读可不读的。三是必读的书。所谓必读，是就精神生活而言，即每一个关心人类精神历程和自身生命意义的人都应该读，不读便会是一种欠缺和遗憾。

应该说，这第三类书在书籍的总量中只占极少数，但绝对量仍然非常大。它们实际上是指人类文化宝库中的那些不朽之作，即所谓经典名著。对于这些伟大作品不可按学科归类，不论它们是文学作品还是理论著作，都必定表现了人类精神的某些永恒内涵，因而具有永恒的价值。在此意义上，我称它们为永恒的书。要确定这类书的范围是一件难事，事实上不同的人就此开出的书单一定会有相当的出入。不过，只要开书单的人确有眼光，就必定会有一些最基本的好书被共同选中。例如，他们绝不会遗漏掉《论语》《史记》《红楼梦》这样的书，柏拉图、莎士比亚、托尔斯泰这样的作家。

在我看来，真正重要的倒不在于你读了多少名著、古今中外的名著是否读全了，而在于要有一个信念，便是非最好的书不读。有了这个信念，即使你读了许多并非最好的书，你仍然会逐渐找到那些真正属于你的最好的书，并且成为它们的知音。事实上，对每个具有独特个性和追求的人来说，他的必读书的书单绝非照抄别人的，而是在他自己阅读的过程中形成的，这个书单本身也体现出了他的个性。正像罗曼·罗兰在谈到他所喜欢的音乐大师时说的："现在我有我的贝多芬了，犹如已经有了我的莫扎特一样。一个人对他所爱的历史人物都应该这样做。"

费尔巴哈说：人就是他所吃的东西。至少就精神食物而言，这句话是对的。从一个人的读物大致可以判断他的精神品级。一个在阅读和沉思中与古今哲人文豪倾心交谈的人，与一个只读明星逸闻和凶杀故事的人，他们当然有着完全不同的内心世界。我甚至要说，他们也是生活在完全不同的外部世界上，因为世界本无定相，它对于不同的人呈现不同的面貌。列车上、地铁里，我常常看见人们捧着形形色色的小报，似乎读得津津有味，心中不免为他们惋惜。天下好书之多，一辈子也读不完，岂能把生命浪费在读这种无聊的东西上。我不是故作清高，其实我自己也曾拿这类流行报刊来消遣，但结果总是后悔不已。读了一大堆之后，只觉得头脑里乱糟糟又空洞洞，没有得到任何有价值的东西。歌德做过一个试验，半年不读报纸，结果他发现，与以前天天读报相比，没有任何损失。所谓新闻，大多是过眼烟云的人闹的一点过眼烟云的事罢了，为之浪费只有一次的生命确实是不值得的。

直接读原著

| | | | | | | | | | | | | |

　　叔本华在《作为意志和表象的世界》第二版序中说："只有从那些哲学思想的首创人那里，人们才能接受哲学思想。因此，谁要是向往哲学，就得亲自到原著那肃穆的圣地去找永垂不朽的大师。"对于每一个有心学习哲学的人，我要向他推荐叔本华的这一指点。

　　叔本华是在谈到康德时说这句话的。在康德死后两百年，我们今天已经能够看明白，康德在哲学中的作用真正是划时代的，根本扭转了西方哲学的发展方向。近两百年西方哲学的基调是对整个两千年西方形而上学传统的反省和背叛，而这个调子是康德一锤敲定的。叔本华从事哲学活动时，康德去世不久，但他当时即已深切地感受到康德哲学的革命性影响。用他的话说，那种效果就好比给盲人割治翳障的手术，又可看作"精神的再生"，因为它"真正排除掉了头脑中那天生的、从智力的原始规定而来的实在论"，这种实在论"能教我们搞好一切可能的事情，就只不能搞好哲学"。使他恼火的是，当时在德国占据统治地位的是黑格尔哲学，青年们的头脑已被其败坏，无法再追随康德的深刻思路。因此，他号召青年们不要从黑格尔派的转述中，而要从康德的原著中去了解康德。

叔本华一生备受冷落，他的遭遇与和他同时代的官方头号哲学家黑格尔适成鲜明对照。但是，因此把他对黑格尔的愤恨完全解释成个人的嫉妒，我认为是偏颇的。由于马克思的黑格尔派渊源，我们对于黑格尔哲学一向高度重视，远在康德之上。这里不是讨论这个复杂问题的地方，我只想指出，至少叔本华的这个意见是对的：要懂得康德，就必须去读康德的原著。广而言之，我们要了解任何一位大哲学家的思想，都必须直接去读原著，而不能通过别人的转述，哪怕这个别人是这位大哲学家的弟子、后继者或者研究他的专家和权威。我自己的体会是，读原著绝对比读相关的研究著作有趣，在后者中，一种思想的原创力量和鲜活生命往往被消解了，只剩下了一副骨架、躯体某些局部的解剖标本，以及对于这些标本的博学而冗长的说明。

常常有人问我，学习哲学有什么捷径，我的回答永远是：有的，就是直接去读大哲学家的原著。之所以说是捷径，是因为这是唯一的途径，走别的路只会离目的地越来越远，最后还是要回到这条路上来。能够回来算是幸运的呢，常见的是丧失了辨别力，从此迷失在错误的路上了。有一种普遍的误解，即认为可以从各种哲学教科书中学到哲学，似乎哲学最重要最基本的东西都已经集中在那些教科书里了。事实恰恰相反，且不说那些从某种确定的教条出发论述哲学和哲学史的教科书，它们连转述也称不上，我们从中所能读到的东西和哲学毫不相干。即使是那些认真的教科书，我们也应记住，它们至多是转述，由于教科书必然要涉及广泛的内容，其作者不可能阅读全部的相关原著，因此它们常常还是转述的转述。一切转述都必定受转述者的眼界和水平限制，在第二手乃至第三手、第四手的转述中，思想的原创性递减，平庸性递增，这么简单的道理应该是无须提醒的吧。

哲学的精华仅仅在大哲学家的原著中。如果让我来规划哲学系的教学，我会把原著选读列为唯一的主课。当然，历史上有许多大哲学家，一个人要把他们的原著读遍，几乎是不可能的，也是不必要的。以一本简明而客观的哲学史著作为入门索引，浏览一定数量的基本原著，这个步骤也许是省略不掉的。在这过程中，如果没有一种原著引起你的相当兴趣，你就趁早放弃哲学，因为这说明你压根儿对哲学就没有兴趣。倘非如此，你对某一个大哲学家的思想产生了真正的兴趣，那就不妨深入进去。可以期望，无论那个大哲学家是谁，你都将能够通过他而进入哲学的堂奥。不管大哲学家们如何观点相左、个性各异，他们中的每一个人都必能把你引到哲学的核心，即被人类所有优秀的头脑思考过的那些基本问题，否则就称不上大哲学家了。

叔本华有一副愤世嫉俗的坏脾气，他在强调读原著之后，接着就对只喜欢读第二手转述的公众开骂，说由于"平庸性格的物以类聚"，所以"即令是伟大哲人所说的话，他们也宁愿从自己的同类人物那儿去听取"。在我们的分类表上，叔本华一直是被排在坏蛋那一边的，加在他头上的恶名就不必细数了。他肯定不属于最大的哲学家之列，但算得上是比较大的哲学家。如果我们想真正了解他的思想，直接读原著的原则同样适用。尼采读了他的原著，说他首先是一个真实的人。他自己也表示，他是为自己而思考，决不会把空壳核桃送给自己。我在他的著作中的确捡到了许多饱满的核桃，如果听信教科书中的宣判而不去读原著，把它们错过了，岂不可惜。

生　命　本　就　纯　真

与大师为友

| | | | | | | | | | | |

费尔巴哈说：人就是他所吃的东西。至少就精神食物而言，这句话是对的。从一个人的读物大致可以判断他的精神品级。一个在阅读和沉思中与古今哲人文豪倾心交谈的人，与一个只读明星逸闻和凶杀故事的人，他们当然有着完全不同的内心世界。我甚至要说，他们也是生活在完全不同的外部世界上，因为世界本无定相，它对于不同的人呈现不同的面貌。

有人问一位登山运动员为何要攀登珠穆朗玛峰，得到的回答是："因为它在那里。"别的山峰不存在吗？在他眼里，它们的确不存在，他只看见那座最高的山。爱书者也应该有这样的信念：非最好的书不读。让我们去读最好的书吧，因为它在那里。

攀登大自然的高峰，我们才能俯视大千世界，一览众山小。阅读好书的效果与此相似，伟大的灵魂引领我们登上精神的高峰，超越凡俗生活，领略人生天地的辽阔。

要读好书，一定要避免读坏书。所谓坏书，主要是指那些平庸的书。读坏书不但没有收获，而且损害莫大。一个人平日读什么书，会在内听觉中形成一种韵律，当他写作的时候，他就会不由自主地跟着这韵律走。因此，大体而论，读书的档次决定了写作的档次。

优秀的书籍组成了一个伟大宝库，它就在那里，属于一切人而又不属于任何人。你必须走进去，自己去占有适合于你的那一份宝藏，而阅读就是占有的唯一方式。对没有养成阅读习惯的人来说，它等于不存在。人们孜孜于享用人类的物质财富，却自动放弃了享用人类精神财富的权利，竟不知道自己蒙受了多么大的损失。

人类历史上产生了这样一些著作，它们直接关注和思考人类精神生活的重大问题，因而是人文性质的，同时其影响得到了许多世代的公认，已成为全人类共同的财富，因而又是经典性质的。我们把这些著作称作人文经典。在人类精神探索的道路上，人文经典构成了一种伟大的传统，任何一个走在这条路上的人都无法忽视其存在。

人文经典是一座圣殿，它就在我们身边，一切时代的思想者正在那里聚会，我们只要走进去，就能聆听到他们的嘉言隽语。就最深层的精神生活而言，时代的区别并不重要，无论是两千年前的先贤，还是近百年来的今贤，都同样古老，也都同样年轻。

我要庆幸世上毕竟有真正的好书，它们真实地记录了那些优秀灵魂的内在生活。不，不只是记录，当我读它们的时候，我鲜明地感觉到，作者在写它们的同时就是在过一种真正的灵魂生活。这些书多半是沉默的，可是我知道它们存在着，等着我去把它们一本本打开，无论打开哪一本，都必定会是一次新的难忘的经历。读了这些书，我仿佛结识了一个个不同的朝圣者，他们走在各自的朝圣路上。

一个人的阅读趣味大致规定了他的精神品位，而纯正的阅读趣味正是在读好书中养成的。

读这些永恒的书，做一个纯粹的人。

读大师的书，走自己的路。

有的人生活在时间中，与古今哲人贤士相晤谈。有的人生活在空间中，与周围邻人俗士相往还。

大师绝对比追随者可爱无比也更加平易近人，直接读原著是通往智慧的捷径。这就像在现实生活中，真正的伟人总是比那些包围着他们的秘书和仆役更容易接近，困难恰恰在于怎样冲破那些小人物的阻碍。可是，在阅读中不存在这样的阻碍，经典名著就在那里，任何人想要翻开都不会遭到拒绝，那些爱读二三手解读类、辅导类读物的人其实是自甘于和小人物周旋。

自我是一个凝聚点。不应该把自我溶解在大师们的作品中，而应该把大师们的作品吸收到自我中来。对自我来说，一切都只是养料。

怎么读大师的书？我提倡的方法是：不求甚解，为我所用。

不求甚解，就是用读闲书的心情读，不被暂时不懂的地方卡住，领会其大意即可。这是一个受熏陶的过程，在此过程中，你用来理解大师的资源——人文修养——在积累，总有一天会发现，你读大师的书真的像读闲书一样轻松愉快了。

为我所用，就是不死抠所谓的原意，只把大师的书当作自我生长的养料，你觉得自己在精神上有所感悟和提高就可以了。你的收获不是采摘某一个大师的果实，而是结出你自己的果实。

经典和我们

| | | | | | | | | | | | |

　　我的读书旨趣，第一是把人文经典当作主要读物，第二是用轻松的方式来阅读。

　　读什么书，取决于为什么读。人之所以读书，无非有三种目的。一是为了实际的用途，例如因为职业的需要而读专业书籍，因为日常生活的需要而读实用知识。二是为了消遣，用读书来消磨时光，可供选择的有各种无用而有趣的读物。三是为了获得精神上的启迪和享受，如果是出于这个目的，我觉得读人文经典是最佳选择。

　　认真地说，并不是随便读点什么都能算是阅读的。譬如说，我不认为背功课或者读时尚杂志是阅读。真正的阅读必须有灵魂的参与，它是一个人的灵魂在一个借文字符号构筑的精神世界里的漫游，是在这漫游途中的自我发现和自我成长，因而是一种个人化的精神行为。什么样的书最适合于这样的精神漫游呢？当然是经典，只要我们翻开它们，便会发现里面藏着一个个既独特又完整的精神世界。

　　一个人如果并无精神上的需要，读什么倒是无所谓的，否则就必须慎于选择。也许没有一个时代拥有像今天这样多的出版物，然而，很可能今天的人们比以往任何时候都阅读得少。在这样的时代，一个人尤其必须懂得拒绝和排除，才能够进入真正的阅读。这是我主张坚决不读二三流乃至不入流读物的理由。

图书市场上有一件怪事，别的商品基本上是按质论价，唯有图书不是。同样厚薄的书，不管里面装的是垃圾还是金子，价钱都差不多。更怪的事情是，人们宁愿把可以买回金子的钱用来买垃圾。至于把宝贵的生命耗费在垃圾上还是金子上，其间的得失就完全不是钱可以衡量的了。

古往今来，书籍无数，没有人能够单凭一己之力从中筛选出最好的作品来。幸亏我们有时间这位批评家，虽然它也未必绝对智慧和公正，但很可能是一切批评家中最智慧和最公正的一位，多么独立思考的读者也不妨听一听它的建议。所谓经典，就是时间这位批评家向我们提供的建议。

对经典也可以有不同的读法。一个学者可以把经典当作学术研究的对象，对某部经典或某位经典作家的全部著作下考证和诠释的功夫，从思想史、文化史、学科史的角度进行分析。这是学者的读法。但是，如果一部经典只有这一种读法，我就要怀疑它作为经典的资格，就像一个学者只会用这一种读法读经典，我就要断定他不具备大学者的资格一样。唯有今天仍然活着的经典才配叫作经典，它们不但属于历史，而且超越历史，仿佛有一颗不死的灵魂在其中永存。正因为如此，在阅读它们时，不同时代的个人都可能感受到一种灵魂觉醒的惊喜。在这个意义上，经典属于每一个人。

作为普通人，我们如何读经典？我的经验是，无论《论语》还是《圣经》，无论柏拉图还是康德，不妨就当作闲书来读。也就是说，阅读的心态和方式都应该是轻松的。千万不要端起做学问的架子，刻意求解。读不懂不要硬读，先读那些读得懂的、能够引起自己兴趣的著作和章节。这里有一个浸染和熏陶的过程，所谓人文修养就是这样熏染出来的。在不实用而有趣这一点上，读经典的确很像是一种消遣。事实上，许多心智活泼的人正是把这当作最好的消遣的。能否从阅读经典中感受到精神的极大愉悦，这差不多是对心智品质的一种检验。不过，也请记住，经典虽然属于每一个人，但永远不属于大众。我的意思是说，读经典的轻松绝对不同于读大众时尚读物的那种轻松。每一个人只能作为有灵魂的个人，而不是作为无个性的大众，才能走到经典中去。如果有一天你也陶醉于阅读经典这种美妙的消遣，你就会发现，你已经距离一切大众娱乐性质的消遣多么遥远。

经典是人类精神财富的一个宝库，它就在我们身旁，其中的财富属于我们每一个人。阅读经典，就是享用这笔宝贵的财富。凡是领略过此种享受的人都一定会同意，倘若一个人活了一生一世，从未踏进这个宝库，那是遭受了多么巨大的损失啊。

与书结缘

Ⅰ Ⅰ Ⅰ Ⅰ Ⅰ Ⅰ Ⅰ Ⅰ Ⅰ Ⅰ Ⅰ Ⅰ

我此生与书有缘，在书中度过了多半的光阴。不过，结缘的开端似乎不太光彩。那是上小学的时候，在老师号召下，班上同学把自己的图书凑集起来，放在一只箱子里，办起了一个小小图书馆。我从中借了一本书，书中主人公是一个喜欢恶作剧的男孩，诸如把苍蝇包在包子里给人吃之类，我一边看，一边笑个不停。我实在太想拥有这本有趣的书了，还掉后又把它偷了出来。从此以后，我对书产生了浓厚的兴趣，每一本书，不管是否读得懂，都使我神往，我相信其中一定藏着一些有趣的或重要的东西，等待我去把它们找出来。

小学六年级时，我家搬到了人民公园附近，站在窗前，可以望见耸立在公园背后的大自鸣钟。上海图书馆的这个标志性建筑对于我充满了诱惑力，我常常不由自主地走到那里，在图书馆的院子里徘徊，有一天终于鼓起勇气朝楼里走，却被挡驾了。按照规定，儿童身高一米四五以上才能进阅览室，我当时十岁，个儿小，还差得远。小学刚毕业，拿到了考初中的准考证，听说凭这个证件就可以进到楼内，我喜出望外。整个暑假，我几乎天天坐在上海图书馆的阅览室里看书。我喜欢阅览室里的气氛，寂静笼罩之下，一张张宽大的桌子旁，互不相识的人们专心读着不同的书，彼此之间却仿佛有着一种神秘的联系。这是知识的圣殿，我为自己能够进入这个圣殿而自豪。

我仍渴望占有自己所喜欢的书，毕竟懂事了，没有再偷，而是养成了买书的癖好。初中三年级时，我家搬迁，从家到学校乘电车有五站地，只花四分钱，走路要用一小时。由于家境贫寒，父亲每天只给我四分钱的单程车费，我连这钱也舍不得花，总是徒步往返。路途的一长段是繁华的南京西路，放学回来正值最热闹的时候，两旁橱窗里的商品琳琅满目，但我心里惦记着这一段路上的两家旧书店，便以目不旁视的气概勇往直前。这两家旧书店是物质诱惑的海洋中的两座精神灯塔，我每次路过必进，如果口袋里的钱够，就买一本我看中的书。当然，经常的情形是看中了某一本书，但钱不够，于是我不得不天天去看那本书是否还在，直到攒够了钱把它买下才松一口气。读高中时，我住校，从家到学校要乘郊区车，往返票价五角。我每两周回家一次，父亲每月给我两元钱，一元乘车，一元零用。这使我在买书时仿佛有了财大气粗之感，为此总是无比愉快地跋涉在十几公里的郊区公路上。

回想起来，从中学开始，我就已经把功课看得很次要，而把主要的精力用于读课外书。我是在上海中学读的高中，学校阅览室的墙上贴着高尔基的一句语录："我扑在书本上，就像饥饿的人扑在面包上一样。"这句话对于当时的我独具魔力，它如此贴切地表达了一个饥不择食的少年人的心情和状态，使我永远记住了它。不过，虽然我酷爱读书，却并不知道该读什么书，始终是在黑暗中摸索。直到进了北京大学，在郭沫若的儿子郭世英影响下，我才开始大量阅读世界文学名著。一开始是俄国文学，把屠格涅夫、托尔斯泰、陀思妥耶夫斯基的中译本都读了，接着是西方文学和哲学，一发而不可收。我永远感谢我的这位不幸早逝的朋友，在我求知欲最旺盛的时候，他做了我的引路人，把我带到了世界文化宝库的大门前。那一年我十七岁，在我与书结缘的历史上，这是一个转折点。一个人一旦走进宝库，看见过了真正的珍宝，他就获得了基本的鉴赏力，懂得区分宝物和垃圾了。在那以后，我仿佛逐渐拥有了一种内在的嗅觉，能够嗅出一本书的优劣，本能地拒斥那些平庸的书，不肯再为它们浪费宝贵的光阴了。

我的读书旨趣有三个特点。第一，虽然我的专业是哲学，但我的阅读范围不限于哲学，始终喜欢看"课外书"，而我从文学作品和各类人文书籍中同样学到了哲学。第二，虽然我的阅读范围很宽，但对书籍的选择却很挑剔，以读经典名著为主，其他的书只是随便翻翻，对媒体宣传的畅销书完全不予理睬。第三，虽然读的是经典名著，但我喜欢把它们当作闲书来读，不端做学问的架子，而我确实在读经典名著中得到了最好的消遣。

直接与大师交流，结识和欣赏人类历史上那些最优秀的灵魂，真是人生莫大的享受。有时候，我会拿起笔来，写下自己的收获，这就是我的写作。所以，我的写作实际上是我的阅读的一个延伸。曾有人问我，阅读和写作在我的生活中各扮演什么角色，我脱口说：阅读是我的情人，写作是我的妻子。事后一想，对这句话可有多种理解。妻子是由情人转变过来的，我的写作是由我的阅读转变过来的，这是一解。阅读是浪漫的精神游历，写作是日常的艰苦劳动，这又是一解。最后，鉴于写作已成为我的职业，我必须警惕不让它排挤掉阅读的时间，倘若我写得多读得少，甚至只写不读，我的写作就会沦为毫无生气的职业习惯，就像没有爱情的婚姻一样。对我来说，这是最重要的一解，我要铭记不忘。

生 命 本 就 纯 真

做一个真正的读者

| | | | | | | | | | | |

　　读者是一个美好的身份。每个人在一生中会有各种其他的身份，例如学生、教师、作家、工程师、企业家等，但是，如果不同时也是一个读者，这个人就肯定存在着某种缺陷。一个不是读者的学生，不管他考试成绩多么优秀，本质上不是一个优秀的人才。一个不是读者的作家，我们有理由怀疑他作为作家的资格。在很大程度上，人类精神文明的成果是以书籍的形式保存的，而读书就是享用这些成果并把它们据为己有的过程。质言之，做一个读者，就是加入到人类精神文明的传统中去，做一个文明人。在某种意义上，一个民族的精神素质取决于人口中高趣味读者的比例。相反，对不是读者的人来说，凝聚在书籍中的人类精神财富等于不存在，他们不去享用和占有这笔宝贵的财富，一个人唯有在成了读者以后才会知道，这是多么巨大的损失。历史上有许多伟大的人物，在他们众所周知的声誉背后，往往有一个人所不知的身份，便是终身读者，即一辈子爱读书的人。

　　然而，一个人并不是随便读点什么就可以称作读者的。在我看来，一个真正的读者应该具备以下特征——

第一，养成了读书的癖好。也就是说，读书成了生活的必需，真正感到不可缺少，几天不读书就寝食不安，自惭形秽。如果你必须强迫自己才能读几页书，你就还不能算是一个真正的读者。当然，这种情形绝非刻意为之，而是自然而然的，是品尝到了阅读的快乐之后的必然结果。事实上，每个人天性中都蕴含着好奇心和求知欲，因而都有可能依靠自己去发现和领略阅读的快乐。遗憾的是，当今功利至上的教育体制正在无情地扼杀人性中这种最宝贵的特质。在这种情形下，我只能向有识见的教师和家长反复呼吁，请你们尽最大可能保护孩子的好奇心，能保护多少是多少，能抢救一个是一个。我还要提醒那些聪明的孩子，在达到一定年龄之后，你们要善于向现行教育争自由，学会自我保护和自救。

第二，形成了自己的读书趣味。世上书籍如汪洋大海，再热衷的书迷也不可能穷尽，只能尝其一瓢，区别在于尝哪一瓢。读书是一件非常私人的事情，喜欢读什么书，不论范围是宽是窄，都应该有自己的选择，体现了自己的个性和兴趣。其实，形成个人趣味与养成读书癖好是不可分的，正因为找到了和预感到了书中知己，才会锲而不舍，欲罢不能。没有自己的趣味，仅凭道听途说东瞧瞧，西翻翻，连兴趣也谈不上，遑论癖好。针对当今图书市场的现状，我要特别强调，千万不要追随媒体的宣传只读一些畅销书和时尚书，倘若那样，你绝对成不了真正的读者，永远只是文化市场上的消费大众而已。须知时尚和文明完全是两回事，一个受时尚支配的人仅仅生活在事物的表面，貌似前卫，本质上却是一个野蛮人，唯有扎根于人类精神文明土壤中的人才是真正的文明人。

第三，有较高的读书品位。一个真正的读者具备基本的判断力和鉴赏力，仿佛拥有一种内在的嗅觉，能够嗅出一本书的优劣，本能地拒斥劣书，倾心好书。这种能力部分来自阅读的经验，但更多源自一个人灵魂的品质。当然，灵魂的品质是可以不断提高的，读好书也是提高的途径，二者之间有一种良性循环的关系。重要的是一开始就给自己确立一个标准，每读一本书，一定要在精神上有收获，能够进一步开启你的心智。只要坚持这个标准，灵魂的品质和对书的判断力就自然会同步得到提高。一旦你的灵魂足够丰富和深刻，你就会发现，你已经上升到了一种高度，不再能容忍那些贫乏和浅薄的书了。

能否成为一个真正的读者，青少年时期是关键。经验证明，一个人在这个时期倘若没有养成读好书的习惯，以后再要培养就比较难了，倘若养成了，则必定终身受用。青少年对未来有种种美好的理想，我对你们的祝愿是，在你们的人生蓝图中千万不要遗漏了这一种理想，就是立志做一个真正的读者、一个终身读者。

名著在名译之后诞生

| | | | | | | | | | | |

当今图书市场上的一个显著现象是，由于世界文学经典名著已无版权问题，出版成本低，而对这类书的需求又是持续不断的，销售有保证，因此，为了赚取利润，许多书商包括一些出版社匆忙上阵，纷纷组织对原著毫无研究的译手快速制作，甚至抄袭拼凑，出现了大量选题重复、粗制滥造的所谓名著译本。问题的严重性在于，这些粗劣制品的泛滥必定会对大批青少年读者造成误导，甚至从此堵塞了他们走向真正的世界文学的道路。

从什么样的译本读名著，这可不是一件小事。在一定的意义上可以说，名著是在名译之后诞生的。当然，这不是说，在有好的中译本之前，名著在作者自己的国家和在世界上也不存在。然而，确确实实的，对不能直接读原著的读者来说，任何一部名著都是在有了好译本之后才开始存在的。譬如说，有了朱生豪的译本，莎士比亚才在中国诞生；有了傅雷的译本，罗曼·罗兰才在中国诞生；有了叶君健的译本，安徒生才在中国诞生；有了汝龙的译本，契诃夫才在中国诞生，如此等等。毫无疑问，有了名译并不意味着不能再有新的译本，只要新的译本真正好，仍会得到公认而成为新的名译，例如在朱生豪之后，梁实秋所译的莎士比亚，在郭沫若之后，绿原所译的《浮士德》，也都同样成了名译。可是，我想特别强调的是，一部名著如果没有好的译本，却有了坏的译本，那么，它就不但没有在中国诞生，相反可以说是未出生就被杀死了。坏译本顶着名著的名义，实际上所展示的是译者自己的低劣水平，其后果正是剥夺了原著在读者心目中本应占有的光荣位置，代之以一个面目全非的赝品。尤其是一些现代名著，包括哲学社会科学方面的重要著作，到了某些译者手下竟成了完全不知所云的东西。遇见这种情形，我们可以有把握地断定，正由于这些译者自己读不懂原著，结果便把无人读得懂的译本给了大家。只要我们直接去读原著，一定会发现原著其实明白易懂得多。

一部译著之能够成为名译，绝不是偶然的。从前的译家潜心于翻译某一个作家的作品，往往是出于真正的喜爱乃至偏爱，以至于终生玩味之，不但领会其神韵，而且浸染其语言风格，所以能最大限度地提供汉语的对应物。傅雷有妙论：理想的译文仿佛是原作者的中文写作。钱锺书谈到翻译的"化"境时引述了一句话，与傅雷所言有异曲同工之妙：好的译作仿佛是原著的投胎转世。我想，之所以能够达于这个境界，正是因为喜爱，在喜爱的阅读中被潜移默化，结果原作者的魂好像真的投胎到这个译者身上，不由自主地说起中文来了。这样产生的译著成功地把世界名著转换成了我们民族的精神财富，于是能够融入我们的文化进程，世代流传下去。名译之为名译，此之谓也。在今天这个浮躁的时代，这样的译家是越来越稀少了。常见的情形是，首先瞄准市场的行情，确定选题，然后组织一批并无心得和研究的人抢译，快速占领市场。可以断言，用这种方式进行翻译，哪怕译的是世界名著，如此制作出来的东西即使不是垃圾，至多也只是迟早要被废弃的代用品罢了。

生 命 本 就 纯 真

好读书

| | | | | | | | | | | | | | |

一

人生有种种享受，读书是其中之一。读书的快乐，一在求知欲的满足，二在与活在书中的灵魂的交流，三在自身精神的丰富和生长。

要领略读书的快乐，必须摆脱功利的考虑，有从容的心境。

青少年时期是养成读书爱好的关键时期，一旦养成，就终身受用，仿佛有了一个不会枯竭的快乐源泉，也有了一个不会背叛的忠实朋友。

二

藏书多得一辈子读不完，可是，一见好书或似乎好的书，还是忍不住要买，仿佛能够永远活下去读下去似的。

嗜好往往使人忘记自己终有一死。

三

有时候觉得，读书是天下最愉快的事，是纯粹的收入，尽管它不像写作那样能带来经济上的收益。

四

世人不计其数，知己者数人而已，书籍汪洋大海，投机者数本而已。我们既然不为只结识总人口中一小部分而遗憾，那么也就不必为只读过全部书籍中一小部分而遗憾了。

五

金圣叹列举他最喜爱的书，到第六才子书《西厢记》止。他生得太早，没有读到《红楼梦》。我忽然想：我们都生得太早，不能读到我们身后许多世纪中必然会出现的一部又一部杰作了。接着又想：我们读到了《红楼梦》，可是有几人能像金圣叹之于《西厢记》那样品读？那么，生得晚何用，生得早何憾？不论生得早晚，一个人的精神胃口总是有限的，所能获得的精神食物也总是足够的。

六

好读书和好色有一个相似之处，就是不求甚解。

七

某生嗜书，读书时必专心致志，任何人不得打扰。一日，正读海德格尔的《存在与时间》，海德格尔叩门求访。某生毅然拒之门外，读书不辍。海德格尔怏然而归。

八

精彩极了！我激动不已。我在思想家B的著作中读到了思想家A曾经表述过的类似思想，而这种思想引起了我的强烈共鸣。

且慢，你是在为谁喝彩：为B，还是A，还是他们之间的相似，还是你自己的共鸣？

我怔住了，只觉得扫兴，刚才的激动消失得无影无踪。

九

学者是一种以读书为职业的人，为了保住这个职业，他们偶尔也写书。

作家是一种以写书为职业的人，为了保住这个职业，他们偶尔也读书。

十

书籍和电视的区别——

其一，书籍中存在着一个用文字记载的传统，阅读使人得以进入这个传统；电视以现时为中心，追求信息的当下性，看电视使人只活在当下。

其二，文字是抽象的符号，它要求阅读必须同时也是思考，否则就不能理解文字的意义；电视直接用图像影响观众，它甚至忌讳思考，因为思考会妨碍观看。

结论：书籍使人成为文明人，电视使人成为野蛮人。

读好书

一

一个人能否真正拥有心智生活，青年时期是关键。青年时期不但是心智活跃的时期，而且也是心智定向的时期。如果你在青年时期养成了好读书和读好书的习惯，那么，这种习惯在以后的岁月里基本上改不掉了。如果那时候没有养成，以后也就基本上养不成了。

二

许多书只是外表像书罢了。不过，你不必愤慨，倘若你想到这一点：许多人也只是外表像人罢了。

三

每次搬家，都要清一批书。许多书只是在这时才得到被翻看一下的荣幸——为了决定是否要把它们扔掉。

四

书太多了，我决定清理掉一些。有一些书，不读一下就扔似乎可惜，我决定在扔以前粗读一遍。我想，这样也许就对得起它们了。可是，属于这个范围的书也非常多，结果必然是把时间都耗在这些较差的书上，而总也不能开始读较好的书了。于是，对得起它们的代价是我始终对不起自己。

所以，正确的做法是，在所有的书中，从最好的书开始读起。一直去读那些最好的书，最后当然就没有时间去读较差的书了，不过这就对了。

在一切事情上都应该如此。世上可做可不做的事是做不完的，永远要去做那些最值得做的事。

五

当前图书的出版量极大，有好书，但也生产出了大量垃圾，包括畅销的垃圾。对有判断力的读者来说，这不成为问题，他们自己能鉴别优劣。受害者是那些文化素质较低的人，把他们的阅读引导到和维持在了一个低水平上，而正是他们本来最需要通过阅读来提高其素质。

生　命　本　就　纯　真

怎么读

一

许多人热心地请教读书方法，可是如何读书其实是取决于整个人生态度的。开卷有益，也可能有害。过去的天才可以成为自己天宇上的繁星，也可以成为压抑自己的偶像。正因为此，几乎一切创造欲强烈的思想家都对书籍怀着本能的警惕。

二

人们总是想知道怎样读书，其实他们更应当知道的是怎样不读书。

三

读贤哲的书，走自己的路。

四

一个人是有可能被过多的文化伤害的。蒙田把这种情形称作"文殇"，即被文字之斧劈伤。

我的一位酷爱诗歌、熟记许多名篇的朋友叹道："有了歌德，有了波德莱尔，我们还写什么诗！"我与他争论：尽管有歌德，尽管有波德莱尔，却只有一个我，这个我是歌德和波德莱尔所不能代替的，所以我还是要写！

开卷有益，但也可能无益，甚至有害，就看它是激发还是压抑了自己的创造力。

五

在才智方面，我平生最佩服两种人：一是有非凡记忆力的人；一是有出色口才的人。也许这两种才能原是一种，能言善辩是以博闻强记为前提的。我自己在这两方面相当自卑，读过的书只留下模糊的印象，谈论起自己的见解来也就只好寥寥数语，无法旁征博引。

不过，自卑之余，我有时又自我解嘲，健忘未必全无益处：可以不被读过的东西牵着鼻子走，易于发挥自己的独创性；言语简洁，不夸夸其谈，因为实在谈不出更多的东西；对事物和书籍永远保持新鲜感，不管接触多少回，总像第一次见到一样。如果我真能过目不忘，恐怕脑中不再有自己的立足之地，而太阳下也不再有新鲜的事物了。

近日读蒙田的随笔，没想到他也是记忆力差的人，并且也发现了记忆力差的这三种好处。

六

有两种人不可读太多的书：天才和白痴。天才读太多的书，就会占去创造的工夫，甚至窒息创造的活力，这是无可弥补的损失。白痴读书愈多愈糊涂，愈加不可救药。

天才和白痴都不需要太多的知识，尽管原因不同。倒是对于处在两极之间的普通人，知识较为有用，可以弥补天赋的不足，可以发展实际的才能。所谓"貂不足，狗尾续"，而貂已足和没有貂者是用不着续狗尾的。

七

有的人有自己的独特感受，有的人却只是对别人的感受产生同感罢了。两者都是真情实感，然而是两码事。

八

在读一位大思想家的作品时，无论谴责还是辩护都是极狭隘的立场，与所读对象太不相称。我们需要的是一种对话式的理解，其中既有共鸣，也有抗争。

认真说来，一个人受另一个人（例如一位作家、一位哲学家）的"影响"是什么意思呢？无非是一种自我发现，是自己本已存在但沉睡着的东西被唤醒。对心灵所产生的重大影响绝不可能是一种灌输，而应是一种共鸣和抗争。无论一本著作多么伟大，如果不能引起我的共鸣和抗争，它对于我实际上是不存在的。

前人的思想对于我不过是食物。让化学家们去精确地分析这些食物的化学成分吧，至于我，我只是凭着我的趣味去选择食物，品尝美味，吸收营养。我胃口很好，消化得很好，活得快乐而健康，这就够了，哪里有耐心去编制每一种食物的营养成分表！

09

天上的财宝

生 命 本 就 纯 真

不可发誓

| | | | | | | | | | | |

古训说："不可违背誓言；在主面前所发的誓必须履行。"耶稣针对此却说："你们根本不可以发誓。你们说话，是，就说是，不是，就说不是；再多说便是出于那邪恶者。"

只听真话，除此之外的多一句也不听，包括誓言——这才是我心目中的上帝。

同样，一个人面对他的上帝的时候，他也只需要说出真话。超出于此，他就不是在对上帝说话，而是在对别的什么说话，例如对权力、舆论或市场。

有真信仰的人满足于说出真话，喜欢发誓的人往往并无真信仰。

发誓者竭力揣摩对方的心思，他发誓要做的不是自己真正想做的事情，而是他以为对方希望自己做的事情。如果他揣摩的是地上的人的心思，那是卑怯。如果他揣摩的是天上的神的心思，那就是亵渎了。

有时候，一个人说了真话，他仍然可能会发誓。他担心听的人不相信或者不重视他说了真话这件事，所以要就此发誓，加以强调。他把别人的相信和重视看得比说真话本身更加重要，仿佛说真话的价值取决于别人是否相信和重视似的。因此，如果得不到预期的效果，他就随时可能放弃说真话。一个直接面对上帝的人是不会这样的，因为他无论对谁说话，都同时是在对上帝说话，上帝听见了他说的真话，他就问心无愧了。

恨是狭隘，爱是超越

| | | | | | | | | | | | |

    耶稣反对复仇，提倡博爱。针对"以眼还眼，以牙还牙"的旧训，他主张："有人打你的右脸，连左脸也让他打吧。"针对"爱朋友，恨仇敌"的旧训，他主张："要爱你们的仇敌。"他的这类言论最招有男子气概或斗争精神的思想家反感，被斥为奴隶哲学。我也一直持相似看法，而现在，我觉得有必要来认真地考查一下他的理由——

    "因为，天父使太阳照好人，也同样照坏人；降雨给行善的，也给作恶的。假如你们只爱那些爱你们的人，上帝又何必奖赏你们呢？……你们要完全，正像你们的天父是完全的。"

    从这段话中，我读出了一种真正博大的爱的精神。

    人与人之间，部落与部落之间，种族与种族之间，国家与国家之间，为什么会仇恨？因为利益的争夺，观念的差异，隔膜，误会，等等。一句话，因为狭隘。一切恨都溯源于人的局限，都证明了人的局限。爱在哪里？就在超越了人的局限的地方。

    只爱你的亲人和朋友是容易的，恨你的仇敌也是容易的，因为这都是出于一个有局限性的人的本能。做一个父亲爱自己的孩子，做一个男人爱年轻漂亮的女人，做一个处在种种人际关系中的人爱那些善待自己的人，这有什么难呢？作为某族的一员恨敌族，作为某国的臣民恨敌国，作为正宗的信徒恨异教徒，作为情欲之人恨伤了你的感情、损了你的利益的人，这有什么难呢？难的是超越所有这些局限，不受狭隘的本能和习俗的支配，作为宇宙之子却有宇宙之父的胸怀，爱宇宙间的一切生灵。

有人打了你的右脸，你就一定要回打他吗？你回打了他，他再回打你，仇仇相生，怨怨相报，何时了结？那打你的人在打你的时候是狭隘的，被胸中的怒气支配了，你又被他激怒，你们就一齐在狭隘中走不出来了。耶稣要你把左脸也送上去，这也许只是一个比喻，意思是要你丝毫不存计较之心，远离狭隘。当你这样做的时候，你已经上升得很高，你真正做了被打的你的肉躯的主人。相反，那计较的人只念着自己被打的右脸，他的心才成了他的右脸的奴隶。我开始相信，在右脸被打后把左脸送上去的姿态也可以是充满尊严的。

天上的财宝

| | | | | | | | | | | |

耶稣说：不可为自己积聚财宝在地上，要为自己积聚财宝在天上，因为前者会虫蛀、生锈、遭窃，后者不会。

也就是说，物质的财宝不可靠，精神的财宝可靠，应该为自己积聚可靠的财宝。

那么，何时能够享用天上的财宝呢？是否如通常所宣传的，生前积德，死后到天堂享用？

耶稣又说："你们的财宝在哪里，你们的心也在哪里。"

看来这才是耶稣的见解：当你为自己积聚财宝在天上时，你的心已经在天上；当你的灵魂富有时，你的灵魂已经得救了。

伺候哪一个主人

| | | | | | | | | | | | |

耶稣说："没有人能够伺候两个主人。你们不可能同时做上帝的仆人，又做金钱的奴隶。"

我把这段话理解为：一个人的人生目标只能定位在一个方向上，或者追求精神上的伟大、高贵、超越，或者追逐世俗的利益，不可能同时走在两个方向上。

当然，在实际生活中，一个精神上优秀的人完全可能在物质上也富裕。判断一个人是金钱的奴隶还是金钱的主人，不能看他有没有钱，而要看他对金钱的态度。正是当一个人很有钱的时候，我们能够更清楚地看出这一点来。一个穷人必须为生存而操心，金钱对他意味着活命，我们无权评判他对金钱的态度。

耶稣接着强调，我们不应该为日常生活所需而忧虑。他说了一个比喻：显赫的所罗门王的衣饰比不上一朵野花的美丽，野花朝开夕落，上帝还这样打扮它，你们为什么要为衣服操心呢？他的意思是说，在物质生活上应当顺其自然，满足于自然所提供的简朴条件，如此才能专注于精神的事业。

生 命 本 就 纯 真

行淫的女人

| | | | | | | | | | | |

　　有一天，耶稣在圣殿里讲道，几个企图找把柄陷害他的经学教师和法利赛人带来了一个女人，问他："这个女人在行淫时被抓到。摩西法律规定，这样的女人应该用石头打死。你认为怎样？"耶稣弯着身子，用指头在地上画字。那几个人不停地问，他便直起身来说："你们当中谁没有犯过罪，谁就可以先拿石头打她。"说了这话，他又弯下身在地上画字。所有的人都溜走了，最后，只剩下了耶稣和那个女人。这时候，耶稣就站起来，问她："妇人，他们都哪里去了？没有人留下来定你的罪吗？"

　　女人说："先生，没有。"

　　耶稣便说："好，我也不定你的罪。去吧，别再犯罪。"

　　《约翰福音》记载的这个故事使我对耶稣倍生好感，一个智慧、幽默、通晓人性的智者形象跃然眼前。想一想他弯着身子用指头在地上画字的样子，既不看恶意的告状者，也不看可怜的被告，他心里正不知转着怎样愉快的念头呢。他多么轻松地既击败了经学教师和法利赛人陷害他的阴谋，又救了那个女人的性命，而且，更重要的是，还破除了犹太教的一条残酷的法律。

在任何专制体制下，都必然盛行严酷的道德法庭，其职责便是以道德的名义把人性当作罪恶来审判。事实上，用这样的尺度衡量，每个人都是有罪的，至少都是潜在的罪人。可是，也许正因为如此，道德审判反而更能够激起疯狂的热情。据我揣摩，人们的心理可能是这样的：一方面，自己想做而不敢做的事，竟然有人做了，于是嫉妒之情便化装成正义的愤怒猛烈喷发了，当然啦，绝不能让那个得了便宜的人有好下场；另一方面，倘若自己也做了类似的事，那么，坚决向法庭认同，与罪人划清界限，就成了一种自我保护的本能反应，仿佛谴责的调门越高，自己就越是安全。因此，凡道德法庭盛行之处，人与人之间必定充满残酷的斗争，人性必定扭曲，爱必定遭到扼杀。耶稣的聪明在于，他不对这个案例本身做评判，而是给犹太教传统的道德法庭来一个釜底抽薪：既然人人都难免人性的弱点，在这个意义上人人都有罪，那么，也就没有人有权充当判官了。

经由这个故事，我还非常羡慕当时的世风人心。听了耶稣说的话，居然在场的人个个扪心自问，知罪而退，可见天良犹在。换一个时代，譬如说，在我们的"文化大革命"中，会出现什么情景呢？可以断定，耶稣的话音刚落，人们就会立刻争先恐后地用石头打那个女人，以此证明自己的清白，那个女人会立刻死于乱石之下。至于耶稣自己，也一定会顶着淫妇的黑后台和辩护士之罪名，被革命群众提前送上十字架。

精神领域里的嫉妒

| | | | | | | | | | | |

　　一个葡萄园主雇工人整理葡萄园，说好每人一天的工资是一块银币。这一天，他先后雇了五批工人，有清晨就雇来的，也有傍晚才雇来的。结算工资的时候，他给每个人都是一块银币。清晨来的工人因此而提出了抗议。他的回答是："我并没有占你便宜。你不是同意每天一块银币的工资的吗？我也给最后来的这么多，难道我无权使用自己的钱吗？为了我待人慷慨，你就嫉妒吗？"

　　耶稣用这个故事说明，在天国里，不论信教早晚，上帝都是一视同仁的。对于那些因为早来而嫉妒晚来者的人，他毫不掩饰蔑视之意，断然宣布："那些居后的，将要在先；那些在先的，将要居后。"

　　的确，在精神领域里，包括宗教信仰、思想探索、艺术创造等，资格是完全不起作用的。倘若有人因为资格老而嫉妒后来者的成就，那么，他越是嫉妒，就越是表明他在精神上的低下，他的地位就越要居后。

本乡人眼中无先知

｜　｜　｜　｜　｜　｜　｜　｜　｜　｜

　　耶稣回到家乡宣讲，人们惊讶地说："他不是那个木匠的儿子吗？他的母亲不是玛利亚吗？雅各、约瑟、西门和犹大不都是他的弟弟吗？他的妹妹们不是住在我们这里吗？他这一切究竟从哪里来的呢？"于是他们厌弃他。

　　耶稣就此议论说："在本乡本家以外，先知没有不受人尊敬的。"（《马太福音》）或者："先知在自己的家乡是从不受人欢迎的。"（《路加福音》）

　　其实，何止不受欢迎，在本乡人眼中根本就不存在先知。在本乡人、本单位人以及一切因为外在原因而有了日常接触的人眼中，不存在先知、天才和伟人。在这种情形下，人们对于一个精神上的非凡之人会产生两种感想。第一，他们经常看见这个人，熟悉他的模样、举止、脾气、出身、家庭状况等等，就自以为已经了解他了。在他们看来，这个人无非就是他们所熟悉的这些外部特征的总和。在拿撒勒人眼里，耶稣只是那个木匠的儿子、雅各等人的哥哥，仅此而已。第二，由于生活环境相同，他们便以己度人，认为这个人既然也是这个环境的产物，就必定是和自己一样的人，不可能有什么超常之处。即使这个人的成就在本乡以外产生了广泛的影响，他们也仍然不肯承认，而要发出拿撒勒人针对耶稣发出的疑问："他这一切究竟从哪里来的呢？"

当然，先知在本乡受到排斥，嫉妒也起了很大作用。一个在和自己相同环境里生长的人，却比自己无比优秀，对于这个事实，人们先是不能相信，接着便不能容忍了，他们觉得自己因此遭到了贬低。直到很久以后，出于这同样的虚荣心，他们的后人才会把先知的诞生当作本乡的光荣大加宣扬。

可是，一切精神上的伟人之诞生与本乡何干？他们之所以伟大，正是因为他们从来就不属本乡，他们是以全民族或者全人类为自己的舞台的。所以，如果要论光荣，这光荣只属于民族或者人类。这一点对文明人来说应该是不言而喻的，譬如说，一个法兰克福人以歌德的同乡自炫，他就一定会遭到全体德国人的嘲笑。所以，地方与地方之间为伟人出生地发生的那些争执都是可笑的，常常还是可耻的，因为它们常常带有借死去的伟人牟利的卑鄙意图。

奥秘和比喻

∣　∣　∣　∣　∣　∣　∣　∣　∣　∣　∣　∣

耶稣对门徒授奥秘，对群众说比喻。门徒问原因，他答："因为那已经有的，要给他更多，让他丰足有余；那没有的，连他所有的一点点也要夺走。为了这缘故，我用比喻对他们讲；因为他们视而不见，听而不闻，又不明白。"

这个回答十分费解，本身像是隐喻，却是向门徒说的。

事情本来似乎应该是：无论对门徒，还是对群众，都说比喻，使那已经有慧心的能听懂，从而得到更多，丰足有余，使那没有慧心的愈加听不懂，把他自以为是的一点点一知半解也夺走。

其实，存在的一切奥秘都是用比喻说出来的。对于听得懂的耳朵，大海、星辰、季节、野花、婴儿都在说话，而听不懂的耳朵却什么也没有听到。所以，富者越来越富，贫者越来越贫，是精神王国里的必然法则。

舆论的不宽容

| | | | | | | | | | | | | |

对于新的真理的发现者、新的信仰的建立者，舆论是最不肯宽容的。如果你只是独善其身，自行其是，它就嘲笑你的智力，把你说成一个头脑不正常的疯子或呆子、一个行为乖僻的怪人。如果你试图兼善天下，普度众生，它就要诽谤你的品德，把你说成一个心术不正、妖言惑众的妖人、恶人、罪人了。

耶稣对此深有体会，他愤怒地对群众说："约翰来了，不吃不喝，你们说他是疯子；我来了，也吃也喝，你们却说我是酒肉之徒，是税棍和坏人的朋友！"

无论是否吃喝，舆论都饶不了你。问题当然不在是否吃喝。舆论很清楚它的敌人是思想，但它从来不正面与思想交锋，它总是把对手抓到自己的庸俗法庭上，用自己的庸俗法律将其定罪。

小孩、富人和天国

| | | | | | | | | | | | | |

　　门徒问耶稣："在天国里谁最伟大？"耶稣叫来一小孩，说："除非你们改变，像小孩一样，你们绝不能成为天国的子民。像这小孩那样谦卑的，在天国里就是最伟大的。"

　　为什么像小孩一样才能进入天国呢？我一直以为是因为单纯，耶稣在这里却说是因为谦卑。小孩谦卑吗？他们不是一个个都骄傲如天生的王公贵人，不把人世间的权势、财富和规矩放在眼里吗？

　　我忽然想到，骄傲与谦卑未必是反义词。有高贵的骄傲，便是面对他人的权势、财富或任何长处不卑不亢，也有高贵的谦卑，便是不因自己的权势、财富或任何长处傲视他人，它们是相通的。同样，有低贱的骄傲，便是凭借自己的权势、财富或任何长处趾高气扬，也有低贱的谦卑，便是面对他人的权势、财富或任何长处奴颜婢膝，它们也是相通的。真正的对立存在于高贵与低贱之间。

　　现在好理解了。小孩刚刚从天国来到人间，一切世俗的价值尚未在他的身上和心中堆积，他基本上是一无所有。在这意义上，小孩的谦卑正源于他的单纯，等同于他的单纯。随着年龄增长，涉世渐深，各种世俗的价值就越来越包围他的身体，占据他的灵魂了。一个人的心灵越是被权力、金钱、名声之类身外之物占据，神在其中就必定越没有容身之地。因为身外之物而藐视他人，这已是狂妄，因为身外之物而藐视上帝，岂不是更大的狂妄？变成和小孩一样谦卑，就是要觉悟到一切身外之物皆属虚幻，自己仍是那个一无所有的小孩。这样的人就好像永远是刚刚从天国来到人间一样，能够用天国的眼光看出尘世中一切功名利禄的渺小。正因为如此，他不但在活着时离神较近，而且死时也比较容易割断尘缘，没有牵挂地走向天国。

对于我的这个理解，《马太福音》里的另一则故事可做印证。一个富人问耶稣怎样才能得到永恒的生命，耶稣劝他把财产全部捐给穷人，那富人听了垂头丧气而离去。于是，耶稣对门徒说："富人要进入天国，比骆驼穿过针眼还要困难。"富人之所以难以进入天国，其原因正与小孩之所以容易进入天国相同。对耶稣所说的富人，不妨做广义的解释，凡是把自己所占有的世俗的价值，包括权力、财产、名声等等，看得比精神的价值更宝贵，不肯舍弃的人，都可以包括在内。如果心地不明，我们在尘世所获得的一切就都会成为负担，把我们变成负重的骆驼，而把通往天国的路堵塞成针眼。

狂妄者最无信仰

| | | | | | | | | | | |

　　耶稣说了一个比喻：一个人有一百只羊，其中一只迷失了，他找到了时的高兴，比有那没有迷失的九十九只更强烈。

　　为什么呢？看重财产的人一定会说：这还不简单，因为他避免了这一只羊的损失，而那九十九只羊反正没有迷失，就不存在损失的问题。如果是这个看重财产的人丢失了一只羊，你送给他两只羊，让他不再去寻找那一只迷失的羊，他一定会喜出望外的。

　　着眼于财产的得失，当然完全不能领会耶稣的这个比喻。耶稣接着告诉我们："一个罪人的悔改，在天上的喜乐会比已经有了九十九个无须悔改的义人所有的喜乐还要大呢。"原来，耶稣的意思是说，上帝喜欢迷途的羊要远胜于从不迷途的羊，喜欢悔改的罪人要远胜于无须悔改的义人。一句话，上帝喜欢会犯错误的人，不喜欢一贯正确的人。

　　不喜欢一贯正确的人——这是耶稣心目中的上帝的鲜明特征。因为所谓一贯正确，不过是自以为一贯正确罢了，不过是狂妄罢了。在祷告时，法利赛人向上帝夸耀自己的功德，收税的人（古罗马时代最为一般民众所厌恶的人）向上帝忏悔自己的罪孽。耶稣评论道：上帝眼里的义人是后者。他再三宣布："上帝要把自高的人降为卑微，又高举甘心自卑的人。"耶稣还特别讨厌那些喜欢以道德法官自居的人，警告说："不要评断人，上帝就不审断你们；不要定人的罪，上帝就不定你们的罪；要饶恕人，上帝就饶恕你们。"也就是说，在上帝的法庭上，好评断他人、定人之罪的人将受到最严厉的审判，不宽容的人将最不能得到宽恕。

基督教的原罪说强调人生而有罪，这个教义有消极的作用，容易导向对生命的否定。不过，我觉得对之也可以做积极的理解。人之区别于动物，在于人有理性和道德。然而，人的理性是有限度的，人的道德是有缺陷的，这又是人区别于神的地方。所谓神，不一定指宇宙间的某个主宰者，不妨理解为全知和完美的一个象征。看到人在理性上并非全知，在道德上并非完人，这一点非常重要。苏格拉底正因为知道自己无知，所以被阿波罗神宣布为全希腊最智慧的人。如果说认识到人的无知是智慧的起点，那么，觉悟到人的不完美便是信仰的起点。所谓信仰，其实就是不完美者对于完美境界的永远憧憬和追求。无知并不可笑，可笑的是有了一点知识便自以为无所不知。缺点并不可恶，可恶的是做了一点善事便自以为有权审判天下人。在一切品性中，狂妄离智慧也离虔诚最远。明明是凡身肉胎，却把自己当作神，做出一副全知全德的模样，作为一个人来说，再也不可能有比这更加愚蠢和更加渎神的姿势了。所以，耶稣最痛恨狂妄之徒，我认为是很有道理的。

10

不见而信

生 命 本 就 纯 真

不见而信

| | | | | | | | | | | | |

　　《新约》记载，耶稣也常显示一些奇迹，例如顷刻之间治愈麻风病人、瘫子、瘸腿、瞎子，让死人复活，用五张饼喂饱了五千人，等等。不过，耶稣自己好像并不赞成把信仰建立在奇迹的基础之上。法利赛人要求他显示奇迹，便遭到了他的痛斥。法利赛人问上帝的主权何时实现，他回答说："上帝主权的实现不是眼睛所能看见的，因为上帝的主权是在你们心里。"

　　俗话说："眼见为实。"在物质事实的领域内，这个标准基本上是成立的。譬如说，我没有看见耶稣所显示的上述奇迹，我就不能相信它们是事实。当然，即使在事实的领域内，我们也不可能只相信自己的亲眼所见，而拒不相信未见的一切。不过，我们对于自己未见的事实的相信，终归是以自己亲见的事实为基础的，所谓间接经验以直接经验为基础，就是这个意思。

　　可是，在精神价值的领域内，"眼见为实"的标准就完全不适用了。理想、信仰、真理、爱、善，这些精神价值永远不会以一种看得见的形态存在，它们实现的场所只能是人的内心世界。毫无疑问，人的内心有没有信仰，这个差异必定会在外在行为中表现出来。但是，差异的根源却是在内心，正是在这无形之域，有的人生活在光明之中，有的人生活在黑暗之中。

据我理解，耶稣是想强调，一个人以看见上帝显灵甚至显形为相信上帝的前提，这个前提本身就错了，是违背信仰的性质的。这样的人即使真的自以为看见了某种神迹从而信了神，也不算真有了信仰。相反，唯有钟爱精神价值本身而不要求看见其实际效果的人，才能够走上信仰之路。在此意义上，不见而信正是信仰的前提。所以，耶稣说："那些没有看见而信的是多么有福啊！"

生　命　本　就　纯　真

拒绝光即已是惩罚

| | | | | | | | | | | | | |

　　耶稣说："光来到世上，为要使信它的人不住在黑暗里。它来的目的不是要审判世人，而是要拯救世人。那信它的人不会受审判，不信的人便已受了审判。光来到世上，世人宁爱黑暗而不爱光明，而这即已是审判。"

　　说得非常好。光、真理、善，一切美好的价值，它们的存在原不是为了惩罚什么人，而是为了造福于人，使人过一种有意义的生活。光照进人的心，心被精神之光照亮了，人就有了一个灵魂。有的人拒绝光，心始终是黑暗的，活了一世而未尝有灵魂。用不着上帝来另加审判，这本身即已是最可怕的惩罚了。

　　一切伟大的精神创造都是光来到世上的证据。当一个人自己从事创造的时候，或者沉醉在既有的伟大精神作品中的时候，他会最真切地感觉到，光明已经降临，此中的喜乐是人世间任何别的事情不能比拟的。读好的书籍，听好的音乐，我们都会由衷地感到，生而为人是多么幸运。倘若因为客观的限制，一个人无缘有这样的体验，那无疑是极大的不幸。倘若因为内在的蒙昧，一个人拒绝这样的享受，那就是真正的惩罚了。伟大的作品已经在那里，却视而不见，偏把光阴消磨在源源不断的垃圾产品中，你不能说这不是惩罚。有一些发了大财的人，他们当然有钱去周游世界啦，可是到了国外，对当地的自然和文化景观毫无兴趣，唯一热衷的是购物和逛红灯区，你不能说他们不是一些遭了判决的可悲的人。

　　人心中的正义感和道德感也是光来到世上的证据。不管世道如何，世上善良人总归是多数，他们心中最基本的做人准则是任何世风也摧毁不了的。这准则是人心中不熄的光明，凡感觉到这光明的人都知道它的珍贵，因为它是人的尊严的来源，倘若它熄灭了，人就不复是人了。世上的确有那样的恶人，心中的光几乎或已经完全熄灭，处世做事不再讲最基本的做人准则。他们不相信基督教的末日审判之说，也可能逃脱尘世上的法律审判，但是，在他们的有生之年，他们每时每刻都逃不脱耶稣说的那一种审判。耶稣的这一句话像是对他们说的："你里头的光若熄灭了，那黑暗是何等大呢。"活着而感受不到一丝一毫做人的光荣，你不能说这不是最严厉的惩罚。

不可试探你的上帝

| | | | | | | | | | | |

　　据《路加福音》记载，耶稣在旷野里住了四十天，其间曾经受魔鬼的刁难。刁难之一是，魔鬼把他带到耶路撒冷圣殿顶上，对他说："如果你是上帝的儿子，就从这里跳下去吧，因为上帝会保护你的。"耶稣拒绝了，引《圣经》的话答道："不可试探你的上帝。"

　　耶稣很聪明，他不说跳下去会不会死，上帝会不会保护他，而是否定了跳下去的动机。只要跳下去，就是在试探上帝是否真的会保护他。他不是怕死，不是怕上帝不保护他，而是根本就不可试探上帝。他用这个理由挫败了魔鬼的刁难。

　　我想离开这个故事做一些发挥。我要说的是，"不可试探你的上帝"是信仰的题中应有之义，谁若试探他的上帝，他就不是真有信仰。

　　真理有两类。一类关乎事实，属于科学领域，对它们是要试探的，看是否合乎事实。另一类关乎价值，归根到底属于宗教和道德领域，不可试探的是这个领域里的真理。人类的一些最基本的价值，例如正义、自由、和平、爱、诚信，是不能用经验来证明和证伪的。它们本身就是目的，就像高尚和谐的生活本身就值得人类追求一样，因此我们不可用它们会带来什么实际的好处评价它们，当然更不可用违背它们会造成什么具体的恶果检验它们了。

信仰要求的是纯粹，只为所信仰的真理本身而不为别的什么。凡试探者，必定别有所图。仔细想想，试探何其普遍，真信仰何其稀少。做善事图现世善报，干坏事存侥幸之心，当然都是露骨的试探。教堂里的祈祷、佛庙里的许愿，如果以灵验为鹄的，也就都是在试探。至于期求灵魂升天或来世转运，则不过是把试探的周期延长到了死后。这个问题对于不信教的人同样存在。你有一种基本的生活信念，在现实的压力下或诱惑下，你产生了动摇，觉得违背一下未必有伤大节——这正是你在试探你的上帝的时刻。

可是，当今世上，有一些人没有任何信仰，没有任何上帝，他们根本不需要试探，百无禁忌地为所欲为。比起他们，有上帝要试探的人岂不好得多。

上帝眼中无残疾

‖ ‖ ‖ ‖ ‖ ‖ ‖ ‖ ‖ ‖ ‖ ‖

　　我很高兴见到了《上帝在哪里》一书的作者琼妮·厄尔克森女士和译者张栩先生。我愿乘此机会把我读这本书的感想告诉他们，我要对他们说，读完了这本书，我的心情诚然有同情，更有感动和钦佩，但最后占据了优势的却是骄傲，为人的内在生命的高贵和伟大而感到骄傲。

　　在这个世界上，每天都在发生许多预料不到的灾祸，这些灾祸落在谁的头上完全是偶然的，是个人不能选择也不能抗拒的。事实上，我们每个人都始终是候选人，谁也不能排除明天灾祸落到自己头上的可能性。琼妮只是比我们早一些被选上了，在那一个瞬间由一个充满活力的少女突然变成了一个四肢瘫痪的残疾人。她的故事从那个瞬间开始，人们可以从各个角度来读这个故事，例如把它读作一个堪称典范的康复故事、一个战胜苦难的英雄故事、一个令人惊叹的奇迹故事，如此等等。这一切都符合事实，然而，我认为，这个故事的含义要超过这一切。

　　在我看来，琼妮的故事给我们的最深刻启示是使我们看到，虽然我们的外在生命即我们的躯壳是脆弱的，它很容易受伤，甚至会严重地残缺不全，但是，无论在怎样不幸的情况下，我们始终有可能保有一个完整的、健康的内在生命。这个内在生命的通俗名称叫作精神或者灵魂。实际上，心理康复的过程就是逐步发现和真切感到自己的内在生命仍然是完整的，从而克服身体残疾所造成的沮丧和自卑。也正是这个坚不可摧的内在生命具有在苦难中创造奇迹的能力，使表面上似乎失去了任何意义的生命又被意义的光芒照亮。

其实，残疾与健康的界限是十分相对的。从出生那一天起，我们每一个人的身体就已经注定要走向衰老，会不断地受到损坏。由于环境的限制和生活方式的片面，我们的许多身体机能没有得到开发，其中有一些很可能已经萎缩。严格地说，世上没有绝对健康的人，而这意味着人人在一定意义上都是残疾的，区别只在明显或不明显。用这个眼光看，明显的残疾反而提供了一个机会，使人比较容易觉悟到外在生命的不可靠，从而更加关注内在生命。许多事例告诉我，残疾人中不乏精神的圣徒。除了在座的琼妮和张栩，此刻我还想起了英国科学家霍金和中国作家史铁生。相比之下，我们这些身体表面上没有残疾的人却很容易沉湎在繁忙的外部活动中，使得内在生命因为被忽视而日益趋于麻痹，这是比身体残疾更加可悲的心灵瘫痪。

作为一个基督徒，琼妮相信她的康复奇迹来自上帝的恩惠。在整个康复过程中，她不断地和上帝对话，由怀疑而终于走向坚定的信仰。我不是基督徒，但是我觉得我能够在广义上理解她的信念。她在书中引用了她的传教士朋友史蒂夫的话，大意是说，身体是一幅肖像画，真正有价值的是这幅画的内在特点和风格。我十分欣赏这个譬喻的含义，因为我也坚信内在生命具有超越于外在生命的神圣价值。上帝在哪里？在我们真正发现了我们的完整的内在生命的地方。如果说我们的易损的外在生命或多或少都是残疾的，那么，当我们用上帝的眼光来看自己，就会发现我们的内在生命永远是完整的，是永远不会残缺的。是的，在上帝的眼中没有残疾，每一个人都能够生活得高贵而伟大。我相信，把琼妮和张栩，把所有勇敢的残疾人联结起来的不是身体的残疾，而恰恰是灵魂的健康。如果我经过努力也拥有一颗这样健康的灵魂，从而成为他们的同志，我将感到莫大的光荣。

不仅是靠食物

| | | | | | | | | | | | | |

    摩西领以色列人出埃及，在旷野中跋涉了四十年。开始时，因食物匮乏，饥饿难忍，以色列人怨声载道。上帝听见了怨言，便在每天清晨让营地周围的地面上长满一层像霜一样的白色的东西，以色列人未尝见过，彼此询问："这是什么？"摩西告诉他们，这就是上帝给他们的食物。以色列人吃了，味道像蜜饼，因为不知其名，就称之为"吗哪"，希伯来语的意思即"这是什么"。他们靠吗哪活命，终于走出了旷野。到达终点后，摩西生命垂危，在约旦河东岸的摩西向以色列人发表最后的训示。他在训示中提及了这件事，说："上帝使你们饥饿，然后把吗哪赐给你们，以此教导你们：人的生存不仅是靠食物，而是靠上帝所说的每一句话。"

    这是《旧约》中的记载。摩西的意思很清楚：上帝神力无边，能在没有食物的地方变出食物来，因此，对人的生存来说，最重要的不是食物，而是遵守上帝的律法，如此上帝自会替我们解决食物的问题。

    《新约》所记载的耶稣最早的活动是受洗，随后即被圣灵带到旷野去，受魔鬼的试探。禁食四十昼夜后，他饿了，魔鬼说："如果你是上帝的儿子，命令这些石头变成面包吧。"这时耶稣便引用摩西的话回答道："人的生存不仅是靠食物，而是靠上帝所说的每一句话。"请注意，这同一句话，从耶稣口中说出，已经有了不同的含义。他没有诉诸上帝的无边神力，让石头变成面包，从而解除自己的饥饿，相反是拒绝这样做，宁愿继续挨饿。他以此择清了信仰与食物的瓜葛，捍卫了信仰的纯粹性，也澄清了"人的生存不仅是靠食物"这句箴言的准确含义。他所强调的是，对人的生存来说，信仰比食物更重要，精神生活比物质生活更重要。这是耶稣出道之初就确立的基本信念，贯穿于他后来的全部活动之中。

我在这里并非对《旧约》和《新约》的短长做全面评判，而只是举一例证解说信仰的实质。不过，这一例证的确也说明，耶稣提高了基督教信仰的精神性品格。正因为如此，基督教才得以超越犹太民族而成为更加个人性也更加世界性的宗教。

"人的生存不仅是靠食物"——这个信念是一切信仰生活的起点。一般地承认人有比食物更高的欲望，这并不难，但在我看来，这还不能算是确立了这个信念。深刻的分歧在于，是否承认精神价值本身具有独立的价值。常见的情形是，人们往往用所谓效用的尺度来衡量精神价值。例如，他们可以承认真理的价值，但前提是真理必须有用；可以承认科学的价值，但前提是科学必须成为生产力；可以承认艺术的价值，但前提是艺术必须符合时代的需要。他们实际上仍是在用物质评断精神，用食物评断上帝，信奉的是这同一逻辑：上帝的价值在于能在旷野上变出吗哪，能把石头变成面包。把这个逻辑贯彻到底，必然的结果是，一旦上帝与食物发生冲突，就舍上帝而取食物，为了物质利益而抛弃精神价值。在现实生活中，为了金钱而放弃理想，为了当前经济建设而毁坏千古文化遗产，这样的事还少吗？

所以，信仰的实质在于对精神价值本身的尊重。精神价值本身就是值得尊重的，无须为它找出别的理由来，这个道理对一个有信仰的人来说是不言自明的。这甚至不是一个道理，而是他内心深处的一种感情，他真正感觉到的人之为人的尊严之所在，人类生存的崇高性质之所在。以对待本民族文化遗产的态度为例，是精心保护，还是肆意破坏，根本的原因肯定不在是否爱国，而在是否珍爱凝结在其中的人类精神价值。我不把毁坏阿富汗大佛的塔利班看作有信仰的人，而只认为他们是一群蒙昧人。信仰愈是纯粹，愈是尊重精神价值本身，必然就愈能摆脱一切民族的、教别的、宗派的狭隘眼光，呈现出博大的气象。在此意义上，信仰与文明是一致的。信仰问题上的任何狭隘性，其根源都在于利益的侵入，取代和扰乱了真正的精神追求。我相信，人类的信仰生活永远不可能统一于某一种宗教，而只能统一于对某些最基本价值的广泛尊重。

神圣的休息日

||||||||||||||

　　上帝在西奈山向摩西传十诫，其第四诫是：周末必须休息，守为圣日。他甚至下令，凡安息日工作者格杀勿论。

　　未免太残忍了。

　　不过，我们不妨把这看作寓言，其寓意是：闲暇和休息也是神圣的。

　　在《旧约·创世记》中，我们确实发现有这一层意思。其中说：上帝在六日内创造了世界万物，便在第七日休息了。"他赐福给第七日，圣化那一日为特别的日子；因为他已经完成了创造，在那一日歇工休息。"可以想象，忙碌了六个工作日的上帝，在第七日的休憩中一定领略到了另一种不寻常的快乐。所以，他责令他的子民仿效他的榜样，不但要勤于工作，而且要善于享受闲暇。

　　时至今日，《创世记》中上帝的日程表已经扩展成了全世界通用的日历，七日为一星期，周末为休息日，已经成为万民的习俗。我们真应该庆幸有一个懂得休息的上帝，并且应该把周末的休息日视为人类历史上的伟大发明之一。试想一下，如果没有周末的休息日，人类永远埋头劳作，会成为怎样没头脑的一种东西。周末给川流不息的日子规定了一个长短合宜的节奏，周期性地把我们的身体从劳作中解脱出来，同时也把我们的心智从功利中解脱出来，实为赐福人生之美事。

休息是神圣的，因为闲暇是生命的自由空间。只是劳作，没有闲暇，人会丧失性灵，忘掉人生之根本。这岂不就是渎神？所以，对于一个人人匆忙赚钱的时代，摩西第四诫是一个必要的警告。

当然，工作同样是神圣的。无所作为的懒汉和没头没脑的工作狂乃是远离神圣的两极。创造之后的休息，如同创世后第七日的上帝那样，这时我们最像一个神。

安息日是为人而设的

┃ ┃ ┃ ┃ ┃ ┃ ┃ ┃ ┃ ┃ ┃ ┃

然而，上帝的十诫毕竟不是寓言，而是不容违背的律令，一旦违背，便会遭到吓人的惩处。有一个人在周末捡柴，上帝就真的吩咐摩西，让信徒们用石头把这人砸死了。

还是太残忍了。

《旧约》中有许多严苛的戒律，谨守安息日是其中之一。我们在《新约》中看到，耶稣对于这些戒律往往持相当灵活的态度，事实上是巧妙地将它们破除了。

譬如说，在某个周末休息日，有一个门徒路过麦田时摘了麦穗，法利赛人要求严惩。根据第四诫，这个门徒是必死无疑了。然而，这时耶稣说了一句非常智慧的话，救了他的命。耶稣如此说："安息日是为人而设的，人不是为安息日而生的。所以，人子也是安息日的主。"

对于上帝设立安息日的本意，其实是可以做不同的解释的。在《旧约·出埃及记》中，上帝宣布十诫时强调的不是休息的神圣，而是戒律的神圣。他责令子民谨守这一日，是要子民把这一日献给他，在这一日全心全意地供奉他，不忘他创世的神恩。在传统的宗教实践中，人们也是这样来理解安息日的神圣性之所在的。在这一日，教徒们必须进教堂做礼拜，所以俗称礼拜日。耶稣并没有要把安息日废除掉的意思，但他把安息日与人的关系做了根本的调整。按照他的解释，安息日诚然是上帝所设的，要紧的却是，上帝不是为自己而是为人设这个日子的。因此，人们虽然可以也应该在安息日休息或礼拜，但不必把这当作绝对的戒律，完全有权酌情变通。事实上，耶稣自己就常常在安息日为人治病，为此而遭法利赛人攻击，但仍坚定不移。我不禁想，倘若没有耶稣带头破戒，恐怕直到今天，医院在周末还不能开急诊，不知有多少病人会因耽误治疗而死呢。

我们可以把耶稣的名言变换成普遍性的命题：规则是为人而设的，人不是为规则而生的。人世间的一切规则，都应该是以人为本的，都可以依据人的合理需要加以变通。有没有不许更改的规则呢？当然有的，例如自由、公正、法治、人权，因为它们体现了一切个人的根本利益和人类的基本价值理想。说到底，正是为了遵循这些最一般的规则，才有了不断修正与之不合的具体规则的必要，而这就是人类走向幸福的必由之路。

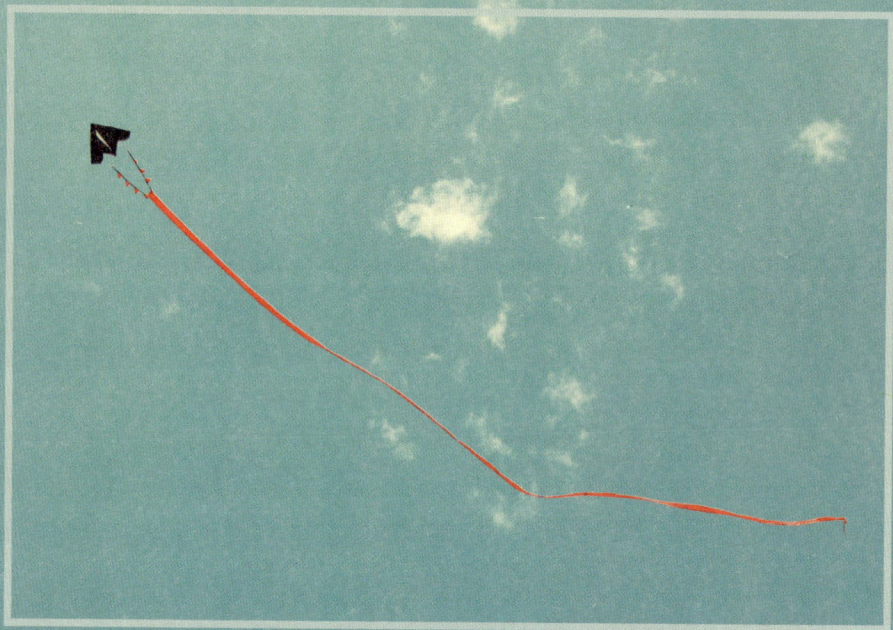

生　命　本　就　纯　真

种子和土壤

┃ ┃ ┃ ┃ ┃ ┃ ┃ ┃ ┃ ┃ ┃ ┃

耶稣站在一条船上，向聚集在岸上的众人讲撒种的比喻，大意是：有一个人撒种，有些种子落在没有土的路旁，被鸟吃掉了；有些落在只有浅土的石头上，幼苗被太阳晒焦了；有些落在荆棘丛里，幼苗被荆棘挤住了；还有些落在好土壤里，终于长大结实，得到了好收成。

这个比喻的意思似乎十分浅显，可以用一句话概括：种子必须落在好的土壤里，才会有好的收成。按照耶稣随后向门徒的解释，含义要复杂一些，每个能指都有隐义。例如，种子指天国的信息，没有土的路旁指听不明白的人，只有浅土的石头指立刻接受但领悟不深的人，鸟指邪恶者，太阳指困难和迫害，荆棘指生活的忧虑和财富的诱惑，好土壤指有深刻领悟的人。不过，基本意思仍不外乎是：信仰的种子唯有在好的心灵土壤中才能成功地生长。

首先应该肯定一个事实：在人类的精神土地的上空，不乏好的种子。那撒种的人，也许是神、大自然的精灵、古老大地上的民族之魂，也许是创造了伟大精神作品的先哲和天才。那些种子的确有数不清的敌人，包括外界的邪恶和苦难，以及我们心中的杂念和贪欲。然而，最关键的还是我们内在的悟性。唯有对适宜的土壤来说，一颗种子才能作为种子而存在。再好的种子，落在顽石上也只能成为鸟的食粮，落在浅土上也只能长成一株枯苗。对心灵麻木的人来说，一切神圣的启示和伟大的创造都等于不存在。

基于这一认识，我相信，不论时代怎样，一个人都可以获得精神生长的必要资源，因为只要你的心灵土壤足够肥沃，那些神圣和伟大的种子对于你就始终是存在着的。所以，如果你自己随波逐流，你就不要怨怪这是一个没有信仰的时代了吧。如果你自己见利忘义，你就不要怨怪这是一个道德沦丧的时代了吧。如果你自己志大才疏，你就不要怨怪这是一个精神平庸的时代了吧。如果你的心灵一片荒芜，寸草不长，你就不要怨怪害鸟啄走了你的种子，毒日烤焦了你的幼苗了吧。

那么，一个人有没有好的心灵土壤，究竟取决于什么呢？我推测，一个人的精神疆土的极限、心灵土质的特异类型，很可能是由天赋的因素决定的。因此，譬如说，像歌德和贝多芬那样的古木参天的原始森林般的精神世界，或者像王尔德和波德莱尔那样的奇花怒放的精巧园艺般的精神世界，绝非一般人凭努力就能够达到的。但是，心灵土壤的肥瘠不会是天生的。不管上天赐给你多少土地，它们之成为良田沃土还是荒田瘠土，这多半取决于你自己。所以，我们每一个人都应当留心开垦自己的心灵土壤，让落在其上的好种子得以生根开花，在自己的内心培育出一片美丽的果园。谁知道呢，说不定我们自己结出的果实又会成为新的种子，落在别的适宜的土壤上，而我们自己在无意中也成了新的撒种人哩。

不要把珍珠扔给猪

| | | | | | | | | | | | |

耶稣说："不要把神圣的东西丢给狗，它们会转过头来咬你们；不要把珍珠扔给猪，它们会把珍珠践踏在脚底下。"

在这里，狗应是指邪恶之人，他们害怕和仇恨神圣的东西；猪应是指愚昧之人，他们不识珍珠的价值。

可是，反过来问一下，一个人倘若崇敬神圣的东西，怎么会把它丢给狗呢；倘若知道珍珠的价值，怎么会把它扔给猪呢?

有两种可能。其一，他太轻信，看不清邪恶者和愚昧者的真面目，把狗和猪当作了人。其二，他太自信，认定真理的力量足以立刻感化邪恶者，启迪愚昧者，一下子把狗和猪改造成人。这正是虔信者容易犯的两个错误。

虔诚不是目的

| | | | | | | | | | | |

　　察看《新约》中记载的耶稣的言行，一个鲜明特点是漠视律法。律法在犹太教中处于核心的地位，以《旧约》中的摩西十诚为基础，后来发展出了极其庞大烦琐的清规戒律体制。耶稣不但自己带头破除了许多戒律，而且常常无情地抨击那些死守律法的人。他把信仰的重点从遵守律法转移到精神修养，从外在的虔诚转移到内在的觉悟，这大约是他对他所继承的那一宗教传统所做的最重大的改造。

　　从传播新教义的立场看，耶稣的主要敌人是经学教师和法利塞人，即坚守律法体制的顽固派。他一生都在与他们斗争，最后实际上死于他们之手。他最痛恨的是他们的伪善，揭露道："他们无论做什么事情都是给别人看的。"这些人佩带着大的经文袋，在教堂里总是坐在最显眼的位置上，以此夸耀自己的虔诚。律法在他们手中成了压迫教众的工具。"他们捆扎难背的重担搁在别人的肩膀上，自己却不肯动一根手指头去减轻他们的负担。"他们热衷于仪式的细节，其实并无真正的信仰，拘泥于律令的条文，内心却极其肮脏。耶稣愤怒地谴责道："你们连调味的香料都献上十分之一给上帝，但是法律上真正重要的教训，如正义、仁慈、信实，你们反而不遵守。""你们把杯盘的外面洗得干干净净，里面却盛满了贪欲和放纵。"针对犹太教的食物禁忌，他指出："那从外面进到人里面的不会使人不洁净；相反，那从人里面出来的才会使人不洁净。"

在我看来，耶稣实际上提出了一个对任何一种信仰来说都十分重要的问题：信仰的实质是什么？一个人有无信仰的界限在哪里，根据什么来判断？凡真正的信仰，那核心的东西必是一种内在的觉醒，是灵魂对肉身生活的超越以及对最高精神价值的追寻和领悟。信仰有不同的形态，也许冠以宗教之名，也许没有，宗教又有不同的流派，但是，都不能少了这个核心的东西，否则就不是真正的信仰。正因为如此，我们可以发现，一切伟大的信仰者，不论宗教上的归属如何，他们的灵魂是相通的，往往具有某些最基本的共同信念，因此而能成为全人类的精神导师。

另一方面，我们也可看到，不论在何种信仰体制下，许多人并无内在的觉悟，只是以遵守纪律和参加仪式来表明自己的信徒身份，他们事实上是盲目的。至于那些以虔诚的外表自夸和唬人的人，几乎一定是伪善之徒。歌德说得好："虔诚不是目的，而是手段，是通过灵魂的最纯洁的宁静达到最高修养的手段。"从本义来说，虔诚是面对神圣之物的一种恭敬谦卑的态度。这种态度本身还不是信仰，而只是信仰的一个表征，真正的信仰应是对神圣之物有所领悟。一个人倘若始终停留在这个表征上，对神圣之物毫无领悟却竭力维持和显示其虔诚的态度，我们就有理由怀疑他的这种态度是否是装出来的。所以，我认为歌德接下来说的话是一针见血的："凡是把虔诚当作目的和目标来标榜的人，大多是伪善的。"

耶稣的命运

丨丨丨丨丨丨丨丨丨丨丨丨丨

耶稣之死的经过很耐人寻味。

他的门徒之一犹大出卖了他，带着一群犹太人来抓他，最后扭送到了罗马派遣的总督彼多拉那里。群众要求判他死刑。彼多拉审问后一再说，他查不出这人有什么罪。但是，在群众的起哄下，他还是把耶稣交给群众去钉十字架了。

这就是说，事实上并没有给耶稣定罪名，他死得不明不白。

彼多拉明明知道，按照罗马法律，耶稣是无罪的，为什么仍同意判他死刑呢？因为怕犹太民众暴动，那样罗马当局会追究他的责任，罢他的官。

在刚把耶稣扭送到他那里时，有一段有趣的对话。耶稣说："我的使命是为真理做证，我为此而生，也为此来到世上。"他反问："真理是什么？"他当时的口吻是怎样的呢？有两种可能。也许是困惑不解的，因为他确实不知道世上有真理这种东西。也许是油腔滑调的，因为他压根儿不把真理放在眼里。总之，在他看来，反正真理是一种奇怪的或可笑的东西。

　　人们常说，邪恶者是真理的敌人。我忽然觉得，这么说真是抬高了他们。他们根本不知真理为何物，怎么懂得反对和仇恨真理呢？在许多时候，他们不过是出于自己极狭隘的私利而下毒手的，至于那牺牲者是一个先知还是一个愚夫，他们不知道也不在乎。我相信，仔细查一查历史，必能发现遭到与耶稣同样命运的伟人绝不是少数。

图书在版编目（CIP）数据

生命本就纯真 / 周国平著. —长沙 : 湖南文艺出版社, 2017.3
ISBN 978-7-5404-7949-7

Ⅰ. ①生… Ⅱ. ①周… Ⅲ. ①散文集—中国—当代Ⅳ. ①I267

中国版本图书馆CIP数据核字（2017）第011962号

上架建议：文学·散文

SHENGMING BEN JIU CHUNZHEN
生命本就纯真

著　　者：周国平
出 版 人：曾赛丰
责任编辑：薛　健　刘诗哲
监　制：蔡明菲　潘　良
特约策划：张小雨
特约编辑：汪　璐
营销推广：李　群　张锦涵
封面设计：仙　境
版式设计：利　锐
版权支持：文赛峰
出版发行：湖南文艺出版社
　　　　（长沙市雨花区东二环一段508号　邮编：410014）
网　　址：www.hnwy.net
印　　刷：北京尚唐印刷包装有限公司
经　　销：新华书店
开　　本：875mm×1160mm　1/32
字　　数：260千字
印　　张：10
版　　次：2017年3月第1版
印　　次：2017年3月第1次印刷
书　　号：ISBN 978-7-5404-7949-7
定　　价：39.00元

质量监督电话：010-59096394
团购电话：010-59320018

生　命　本　就　纯　真